밤을 달리는 소년

KB191710

밤을 달리는 소년

팀 보울러 장편소설
양혜진 옮김

다산
책방

아버지에게 사랑을 담아

한국어판 서문

『밤을 달리는 소년』이 한국 독자 여러분을 다시금 만나게 되었군요. 이 작품은 아주 전개가 빠른 이야기이며, 전력 질주하듯 저에게 다가왔습니다. '지니'라는 열다섯 살 소년이 주인공인 이 소설은 학교를 무단결석한 지니가 집에 돌아와 자기 방에 숨는 장면으로 시작합니다. 우리는 머지않아 지니의 아버지는 지니에게 폭력을 휘두르고 어머니는 어두운 비밀을 숨기고 있다는 것을 알게 됩니다. 게다가 웬 수상한 사내까지 집에 침입하지요. 몇 쪽만 더 넘어가 보면 지니는 이미 죽기 살기로 달리고 있습니다.

이 작품을 쓰기 시작할 무렵 저는 이 이야기가 어떻게 풀릴지 전혀 알 수 없었습니다. 확실한 것이라고는 지니가 무시무시한 사건에 휘말렸다는 사실뿐이었습니다. 하지만 저는 이 이야기에 완전히 빠져들었고 지니에게 무슨 일이 벌어질지 궁금해서 애간장을 태웠습니다. 지니가 그토록 저를 매혹하고 저의 관심을 끈 것은 이 소년이 철저히 고립돼 있다는 점 때문이었습니다. 지니에게는 의지할 사람이 아무도 없습니다. 학교에서뿐만 아니라 집에서도, 심지어 자기 머릿속에서도 고립돼 있습니다. 달리기라는 꿈에서도 멀어졌고 자신이 정말로 뭘 바라는지 몰라 혼란스러워합니다. 도움을 청할 친구도 없고 엄마 아빠는 각자에게 닥친 심각한 문제에 골몰해 있지요.

어느새 저는 끔찍한 위험에 빠진 소년에 대한 이야기를 쓰고 있더군요. 도시에 살지만 시골을 동경하는 외톨이, 우승을 위해 달리는 것을 그만두었지만 이제는 훨씬 더 끔찍한 이유로 달리고 있는 빼어난 육상 소년에 대한 이야기 말입니다. 지니의 뭔가가 대번에 제게 와닿았습니다. 지니는 부모님께 몹시 화가 나기는 했지만 실은 정의롭게 행동하고 싶어 하는 천성이 착한 녀석이라는 것을 저는 알고 있었나 봅니다. 네, 그렇게 『밤을 달리는 소년』은 전력 질주로 저에게 다가왔고 어느새 지니도 전력 질주하고 있었습니다.

제 책을 기다려주신 한국의 독자 여러분께 우정 어린 안부의 인사를 전합니다. 부디 이 책이 슬픔을 가진 모든 분들에게 위로의 메시지가 되기를 빕니다.

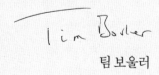

팀 보울러

교문 앞에 서서 버스와 차 들이 오고 가는 모습을
아이들이 조잘거리며 지나가는 모습을 지켜본다.

저 안에도 틀림없이
나만큼 울고 싶은 아이가 있을 것이다.

달리 뭐라고 말해야 할지 모르겠다. 나는 참을 만큼 참았다. 아빠가 허리띠로 후려치지 않으면 좀처럼 때리지 않던 엄마가 따귀를 때린다. 아니면 학교에서 힘센 녀석들이 들러붙는다. 그것도 아니면 교장이, 뻔히 없는 줄 알면서도 친구는 있느냐고 묻는다. 심지어 집주인까지 나서서 '지니'는 열다섯 살 먹은 남자애한테 걸맞은 이름이 아니라고 지껄이고 네 부모는 월세도 제때 못 내면서 어떻게 너한테 새 운동화를 사줬느냐고 캐묻는다. 그것도 모자라 이제는 길에서 웬 남자가 내 방 창문을 주시하고 있다.

누군지 모르겠다. 멀쩡해 보이지만 낌새가 수상하다는 것 말고는. 대체 저 남자는 막다른 골목에 기어들어 와서 뭘 하는 걸까? 거무튀튀한 낡은 집들밖에 없는 곳에 볼 게 뭐 있다고.
나는 창가에 붙어 서서 커튼 너머를 계속 지켜본다. 거구에, 나
이는 서른쯤, 단정한 머리, 말끔히 면도한 얼굴. 저렇게 번쩍
거리는 코트를 입은 걸로 봐서 돈이 궁한 자는 아니다. 나는 몇
분 전 그자가 건너편 인도를 걸어가는 것을 언뜻 보았다.

거기까지는 이상할 게 없다. 세상 사람 모두가 애벗 가를 시
궁창이라고 생각하는 것은 아니니까. 심지어 그곳에 사는 사
람들도 있다. 하지만 이 구석빼기까지 기어들어 온다고? 저자
는 가게와 다른 집 들을 지나 이곳에 멈춰 서서는 여태 내 방
창문을 뚫어져라 보고 있다. 학교에서 날 찾으러 보낸 사람 같
지는 않다. 그가 앞문으로 온다. 나는 창문에서 물러난다. 아래
에서 노크 소리가 들린다.

"이봐, 초인종 있거든."

중얼거리는 순간, 초인종이 울린다. 벨 소리가 또 한 번 울린
뒤 정적이 흐른다. 대로에서 자동차 소음이 들려오는가 싶더
니 이내 잦아들고, 이제 들리는 것이라고는 지붕에 앉은 찌르
레기 울음소리뿐이다. 갑자기 주변이 도시에서 시골의 들판
으로 뒤바뀐 것 같아 기분이 이상하다. 그런 곳에 가본 적도 없
는데 말이다. 또다시 초인종이 울린다.

나는 침대에 앉아 잠자코 기다린다. 저러다 곧 관둘 거다. 다
시 창가로 가서 커튼 너머를 둘러보고 싶지만 엄두가 나지 않

는다. 그가 이쪽을 올려다보고 나를 발견할 것만 같다. 엄마와 아빠, 두 사람 중 한 명은 저자와 아는 사이일 것이다. 하지만 왠지는 몰라도 아는 사이가 아니었으면 좋겠다. 나는 다시 머릿속으로 시골의 들판을 그려본다. 종종 그런다. 이 도시가 못 견디게 싫어질 때면 내가 손에 넣은 그 책에 실린 풍경 사진들을 떠올린다.

밖에서 발소리가 들린다. 문에서 물러나는 소리다. 추측하건대 그는 다시 창문을 올려다보고 있을 것이다. 또다시 발소리가 들리자 이제 마음이 놓인다. 그가 문에서 멀어지고 있다. 그런데 차도 쪽이 아니라 집을 지나 철교 쪽으로 향한다. 나는 창가로 펄쩍 뛰어가 커튼 너머를 확인한다. 하지만 너무 늦었다. 그는 보이지 않는다.

엄청 빨리 움직인 게 분명하다. 나는 주위가 더 잘 보이는 반대편 창가로 슬며시 옮겨 간다. 역시 아무 낌새도 없다. 길과 철교, 그리고 철교 위를 철커덩거리며 도심을 향해 나아가는 열차뿐. 나는 다시 침대에 걸터앉아 머리를 굴린다. 그자가 문제를 일으킬 거라고 생각할 근거는 아무것도 없다. 내 직감 말고는. 어쩌면 내 직감이라는 녀석이 틀렸을 수도 있다. 오늘처럼 학교를 땡땡이친 날에는 늘 가슴이 조마조마하니까. 바로 그때, 뒷문에서 무슨 소리가 들린다.

몸이 굳는다. 다시 사방이 조용하다. 내가 환청을 들었으려니 한다. 하지만 그것도 잠시, 소리가 다시금 들려온다. 내 심장박동 소리만큼 또렷이. 쓱쓱, 덜그럭, 또다시 쓱쓱. 누군가가 자물쇠를 따려고 하는 중이다. 찰칵, 자물쇠가 풀리더니 삐거덕하고 문이 열린다. 나는 잽싸게 주위를 둘러본다. 계단을 뛰어 내려가 앞문으로 나가기에는 늦었고, 엄마 아빠 방이나 욕실로 뛰어들어 봤자 헛수고다. 움직이는 소리가 그에게 들릴 게 뻔하다. 내게 유리한 점은 딱 한 가지, 내가 집에 있다는 사실을 그가 모른다는 것뿐이다.

물론, 그가 정말로 모른다면 말이다. 그러니 여기 내 방 침대 밑에 숨어 잠자코 있는 게 제일이다. 그가 나를 못 보고 지나칠지도 모른다. 무엇보다 내 방에는 훔쳐갈 만한 것이 아무것도 없다. 척 보면 알 것이다. 하긴 어느 방이든 마찬가지다. 우리가 얼마나 찢어지게 가난한지 이 집의 구석구석이 여실히 보여줄 것이다. 그러면 그는 더 이상 우리 집을 얼쩡대지 않을지도 모른다. 이제 그는 부엌을 지나 거실로 들어간다. 그가 돌아다니는 소리가 들린다. 나는 최대한 조심스럽게 무릎을 꿇고는 침대 밑을 확인한다. 지난주에 입었던 경기복이 그대로 처박혀 있다. 닳아빠진 누더기 쿠션 몇 개와 육상용 운동화도 보인다. 나는 귀를 기울이며 가만히 기다린다.

아래층은 쥐 죽은 듯 조용하다. 내가 낸 소리를 그가 들었을지 모른다고 생각하자 등골이 오싹해진다. 하지만 곧이어 소리가 다시 들려온다. 그는 낡은 캐비닛의 서랍을 차례로 열고 있다. 나는 침대 밑으로 비집고 들어가, 꿈틀꿈틀 움직여 가운데에 자리를 잡는다. 퀴퀴한 냄새 때문에 재채기가 나오지는 않을까 걱정이다. 게다가 몸까지 덜덜 떨려온다. 빨지 않은 경기복이 코앞에서 악취를 풍긴다. 가방에서 경기복을 꺼내 내 몸 뒤쪽을 가린다. 쿠션도 몸 쪽으로 더 끌어당긴다.

내가 왜 이 법석을 떠는지 모르겠다. 그가 침대 밑을 들여다본다면 이따위 잡동사니로 가리든 말든 나를 찾아낼 것이다. 그래도 나는 최대한 웅크려 몸을 작게 만들려고 애쓴다. 계단을 오르는 발소리가 들린다. 나는 떨지 않으려고 안간힘을 써보지만 소용없다. 그가 내 방문 앞에 멈춰 선다. 어느 방부터 뒤질지 고민하는 모양이다. 잠시 후 그는 엄마 아빠 방으로 향한다. 그는 방 안에서 한동안 꾸물거리는데, 무슨 짓을 하고 있는지 다 들린다.

그는 서랍이란 서랍은 다 빼서 내용물을 쏟아 샅샅이 뒤지고, 이제는 옷장과 낡은 서랍장을 끌어내고 있다. 그 뒤에 뭐가 있나 확인하려는 모양이다. 곧이어 또 다른 소리가 들린다. 처음에는 감이 오지 않았지만 나는 이내 알아차린다. 그는 침대를 한쪽으로 끌어다 놓고 카펫과 마룻바닥을 들추고 있다. 바로 지금이 움직일 때다. 그는 다음 차례로 내 방에 들어와 똑같은 짓을 할 테니, 내가 달아날 기회는 지금뿐이다.

나는 침대 밑에서 기어 나와 살며시 일어선다. 그가 아무 소리도 못 들었기를 빌어보지만 부질없는 짓이다. 갑자기 엄마 아빠 방에서 나던 소리가 모두 멎은 것이다. 나는 마음을 다잡는다. 그가 귀를 곤두세우고 있다. 확실하다. 그가 무슨 소리를, 내가 낸 소리를 들은 것이 틀림없다. 이제 당장에라도 이리 쳐들어와 나를 찾아낼 것이다. 하지만 그는 그러지 않고 계단을 뛰어 내려가 집 뒷문으로 뛰쳐나간다. 문이 쾅 닫히는 소리가 나고, 이제 그는 골목을 따라 내달린다. 구둣발 소리가 멀어지자 정적이 감돈다. 바로 그때 앞문에서 열쇠 돌리는 소리가 들린다.

그리고 엄마 목소리도.

"누구 있어요?"

엄마가 소리친다. 나는 대답하지 않는다. 지금 이거 뭔가 이상하다. 나도 그렇지만, 엄마가 이 시간에 집에 오다니 말이다. 지금은 오후 2시다. 엄마는 6시까지 사무실 청소 일을 한다. 엄마 말로는 그렇다. 엄마가 다시 소리친다.

"누구 있어요?"

곧이어 웬 남자 목소리.

"진정해, 데이나. 아무도 없다고."

목소리 주인이 누군지는 몰라도 마음에 안 든다. 왜 왔을지는 뻔하니까. 곧이어 아래층이 조용해졌다. 이유야 알 만하다. 당장 뛰어 내려가 두 사람을 떼어놓고 싶다. 하지만 나는 이 시간에 엄마 눈에 띄어서는 안 된다. 나는 다시 슬그머니 침대 밑으로 들어가 엄마가 또 소리치기를 기다린다. 그러나 아무리 기다려도 아무 소리도 들려오지 않는다. 젠장, 지금쯤 둘이 엉겨붙어 있을 게 뻔하다. 그때 거실로 가는 발소리가 나더니 엄마 목소리가 들려온다.

"아, 망할!"

"뒷문이 열려 있어. 놈들이 이리로 나갔을지도 몰라."

"들어오면서 안 닫았거나."

두 사람은 내게 들리지 않게 뭐라고 구시렁거린다. 또다시 발소리가 난다. 이번에는 계단이다. 둘 다 올라오고 있다. 나는 침대 밑에 웅크리고는 문 쪽을 엿본다. 두 쌍의 발이 문지방에서 멈춘다.

"지니 방은 그대로인 것 같아."

엄마가 말하는 동안 나는 로미오*의 신발을 관찰한다. 아까 온 남자의 신발만큼 근사하지 않다. 있어 보이려고 애쓴 싸구려다. 기어 나가서 그자 얼굴에 침을 뱉고 싶은 충동이 불끈 치민다. 하지만 그는 시야에서 사라지고 엄마도 함께 사라져 버린다. 나는 다시 기다린다.

"세상에!"

* 셰익스피어 희곡 「로미오와 줄리엣」의 남자 주인공. 열정적인 애인을 가리키는 말로도 쓰인다. 지니는 엄마와 각별한 사이인 듯한 정체불명의 남자를 '로미오'라 부르고 있다.

엄마가 소리친다. 안방을 본 것이다.

"경찰에 전화해야겠어."

"데이나, 내 말 좀 들어봐……."

"당신 얘기는 안 꺼낼게. 당신은 가는 게 좋겠어. 뒷문으로 나가."

"그러니까 내 말은……."

"내가 말했지. 당신은 여기 온 적 없는 거야, 됐어?"

엄마가 쏘아붙인다.

"사랑해."

"흥, 사랑은 무슨. 썩 꺼져."

사랑은 무슨, 개자식. 다시 잠잠해지나 싶더니 엄마가 그를 떠미는지 옥신각신하는 소리가 들리고, 곧이어 계단을 내려가는 로미오의 발소리가 들린다. 나는 다시 머릿속으로 그 흉물스러운 구두를 떠올린다. 이윽고 뒷문 닫히는 소리가 나자 기분이 한결 나아진다. 이제 아무 소리도 들리지 않는다. 통화 중인 엄마 목소리 말고는.

"네, 데이나 오코로요. 애벗 가 47번지."

이제는 이판사판이다. 엄마와 경찰을 동시에 맞닥뜨리는 상황만은 피해야 한다. 어떻게든 엄마한테 들키지 않고 집에서 나가야 한다. 낮 동안 내가 집에 있었다고 엄마가 아빠한테 고해바치면, 오늘 저녁은 보나 마나 허리띠 찜질이다. 방금 입수한 정보로 엄마를 협박한다면 모를까. 하지만 그건 결심이 서지 않는다. 나는 침대 밑에서 빠져나와 문으로 살금살금 기어간다.

엄마는 아직도 통화 중이고, 때마침 전화기를 들고 거실로 들어갔다. 지금이 절호의 기회다. 나는 까치발로 계단을 내려간다. 거실로 난 문이 열려 있어서 엄마가 들여다보인다. 엄마는 내게 등을 보인 채 한 손으로는 전화기를 들고 다른 손으로는 머리를 매만지고 있다.

나는 거실 앞을 미끄러지듯 지나 부엌으로 건너간다. 엄마는 내가 내는 소리를 듣지 못했는지 계속해서 수화기에 대고 이야기하는 중이고, 드디어 뒷문이…… 젠장, 깜박했다! 로미오가 나가면서 뒷문을 닫아버렸다. 뒷문을 조용히 열기란 불가능하다. 어림도 없다. 암만 조심해도 저 문짝에서는 더럽게 시끄러운 소리가 난다. 바로 그때, 말소리가 멈춘다. 나는 얼어붙은 채 귀를 기울인다. 잠시 후 엄마가 다시 말한다.

"집에 누가 있는 것 같아요."

나는 문을 홱 열어젖혔다가 등 뒤로 쾅 닫고는 마당으로 내달린다. 대문을 빠져나가 골목으로 접어든 다음, 철교 쪽을 향해 전속력으로 달린다. 집에서 내려다봐도 담장에 가려 보이지 않도록 줄곧 자세를 낮추어 움직이고는 있지만, 어차피 엄마한테는 보이지 않을 것이다. 엄마가 날 보기 위해서는 위층으로 뛰어 올라가 창가까지 가야 할 텐데 내가 한발 먼저일 것이 분명하다. 헐레벌떡 마당을 가로지르는 내 모습을 뒷문으로 본 것이 아니라면.

나는 이제 거리에 나와 곧장 철교 쪽으로 도로를 건넌다. 철교 밑을 지나 헨던 가를 따라 로터리까지 달린 뒤, 잠깐 멈춰서서 숨을 고르고 이제는 슬슬 조깅하듯이 공원을 지나 공터 쪽으로 간다. 하지만 아직은 쉴 때가 아니다. 먼저 해야 할 일이 있다.

저기 전화박스가 보인다.

당최 어떻게 해야 할지 모르겠다. 나는 성대모사 따위에는 소질이 없다. 하지만 해보는 수밖에. 엄마는 경찰에게 무슨 일이 벌어졌는지 보여줄 순 있겠지만, 어떤 놈이 침입했는지 설명할 순 없을 것이다. 하지만 나는 할 수 있다. 나는 수화기를 든다. 9, 9, 9.* 신호가 가고, 곧이어 찰칵 소리가 나더니 웬 여자가 무엇을 도울지 묻는다.

"여보세요?"

그녀가 말한다. 하지만 입이 떨어지지 않는다. 나는 두리번거리며 쏜살같이 지나가는 자동차와 택시 들을 바라본다.

"여보세요?"

그녀가 다시 묻는다. 나는 손수건을 꺼내 수화기를 감싸고

---

* 영국의 응급 전화번호. 우리나라의 응급 전화번호는 119다.

말한다.

"경찰요."

답이 없다. 나는 다시 말한다.

"경찰을 불러주세요."

"잘 안 들립니다."

수화기를 감쌌던 손수건으로 이번에는 입을 가린다.

"이제 들리나요?"

내 딴에는 최대한 괴상한 목소리를 내보지만, 역시나 정체를 숨기려는 열다섯 살 남자애 목소리 같다.

"소리가 멀어요."

"내가 하는 말 받아 적으세요. 시간이 없습니다."

"잘 안 들립니다."

"애벗 가 47번지, 들었어요?"

"뭔지는 몰라도 입에 댄 것을 좀 치워주시겠습니까?"

나는 손수건을 그대로 댄 채 말한다.

"애벗 가였어요. 건물 뒤뜰을 따라서 나 있는 막다른 골목 있잖아요, 제가 거기 서 있었는데 웬 남자가 47번지 집 뒷문에서 뛰쳐나오는 걸 봤어요. 누군지는 몰라도 굉장히 수상쩍은 놈이었어요. 뭔가 슬쩍한 사람처럼요. 적고 있어요?"

"말씀을 알아듣기가 굉장히 어렵군요. 성함과 전화번호를 알려주시겠어요?"

"머리 색이 짙었어요. 번드르르하게 차려입었고요. 깔끔히 면도한 얼굴에, 미끈해 보이는 남자예요. 서른 살쯤 돼 보였고, 번쩍거리는 코트를 입었어요. 분명히……."

웬 손이 나타나 딸각 전화를 끊는다. 겁에 질려 돌아보자 내가 방금 묘사한 남자가 나를 쳐다보고 있다. 그는 전화박스 문을 열고는 내가 나가지 못하게 떡 버티고 서 있다. 그는 잠시 재미있다는 듯이 나를 싸늘하게 바라보더니, 침착하게 내 손에서 수화기를 빼내 제자리에 걸어놓는다. 손수건이 펄럭이며 바닥에 떨어지는 것이 느껴진다.

"내 코트가 마음에 든다니 다행이네."

그가 조용히 말한다. 나는 그를 쏘아보며 당당하게 행동하려고 애쓴다.

"번쩍거린다고 했지, 마음에 든다는 말은 안 했는데요."

그의 입에 미소가 떠오른다. 하지만 눈은 그대로다. 계속해서 차들이 으르렁거리며 지나간다. 그가 옆으로 몇 걸음 옮기자 길가에 세워둔 차가 한 대 보인다. 크고 번쩍번쩍한 차다. 앞자리에는 남자 둘이 탔고, 뒷자리의 인도 쪽 차 문이 열려 있다. 플래시 코트*가 고갯짓으로 문을 가리키며 말한다.

"타."

* flash coat, 번드르르하게 화려한 외투. 지니가 익명의 침입자에게 즉석에서 붙인 별명이다.

내 어깨에 얹은 그자의 손을 의식하며 전화박스에서 걸어
나온다. 나를 꽉 붙들어 차 쪽으로 끌고 가려는 힘이 느껴진다.
내가 차로 걸어가자 어깨에서 손이 사라진다. 걸음을 멈추자
손이 되돌아온다. 살며시, 하지만 단호하게. 내가 계속 걸음을
옮기자 손은 다시 사라진다. 열린 차 문은 어느새 제법 가까워
진 채다.
　앞자리에 앉은 남자들은 나를 바라보지 않는다. 그들은 관
심 없다는 듯이, 별일 아니라는 듯이, 그저 앞만 보고 있다. 정
말 별일 아닐지도 모르겠다, 그들한테는. 나는 다시 멈춰 선다.
손이 되돌아온다. 나는 고개를 돌려 플래시 코트의 얼굴을 바
라본다. 입은 여전히 웃고 있지만 눈빛은 아까보다 훨씬 더 싸

늘하다. 손은 여전히 내 어깨 위에 있다. 그 손이 이제는 나를 더 꽉 움켜쥔다.

"꼬맹아, 타라."

가까이에서 한 차례 자동차 경적 소리가 들린다. 어깨는 놓아주었지만 손은 여전히 가까이에 있다. 나는 거리를 둘러본다. 좀 떨어진 곳에서 택시가 출발하려는데, 다른 차가 가로막는 바람에 오도 가도 못하고 있다. 택시가 또 한 번 경적을 울린다. 다른 차에 탄 남자가 택시 기사에게 손가락 욕을 한다. 나는 플래시 코트를 올려다본다. 그는 내가 아닌 택시 쪽을 주시하고 있다.

나는 그의 팔 아래로 쑥 빠져나와 길을 따라 내달린다. 뒤돌아보지 않고 그냥 계속해서 달린다. 내 뒤에서 무슨 일이 벌어지는지는 알 길이 없다. 머지않아 엔진 소리가 들려온다. 바로 내 오른쪽에서 부드럽게 부르릉거리는 소리가 나더니, 잠시 후 그 차의 보닛이 나와 나란히 보조를 맞춰 움직이는 것이 보인다. 좀 전과 마찬가지다. 두 남자 다 내 쪽은 보지도 않고 있다. 나는 차 뒤쪽을 살펴본다.

플래시 코트는 보이지 않는다.

나는 왼쪽으로 꺾어 정비소 앞마당으로 들어선 뒤, 길에서 가장 먼 주유기로 달려가 멈춰서 주변을 둘러본다. 그 차는 길가에 정차한 채 조용히 공회전하고 있고, 그 곁으로 차들이 씽

씽 지나간다. 택시가 끼어들기를 해 차들의 행렬 속으로 사라지는 것이 보인다. 앞자리에 탄 남자들은 여전히 앞만 보고 있다. 하지만 차 뒤편에서 플래시 코트가 이리로 걸어오고 있다.

그의 걸음걸이는 한가롭기까지 하다. 서두를 것 없다는 듯이, 코트가 구겨지는 건 싫다는 듯이. 그가 자신을 제어할 줄 아는 남자라는 데는 의심의 여지가 없다. 그는 차 옆에 멈춰 몸을 숙인다. 인도 쪽 창문이 열리고 조수석에 앉은 남자가 뭐라고 말하자 플래시 코트는 몸을 일으켜 내 쪽을 건너다본 다음, 다시 이쪽으로 한가로이 걸어온다.

나는 정비소를 돌아 건물 뒤편으로 달아난다. 세차장을 지나고, 타이어 공기 주입기를 지나서, 울타리가 끝나는 곳까지 달려 울타리가 벌어진 틈 앞에서 멈춘다. 구멍이 너무 작아서 빠져나가려면 교복이 더러워질 테지만, 개의치 않는다. 중요한 건 저 개자식이 걸친 코트다. 그는 그 옷을 걸친 채 이 구멍을 비집고 나오려 하지는 않을 것이다.

내가 어디로 나갔는지 그가 알아차리지 못할지도 모른다. 내가 빨리만 움직인다면. 그는 아직 보이지 않는다. 나는 우격다짐으로 틈새를 빠져나와 이제 울타리 밖이고, 헐레벌떡 애시그로브 공원으로 들어간다. 하지만 차가 다시 나타난다. 공원 너머 내 오른쪽에서 거리를 돌아 쫓아오고 있다. 플래시 코트는 보이지 않지만, 조수석에 앉은 남자가 공원 철조망 너머로 나를 주시하며 휴대폰에 대고 말하는 중이다.

이렇게 달아나 봤자 소용없을 것이다. 공원은 너무 작고, 나무도 없이 잔디만 드문드문 나 있고, 놀이터 말고는 아무것도 없다. 이제 나는 다시 거리로 나왔다. 갈림길에 물을 마실 수 있는 작은 분수대가 나타나자 나는 그 앞에서 걸음을 멈춘다. 차가 길가에 멈춰 서고, 조수석의 남자는 여전히 나를 곁눈질하며 통화 중이다.

나는 다시 플래시 코트를 떠올린다. 그자는 내 뒤에도 없고, 차를 뒤따라오고 있지도 않다. 나는 분수대에서 갈리는 양쪽 길을 살펴본다. 상황은 불 보듯 훤하다. 오른쪽 길로 가면 다시 대로가 나올 것이고 차에 탄 남자들이 그리로 잡으러 올 것이다. 왼쪽 길로 가면 배로 가로 이어지는 출구가 나오는데, 바로 거기서 플래시 코트가 기다리고 있을 것이다. 다른 가능성은 없다.

나는 뒤돌아서 아까의 부서진 울타리 쪽으로 달아난다. 차에 탄 자들이 내 움직임을 알아차리겠지만 운에 맡기는 수밖에……. 어쩌면 플래시 코트가 발길을 돌려 되돌아오기 전에, 틈새를 통과해 달아날 수 있을지도 모른다. 그리고 차에 탄 자들이 거기까지 따라오려면 몇 분은 족히 걸릴 것이다. 지금 그 길에서는 차를 못 돌린다. 나를 따라붙으려면 일단 로터리까지 가야 할 것이다.

하지만 내가 울타리 쪽으로 내달리려는 찰나, 자동차 경적이 울린다. 젠장! 차에 탄 놈들은 아예 로터리를 돌고 자시고 할 생각이 없다. 그들은 내가 하는 짓을 보자마자 곧장 차도로 진입해 승용차며 택시며 버스며 죄다 가로막는다. 또다시 아까보다 더 많은 경적 소리가 들리고, 양쪽 차도에서 끼익하고 급정거하는 소리가 요란하게 울린다. 하지만 그들이 탄 차는 아랑곳없이 중앙선을 넘어 방향을 점점 더 틀더니 아까와는 완전히 반대 방향으로 돌아섰고, 황급히 정비소 쪽으로 되돌아온다.

나는 곁눈질로 차의 움직임을 감지하며 울타리를 향해 달린다. 그들은 나를 시야에서 놓치지 않으려고 다시 속력을 낮춘다. 하지만 내가 울타리의 틈새를 통과하는 잠깐 동안 그들은 내 움직임을 확인할 수 없을 것이고, 바로 그때 나는 결단을 내려야 한다. 울타리를 넘어 정비소로 들어갈지, 아니면 도로 공원으로 되돌아갈지…….

나는 틈새로 몸을 날려 잠시 멈추고는, 숨을 가다듬다가 뒤돌아 빠져나온다. 이제 나는 다시 공원 안으로 질주하고 있다. 과연 잘하는 짓인지 모르겠다. 오른쪽을 곁눈질한다. 차는 안 보인다. 내가 다시 공원으로 내뺀 것을 그들이 알아차렸다 해도 되돌아와 나를 따라잡으려면 시간이 좀 걸릴 것이다. 당장 신경이 쓰이는 것은 플래시 코트다. 그가 어디서 어떻게 나타날지 모른다. 나는 그자를 머릿속에서 몰아내고 계속해서 달린다.

다시 분수대다.

오른쪽 길을 택한다. 당연하다. 공원에서 빠져나가는 가장 빠른 길인 데다, 만약 아무도 맞닥뜨리지 않고 대로까지 갈 수만 있다면 길을 건넌 뒤, 골목으로 새 그들을 따돌릴 수 있을 것이다. 놀이터를 지나고, 몇몇 엄마들이 아기에게 걸음마를 시키고 있는 모래밭을 지나, 마침내 공원 입구 쪽으로 달린다.

내 오른편으로 차들이 쌩쌩 지나간다. 나는 달리면서도 그 중에 그 번쩍거리는 차가 있나 주시한다. 아직은 보이지 않는다. 하지만 지금쯤 그들은 내가 정비소 쪽에 없다는 것을 알아차렸을 것이고, 내가 정비소 쪽으로 달아나지 않았다고 확신할 만큼 그곳에 일찌감치 도착해 있었다 해도, 이리로 황급히 되돌아오는 중일 것이다. 나는 흘끗 뒤를 돌아본다. 차는 아직이다.

하지만 이제 플래시 코트가 보인다.

그는 내 정면에서 공원 입구를 가로막고 서 있다. 나는 숨을 헐떡이며 걸음을 멈춘다. 그는 이런 나를 그저 지켜보고 있다. 조금 전 전화박스에서와 똑같이 싸늘하면서도 재미있다는 듯한 표정으로. 굳이 공원 안으로 들어올 것도 없이, 그 자리에 서서 휴대폰을 꺼내 번호를 두드린 뒤 몇 마디 하고는 도로 집어넣는다. 그런 다음 다시금 좀 전의 미소를 짓는다. 입으로 짓는 미소다. 나는 그의 눈을 쳐다보지 않는다. 나는 어느새 뒤돌아 달리고 있다. 다시 분수대 쪽으로.

일일이 대로를 살피거나 그를 돌아볼 겨를도 없다. 이제는 이러나저러나 마찬가지다. 어느 길로 가든 독 안에 든 쥐다. 나는 분수대 앞에서 다른 길로 틀어, 배로 가의 출구 쪽으로 내달린다. 나도 안다. 그리로는 못 빠져나간다. 마음 한편에서는 이미 체념했다. 그리고 잘 알고 있다. 플래시 코트는 제자리에 있을 것이고, 차에 탄 사내 중 하나는 울타리의 구멍을 감시할 것이고, 나머지 하나는 배로 가에서 나를 기다리고 있을 테다. 그러니 달려봤자 아무 소용없다.

그래도 나는 달린다. 거기에 누가 있든 나는 무사히 지나갈 수 있을지도 모른다. 나는 내가 빠르다는 것을 안다. 내가 유일하게 자신 있는 것이 있다면, 바로 달리기다. 하지만 나는 지금 무서워서 돌아버릴 지경이다. 오솔길이 왼쪽으로 꺾이는 곳에서 나는 속력을 늦춘다. 잡목이 무성해서 주위가 보이지 않지만, 다 쓰러져 가는 철제 창살문 너머가 바로 배로 가라는 감이 온다. 나는 걸음을 멈추고는 심호흡을 몇 번 한다. 다시 자동차 소음이 들려온다. 언제부터인가 주위에서 무슨 소리가 나는지도 전혀 모르고 있었다. 승용차, 택시, 오토바이 소리다. 수많은 엔진 소리가 뒤섞여 윙윙거리더니, 곧이어 유독 한 엔진 소리가 귀에 들어온다.

부드러운 소리인 걸 보니, 공회전 중인 엔진이다. 그런데도 똑똑히 들리는 이유는 단 하나, 그 소리가 아주 가까이에서 나기 때문이다. 어쩌면 아직은 희망이 있을지도 모른다. 방향을 틀어 다른 출구를 찾아볼 수 있으리라. 하지만 웬걸, 플래시 코트가 내 뒤를 쫓아 걸어오고, 아니, 슬렁슬렁 뛰어오고 있다. 특유의 미소까지 띠고서. 이제 그자의 두 눈도 보인다. 차라리 안 보이면 좋겠다. 나는 다시 배로 가 쪽 출구로 발길을 돌려 오솔길을 따라 걷는다. 잡목 덤불은 차츰 듬성듬성해지고, 조금 더 나아가자 창살문이 나온다. 문 저편에서는 그 차가 나직이 감미로운 노래를 흥얼거리고 있다.

운전자는 여전히 핸들을 잡고 앉아, 아까처럼 정면을 주시하고 있다. 하지만 이번에는 그의 동료가 차에서 내려, 내가 문으로 다가가는 것을 지켜보고 서 있다. 그 남자는 미소만 짓지 않을 뿐 플래시 코트와 똑같은 얼굴을 하고 있다. 나는 창살문을 당겨 열고는 그 자리에 잠자코 머문다. 그는 몸을 숙여 자동차 뒷문을 열고 나를 쏘아본다. 나는 좌우를 곁눈질한 뒤 다시 그를 흘끔 보는데, 어쩐지 이번에는 내 발이 아무리 빨라도 소용없을 것 같다. 한편, 등 뒤에서는 플래시 코트의 그림자가 서서히 다가오는 것이 느껴진다.

나는 공원 밖으로 한 걸음 나아간다. 그 남자는 이제 고갯짓으로 열린 차 문을 가리킨다. 나는 다시 좌우를 살핀다. 자동차며, 택시며, 버스가 수두룩하지만 내게는 텅 빈 길이나 다름없다. 이 길에 나를 아는 사람은 아무도 없고, 아무도 내게 신경 쓰지 않는다. 그때 길을 한참 올라간 곳에서 경적 소리가 들려온다. 그쪽을 돌아본 나는 급하게 팔을 힘껏 내젓는다.

"레이섬 선생님! 레이섬 선생님!"

레이섬 교장의 차는 아직 제법 멀리 있다. 게다가 교장이 경적을 울린 것은 내가 아닌, 차도로 내려와 차들을 요리조리 피하며 뛰어가는 무단 횡단자를 향해서였다. 교장은 내 목소리를 듣지도, 내 모습을 알아보지도 못한 것 같지만 플래시 코트한테는 이 방법이 먹힌다. 그는 눈길 한 번 주지 않고 말없이 차에 올라타고, 곧 다른 남자도 말없이 따라 탄다. 잠시 후 그들은 떠나버린다.

레이섬 교장의 차가 점점 다가오고 나는 머리를 굴려본다. 곧장 공원으로 뛰어 들어가면 교장을 맞닥뜨리지 않을 수 있을지도 모른다. 하지만 또다시 경적이 울린다. 이번에는 나를 향해 울리는 것 같다. 나는 잠자코 서서, 조금 전까지 플래시 코트 일당의 차가 있던 자리에 교장의 차가 와서 멈추는 것을 지켜본다. 인도 쪽 창이 스르르 내려가더니, 레이섬 교장이 몸을 숙여 고개를 내민다.

"학교 밖에 있어도 되는 정당한 이유라도 있는 게냐?"

"없는데요. 그러는 선생님은요?"

내가 얼버무리자, 교장이 험악한 얼굴로 나를 쏘아본다.

"지니, 차에 타라."

나는 차에 타지만 차 문은 열어둔다. 레이섬 교장은 엔진을 끄고 말한다.

"문 닫고."

나는 문을 닫는다. 교장은 앉은 자리에서 몸을 돌려 나를 건너다본다.

"교복이 엉망이구나."

"전에는 더 했는데요."

"지니, 그건 구실이 못 돼."

그래서 어쩌겠다는 건지 긴가민가하지만 나는 아무 말도 하지 않는다. 교장이 눈살을 찌푸린다.

"그래, 이번에는 또 무슨 황당한 이야기를 들려줄 셈이냐?"

"교복 더러운 거요?"

"학교 빠진 거."

나는 어깨를 으쓱한다.

"아무 이야기 없는데요."

"그냥 하루 쉬려고 했다, 이 말이구나."

"그런 셈이죠."

"어제처럼."

"어제는 갔어요."

"출석하러 왔겠지. 그러고는 내빼고. 오늘은 아예 조례 시간에도 안 나타났고, 그렇지?"

"기억 안 나는데요."

"나는 기억한다."

아니, 그럴 리 없다. 확인하지 않았을 것이다. 교장은 엄청 바쁘다.

"내가 확인했다."

"제가 왔는지요?"

"네가 왔는지."

"왜요?"

"왜냐하면 지난번 면담 때 네 어머니 아버지께도 말씀드렸듯이 나는……."

"선생님께서 하신 말씀은 저도 기억해요. 저도 그날 거기 있었으니까요."

레이섬 교장이 계속해서 말한다.

"지니, 네 어머니 아버지께도 말씀드렸듯이, 나는 네가 심히 걱정스럽구나. 이유는 모르겠다만, 너는 네 잠재력을 썩히고 있어. 요 근래까지만 해도 아주 열심히 훈련했잖니. 그러다 갑자기 딱 멈췄지. 이제는 아예 뛰러 가지도 않고 말이다. 학교에서 빠져나갈 때나 뛸까? 확실히 그때도 예전처럼 기를 쓰고 뛰지는 않더구나. 그러다 최근에는 슬슬 무단결석까지 하고 무슨 일인지도 도통 말하려 들지 않으니……. 선생님들이 하나같이 나서서 도와주려 하는데도 말이다."

나는 고개를 돌려 차 앞 유리 너머를 주시한다. 차들이 부르릉거리며 지나가고 있다. 나는 내가 차들을 관찰하고 있다는 사실을 깨닫는다. 행여 그 차가 있나, 살피고 있다. 그러다 레이섬 교장의 움직임을 감지한다. 교장은 손목시계를 보고 있다.

"도로 학교에 데려다주기에는 너무 늦었구나. 집 앞에 내려주마."

"고맙습니다만 걸어갈 수 있어요."

나는 문 손잡이를 잡는다. 하지만 교장은 나를 불러 세운다.

"지니."

나는 다시 교장을 마주 본다.

"집 앞까지 바래다주마."

교장은 더는 아무 말도 하지 않고 시동을 건다. 나는 부지런히 머리를 굴린다. 짐작하건대 레이섬 교장은 우리 집 현관 바로 앞까지 같이 가려는 모양인데, 엄마는 그렇지 않아도 생각할 게 많을 테니 당장은 잔소리를 퍼붓지 않고 넘어갈지도 모른다. 아마 한시름 놓은 뒤에 시작할 것이다. 내가 엄마의 불장난에 대한 말을 꺼내지 않았을 때 이야기다. 나는 다시 로미오가 신은 싸구려 신발을 떠올린다.

레이섬 교장은 차를 빼서, 막히는 차선으로 접어들어 반짝이는 정지등 앞의 행렬에 가세한다. 나로서는 반가운 일이다. 시간을 오래 끌수록 좋다. 하지만 차들은 이내 속력을 내기 시작하고 우리는 곧 로터리를 돌아 철교로 향한다. 나는 집에 도착할 즈음에는 경찰이 이미 다녀갔기를 반쯤 기대하고 있다.

"너희 집 앞에 경찰차가 와 있구나."

젠장!

교장은 집에서 조금 떨어진 곳에 차를 댄다. 일부러 그런 건지는 모르겠지만 고맙다. 우리는 창문에서 보이지 않는 곳에 있다. 교장은 엔진을 끄고 다시 나를 돌아본다.

"지니, 나한테 하고 싶은 말 없니?"

"무슨 말이요?"

"무슨 말이든."

나는 고개를 젓는다.

"그럴 줄 알았다."

"선생님?"

"그래, 지니."

"저랑 문 앞까지 같이 가실 건가요?"

"부탁은 아닌 것 같구나."

"맞아요."

"부탁이냐?"

"부탁 아니라고요."

"그러니까 내가 그냥 너를 여기 내려주고 가버렸으면 좋겠다는 거지?"

"예, 선생님."

레이섬 교장은 집과 경찰차를 힐끔 훑어보고, 다시 나를 쳐다본다.

"대체 무슨 일이냐, 지니?"

"저도 몰라요, 선생님."

"오늘 집에 있었니?"

"아니요."

"전혀? 한 번도 집에 안 들어갔다고?"

"안 갔어요."

"그럼, 오늘 어디 갔지?"

"그냥…… 애시그로브 공원을 어슬렁거렸어요. 선생님께서 보신 거기요."

교장은 이 이야기를 믿지 않는다. 표정을 보면 안다. 하지만 교장이 내 말을 꼭 믿어야 한다는 법은 없다. 나는 얼마 전부터 사실대로 말하기를 관뒀다. 교장은 지금 나를 열심히 뜯어보고 있다.

"그래, 경찰차가 왜 온 건지 너도 모르겠다, 이 말이구나?"

"네, 모르겠어요."

"그 남자들은?"

"무슨 남자들이요?"

"공원 앞에서 네가 웬 남자들하고 같이 있는 걸 봤다. 내가 오자마자 차 타고 가버렸잖니?"

"저하고는 아무 상관없는 사람들이에요."

교장은 계속해서 나를 관찰하더니, 갑자기 고갯짓으로 집을 가리킨다.

"가봐라, 지니. 내가 나타나서 좋을 게 없어 보이는구나. 네 부모님도 지금쯤 다른 일로 머릿속이 복잡할 것 같으니. 하지만 잘 들어……."

교장이 내게로 몸을 숙인다.

"나는 곧 이 문제로 너희 어머니 아버지와 연락을 할 거다. 그러니까 충고하는데, 오늘 무슨 일이 있었는지 네가 직접 부모님께 말씀드리렴. 내가 너를 집까지 바래다준 것까지 포함해서 말이다. 나는 틀림없이 너희 부모님께 말할 거니까. 알아들었어?"

"네, 선생님."

"가봐."

나는 차에서 튀어나와 문을 닫고는 차 옆에 서서 기다린다. 레이섬 교장은 시동을 걸었지만 출발하지는 않는다. 나는 꾸물거리며 집 쪽으로 발걸음을 옮겨보지만 소용없는 짓이다. 교장은 내가 현관에 들어서는 것을 보기 전에는 가지 않을 게 뻔하다. 나는 많이는 말고 조금 빠르게 걷는다. 교장은 엔진을 켠 채 제자리를 지키고 있다. 나는 현관문 앞에 서서 주머니에 손을 넣었다가 빼고는 길가로 되돌아간다. 레이섬 교장이 엔진을 끄고 차에서 걸어 나온다.

"뭐가 문제냐, 지니?"

"열쇠를 잃어버렸어요. 돌아서 뒷문으로 가려고요."

교장은 콧방귀를 뀌고는 나를 제치고 현관으로 성큼성큼 걸어간다.

"선생님, 잠깐만요!"

교장은 걸음을 멈추고 다 안다는 얼굴로 내 쪽을 돌아본다. 여전히 친근한 표정이지만 내게 허튼수작 부리지 말라고 말하는 듯하다. 나는 현관으로 돌아가 교장 옆에 선다.

"초인종 눌러라, 지니."

"저, 선생님······."

"내가 눌러줄까?"

교장은 곧장 초인종으로 손을 뻗는다. 나는 잽싸게 손을 뻗어 초인종을 덮는다.

"초인종 눌러. 아니면 열쇠로 열든가."

"잃어버렸다고 방금 말씀드렸잖아요."

"왜 다시 한번 찾아보지 않고? 누가 아냐, 네 그 주머니들에 뭐가 숨어 있을지?"

나는 열쇠를 꺼내고는 교장을 노려본다. 교장의 얼굴에는 변화가 없다. 나는 순간 플래시 코트가, 말없이 즐거워하던 그 표정을 떠올린다. 레이섬 교장이 정말로 즐거운지는 모르겠지만 그리 오래가지는 않는다. 교장은 곧장 차로 돌아가 운전석 문 옆에 선다.

"들어가라, 지니."

이 문제로 더 씨름해봐야 소용없다. 교장은 내가 들어가는 모습을 볼 때까지 거기서 기다릴 것이다. 나는 열쇠 구멍에 열쇠를 꽂고, 돌려서 집 안으로 들어간다. 밖에서 엔진을 켜는 소리가 들리고 레이섬 교장은 차를 몰고 떠난다. 문을 닫고 돌아서니 엄마가 현관에 서 있는 것이 보인다.

"대체 너 이 시간에 여기서 뭐 하는 거니? 집에 오기에는 너무 이르잖아."

"엄마도 너무 일찍인데요."

도저히 말하지 않고는 못 배기겠다.

"사무실 청소하고 있어야 할 시간이잖아요."

"집에 누가 침입했어."

엄마는 내가 듣고 싶은 대답이 그 말 한마디인 줄 아나 보다. 어쩌면 정말 그런지도 모르겠다. 이제부터 우리가 서로에게 듣고 싶은 말은 거짓말뿐인지도. 남자 경찰 하나와 여자 경찰 하나가 거실에서 나와 엄마 옆에 선다. 경찰들이 오는 소리를 듣고도 엄마는 돌아보지 않은 채 말한다.

"여기, 아들 지니예요."

"만나서 반갑다, 지니."

남자 경찰이 말한다. 나는 고개를 한 번 끄덕한다. 엄마는 여전히 내게서 눈을 떼지 않은 채 말한다.

"누가 집에 침입했다고."

"방금 말했잖아요."

"가져간 건 없는 것 같은데, 집을 좀 난장판으로 만들어 놨네. 내가 갑자기 들어와서 나간 모양이야. 아까 오후에 들어와보니⋯⋯."

"왜요?"

"왜라니 무슨 소리야?"

"왜 돌아왔느냐고요. 일할 시간에."

"머리가 아파서."

엄마가 거짓말하고 있다는 것을 두 경찰이 나처럼 단박에 알아차릴지 의문이다. 내가 엄마랑 로미오가 이야기하는 소리를 못 들었다 해도 지금 엄마가 한 말은 믿지 않았을 것이다. 엄마는 줄곧 열심히 일을 해왔고, 특히나 집세가 올라 여느 때보다 쪼들리는 요즘은 더했다. 엄마는 두통이 있다고 들어와 쉴 사람이 아니다. 엄마가 담배를 한 대 꺼내 입에 물고는 주머니 속을 더듬거리며 라이터를 찾는다. 나는 엄마 입에서 담배를 빼내 꽉 움켜쥐어 부러뜨린다. 엄마가 눈을 매섭게 치뜬다.

"머리 아플 때는 담배 안 당기잖아요."

엄마는 새 담배를 꺼내 물고는 불을 붙이고 연기를 뿜는다. 경찰들이 일어서는 것이 보인다. 그들이 무슨 생각을 하는지야 뻔히 짐작이 가지만 상관없다. 엄마도 개의치 않는 눈치다. 엄마는 나를 곰곰이 뜯어보고 있다.

"너 오늘 학교는 갔어?"

"아뇨."

말하는 게 나을지도 모른다. 레이섬 교장이 말하기 전에.

"왜?"

"머리가 아파서요."

엄마는 아무 반응이 없다.

"방금 레이섬 교장 선생님이 집까지 바래다줬어요."

"왜? 학교도 안 갔다면서."

"애시그로브 공원 앞에서 저를 보셨어요. 차 타고 가다가."

"오늘은 다들 결석하는 날인가 보네요."

남자 경찰이 끼어든다. 나는 대답하지 않는다. 엄마도 마찬가지다. 엄마가 그 말을 들었는지조차 모르겠다. 아니면, 뭐라 하든 그냥 관심이 없는 건지도 모르겠다. 지금 이 순간 나는 엄마의 표정을 읽을 수가 없다. 남자 경찰이 이쪽으로 한 걸음 다가온다.

"우리는 이만 가보겠습니다, 오코로 부인."

여자 경찰도 따라와 남자 옆에 서더니 나를 바라보며 묻는다.

"지니, 마지막으로 집을 나선 게 언제지?"

나는 어깨를 으쓱해 보지만, 별로 도움이 안 된다. 곧장 질문이 되돌아온다.

"마지막으로 이 집을 나선 게 언제니?"

"오늘 아침에 나왔죠."

"그게 몇 시지?"

엄마가 다시 나를 유심히 지켜보고 있다. 엄마는 다시 한번 담배를 빨고는, 선인장 화분에 재를 톡톡 떨고 계속 나를 주시한다. 나는 여자 경찰을 돌아본다.

"8시쯤, 학교 갈 때요."

"하지만 안 갔지."

"네."

"그래, 어디 갔니?"

"여기는 안 왔어요."

"지니! 경찰 아주머니 질문에 똑바로 대답해."

엄마가 소리친다. 이제 어디를 쳐다봐야 할지 모르겠다. 모두가 나를 뚫어져라 주목하고 있다.

"집에는 안 왔어요. 다들 그렇게 생각하시는 모양이지만요."

남자 경찰이 자기 수첩을 흘끔 쳐다본다.

"오늘 오후, 그러니까 좀 전에 누가 경찰에 전화를 했다. 그 사람은 자기 목소리를 감추려고 한 모양이더구나. 하지만 목소리가 꼭 10대 소년 같았다고들 하던데.”

엄마는 여전히 나를 노려보고 있다. 표정에 변화가 없다. 이미 경찰들이 엄마한테 전화 이야기를 했을 거라는 감이 온다. 남자 경찰이 수첩에서 고개를 들어 나를 쳐다본다.

“그 애가 제보하길, 이 집에서 웬 남자가 뛰쳐나가는 것을 봤다지 뭐냐.”

“그래요?”

“전화한 게 너였니?”

“아뇨.”

“그럼 넌 오늘 오후에 어디 있었니?”

“애시그로브 공원 주위를 어슬렁거렸어요.”

“오후 내내?”

“예. 아침부터요.”

“보나 마나 좀 따분했겠는데?”

여자 경찰이 묻는다. 나는 그녀를 쳐다본다.

“왜요?”

“할 거라고는 없는 조그만 공원이잖니.”

“전 놀이터 좋아해요. 뺑뺑이나 그네 타는 것도 좋아하고 모래밭에서 노는 것도 좋아해요.”

“농담하니?”

여자의 눈빛이 험상궂어졌다. 엄마도 마찬가지다. 엄마가 두 경찰 쪽을 돌아본다.

"지니한테 더 물어봐야 소용없어요. 이제 저 녀석한테서 나올 말은 다 나온 거예요."

보아하니 그들은 엄마 말을 믿지 않는 눈치지만, 남자 경찰은 고개를 끄덕인다.

"계속 연락드리겠습니다, 오코로 부인."

그런 다음 그는 나를 흘끗 쳐다보고는 현관으로 간다. 여자 경찰이 따라나서고, 등 뒤로 문을 닫는다. 엄마는 잠시 문이 닫히는 걸 지켜보더니 몸을 돌려 내 얼굴을 후려친다. 나는 악 비명을 지르고 뒤로 한 걸음 물러난다. 엄마는 피우던 담배를 선인장 화분에 눌러 끄고는 쏘아붙인다.

"쥐방울만 한 게 거짓말은!"

"엄마도 지금 거짓말하잖아!"

"오호, 내가?"

나는 엄마를 노려본다. 내 머릿속은 다시 로미오 생각뿐이다. 그는 바로 여기 문 옆에 엄마랑 서 있었다. 아직도 그 인간 냄새가 나는 것 같다. 아마도 엄마 몸에 남은 그 인간 체취인 것 같다. 나를 향해 씩씩거리는 엄마를 보고 있으니, 아는 대로 죄다 말하고 어디 내 말이 틀렸느냐고 고래고래 악쓰고 싶다. 그런데 또다시 손바닥이 날아드는 게 보인다. 이번에는 엄마의 손목을 붙잡는다.

"놔, 지니!"

"안 때린다고 약속하면."

"약속 못 하겠다면."

나는 그래도 놔준다. 하지만 엄마의 손을 계속 주시한다. 손은 여전히 옆구리에서 파르르 떨고 있다. 나는 또 한 걸음 물러서고, 우리는 그 자리에 서서 서로 눈을 부라리고 있다.

"엄마, 더 피우면 안 돼."

"네가 뭔 상관이야?"

엄마는 담뱃불을 붙여 연기를 내뿜고는 문에 몸을 기댄다.

"그러니까 내가 지금 거짓말을 한다고? 내가 무슨 거짓말을 하는데?"

문득 엄마가 돌변했다. 자신만만한 척, 화난 척을 하는데 전혀 안 그래 보인다. 나는 엄마를 너무 잘 안다. 엄마는 내가 로미오에 관해 아는지 궁금해하고 있다. 하지만 나는 말할 결심이 안 선 것 같다. 아니면 그냥 말하고 싶지 않거나. 어쨌든 아직은 아니다. 나는 얼굴을 찌푸린다.

"머리 안 아픈 거 다 안다고."

나는 다시 엄마 손을 살피지만 더는 때리지 않는다. 엄마는 연기를 몇 번 더 뿜더니 나를 밀치고 거실로 들어가 버린다. 나는 잠시 기다린 다음, 따라 들어간다. 엄마는 소파에 털썩 주저앉아 벽을 빤히 바라본다. 바닥에는 그자가 열어젖힌 서랍장에서 나온 허섭스레기들이 널려 있다. 엄마가 물건들은 쳐다보지도 않고 말한다.

"저거 도로 다 집어넣으려면 제법 걸리겠네."

엄마는 소파 한복판에 널브러져 있다. 나는 엄마에게 다가가서 말한다.

"혼자 다 치울 수 있지?"

엄마는 내가 앉을 자리를 내준다. 내가 옆에 털썩 앉자 엄마는 팔을 뻗어 어깨동무를 한다.

"망할 꼬맹이."

"좀 닥쳐, 엄마."

엄마가 나를 바짝 끌어안는다. 나는 엄마 목덜미에 머리를 푹 처박고는, 조금 전까지 바로 이 자리를 빨아댔을 로미오의 입술을 잊어보려고 노력한다. 엄마는 내 머리카락에 입을 맞춘다. 나는 엄마 허리에 팔을 두르고는 힘을 꽉 준다. 엄마는 담배를 또 한 번 길게 빨고는 콜록거린다.

"이 더러운 걸 끊기는 해야겠어. 피워서 좋을 거 하나 없다니까."

"예전에는 그렇게 많이 안 피우더니."

"예전에는 하지 않았던 게 여러 가지 있지."

밖에서 웬 자동차 소리가 들려오자 나는 긴장한다. 소리가 멀어지자 나는 다시 한시름 놓는다. 그런 나를 보고 엄마가 말한다.

"겁먹었구나."

"누가 쳐들어오는 거 싫어."

엄마는 아무 말이 없다. 나는 묻는다.

"그래서 경찰들 생각에는 뭐래?"

"그 인간들 아무 생각 없어. 관심도 없다고."

"그 사람들이 그렇게 말해?"

"물론 말이야 그렇게 안 하지. 통상 할 법한 얘기들만 했어, 절차대로. 하지만 그 사람들 우리 일에 신경 안 써."

"왜?"

"아무것도 안 털렸으니까. 내가 보기에는 안 털렸어. 집을 발칵 뒤집어 놓기는 했지만, 누군지는 몰라도 내가 들이닥쳐서 달아난 것 같아. 남자 경찰이 몇 가지 적어 가기는 했지만, 정작 나조차도 뭐가 없어졌는지 말을 못 하겠는데 그 사람들이 대체 뭘 어쩌겠어? 무단 침입이야 도시 곳곳에서 늘 벌어지는 일이고, 진짜 물건도 털리는 마당에."

"그래도 계속 연락한다고 했잖아."

"안 해."

또다시 밖에서 자동차 엔진 소리가 난다. 이번에는 긴장하지 않으려고 안간힘을 쓴다. 엄마가 나를 슬쩍 내려다보고는 몸을 돌려 담배를 비벼 끄는 것이 느껴진다. 엔진은 한동안 공회전한다. 플래시 코트의 차는 아니다. 장담하는데 아빠의 밴도 아니다. 이제 그 차는 다시 떠난다. 나는 심호흡을 하고 침착한 척한다.

"아직도 겁먹었네."

엄마가 말한다. 나는 고개를 돌려 엄마를 힐끔 본다. 갑자기 엄마가 늙어 보인다. 여태 한 번도 그런 생각을 해본 적 없었다. 어렸을 때는 엄마가 방과 후에 그 조그만 초등학교 앞에서 기다리고 있으면 그게 그렇게 좋았다. 다른 엄마들과 함께 교문 앞에 서 있는데, 일고여덟 살밖에 안 된 주제에 나는 우리 엄마가 다른 엄마들보다 미인이라고 생각했다. 이제는 아니다. 아니, 여전히 그런 것 같기도 하다. 로미오는 틀림없이 그렇게 생각할 것이다. 그렇다면 문제는 나다. 내가 변한 모양이다.

"엄마?"

"응?"

"집에 누가 쳐들어온 거 아빠한테 말했어?"

"하려고 했지."

"그게 무슨 소리야?"

"전화해도 안 받더라."

"어디로 배달 갔는데?"

"그걸 누가 알겠니? 회사에서 가라면 어디든 가는 거지."

"그래서 문자는 보냈어?"

"응."

엄마는 나를 밀어내고는 자리에서 일어난다.

"이 난장판부터 정리해야겠는데. 안방도 개판을 만들어 놨어. 구경하고 싶으면 가서 봐. 그래도 내려와서 엄마 여기 치우는 것 좀 도와줘야 한다, 응?"

"그럼 이따가 올라갈게."

우리는 말없이 물건들을 정리하고 모든 걸 제자리에(대략 말이다) 갖다놓은 뒤, 위층으로 간다. 엄마 아빠 방은 거실보다 더 엉망이다. 나는 아까 들은 소리를 기억해 낸다. 내 짐작이 옳았다. 그자는 양탄자를 잡아 뺀 다음, 바닥 판자를 떼다가 소리를 듣고 중단한 것이다.

"대체 이 밑에 뭐가 있을 거라 생각한 건지!"

엄마는 판자를 제자리에 도로 끼워 맞추며 나에게 말한다.

"이리 와. 여기 이것부터 해치우자."

우리는 양탄자를 도로 펼치고, 침대를 제자리에 밀어 넣고, 물건들을 최대한 깔끔하게 정돈한다. 저녁때가 되자 집 안 꼴은 그런대로 예전 같아 보인다. 하지만 정말로 예전 같지는 않다. 마음속 깊은 곳에서는 모든 것이 변했다는 것을 알고 있다. 나만 그런 게 아니다. 엄마도 예전 같지 않다. 오믈렛을 만들고 수다를 떨고 심지어 나랑 농담 따먹기도 하고 있지만, 생각은 딴 데 가 있다. 밤 10시쯤 되자 엄마는 아예 내 존재도 잊은 사람 같다.

11시가 되자 나는 왜 아빠가 집에 안 들어오나 슬슬 걱정이 된다.

한밤중이다. 그런데 누군가 또다시 내 방 창문을 염탐하고 있다. 누군지는 모르겠고, 남자라는 것만 알겠다. 그자는 애벗가를 따라 내려가, 길 건너편, 정확히 건물 그림자에 몸을 숨기고 서 있다. 하지만 그가 주의를 기울이는 것은 바로 이 집이다. 의심의 여지가 없다. 내 딴에는 최대한 면밀히 그를 주시해왔다. 그는 한 번도 그림자 밖으로 나오지 않았지만, 나는 줄곧 그의 시선을 느꼈다. 갖은 의문이 머릿속을 쿵쿵 울린다.

　첫 번째 의문은 아빠에 대한 것이다. 12시 반인데 아직도 들어오지 않았다.

　두 번째는 엄마. 아빠가 늦는데 왜 신경도 쓰지 않나?

　엄마는 그저 손사래를 치며 들어가 자라고 했고, 아빠에 대해 물어도 건성으로 넘겼다. 들어올 거야, 그냥 바쁜 거겠지, 장거리 배달을 뛰었나 보지, 밤새 운전해서 오는 중일 거야, 아니면 차 세우고 한숨 자고 있거나, 아니래도 그러네, 문자나 전화에 답 좀 안 하는 게 무슨 대수야, 네 아빠가 휴대폰 어떻게 쓰는지는 너도 알잖아.

그럼, 알죠. 아빠가 휴대폰은 빠삭하잖아요.

엄마는 아무 일도 아니라는 말만 앵무새처럼 되풀이하고는, 이만 자라며 나를 방으로 돌려보냈다. 하지만 나는 눕지 않았다. 옷을 그대로 입고 창가에 서서 밖을 내다보고 있다. 방에 올라온 뒤로 줄곧……. 왜냐, 저 남자가 밖에서 계속 지켜보고 있고 나는 그가 과연 언제까지 저러고 있을지 궁금하기 때문이다. 어쩌면 저녁 내내 저러고 있었는지도 모른다. 엄마와 내가 저녁을 먹고 이야기를 나누는 동안에도 말이다. 우리는 커튼을 닫고 있었고, 나는 바깥 상황을 살펴보지 않았다. 그러고 싶지 않았다. 엄마도 살펴보지 않았다. 혹자는 엄마가 아빠를 기다리느라 창밖을 내다보고 있었을 거라고 생각할지도 모르겠다. 엄마도 한때는 그랬다.

남자는 아직도 아무 움직임이 없다.

이건 바보짓이다. 더 이상 이 사실을 엄마에게 숨겨서는 안 된다. 나는 방에서 나와 엄마 아빠 방으로 걸음을 옮긴다. 문이 닫혀 있다. 나는 걸음을 멈추고 문 쪽에 바짝 다가선다. 안에서 숨소리는 들리지 않는다. 나는 살며시 문을 열고 둘러본다. 엄마는 낮에 입었던 옷차림 그대로 침대의 자기 자리에 누워 있다. 신발도 벗지 않았다. 잠이 들지도 않았다. 엄마는 그냥 가만히 누워 있다. 엄마는 나를 빤히 쳐다본다.

"무슨 일이야, 지니?"

"길에 웬 남자가 하나 있어."

"거기서 뭘 하는데?"

"우리 집을 감시하고 있어."

엄마는 똑바로 일어나 앉아 나를 잠시 바라본 뒤 침대에서 내려와 이리로 걸어온다.

"좀 보자."

나는 엄마를 내 방으로 데리고 간다.

"그냥 커튼 가에서 슬쩍 보기만 해. 저쪽에서 볼지도 모르니까."

"됐어."

엄마는 곧장 커튼을 젖히고는 거리를 쏘아본다.

"엄마, 반대쪽이야."

"저 아래 철교 옆에 누가 있는데."

엄마 말이 맞다. 다른 쪽에 남자가 하나 더 있다. 철교 쪽 그림자에 숨어 있다. 내가 그자의 존재를 알아채지 못했다는 것이 믿기지 않는다.

"엄마, 반대쪽도 봐. 저기에도 하나 있어. 내가 말한 건 저 사람이야."

엄마는 반대쪽을 본다. 자, 이제 그자가 보인다. 아직 거기에 있다.

"얼굴은 안 보여."

"그래도 우리 집을 보고 있는 거잖아, 맞지?"

엄마는 대답하지 않는다.

"엄마?"

"응?"

"이게 대체 무슨 일이야? 오후에는 누가 집을 들쑤시더니, 아빠는 아직 집에 들어오지도 않고, 이제는 남자 둘이 집 주위를 어슬렁거리고 있잖아."

"저 사람은 언제부터 저기 있었어?"

"제법 됐어."

엄마는 문 쪽으로 걸어간다.

"어쩌려고?"

엄마는 일언반구 없이 움직인다. 나는 헐레벌떡 엄마를 쫓아가 팔을 붙잡는다.

"엄마, 뭘 하려고?"

엄마는 성마른 표정을 지으며 돌아본다.

"뭘 하긴? 난 저 자식하고 얘기를 좀 해야겠어. 거기 서서 우리 집을 빤히 염탐할 정당한 이유라도 있는지 알아보고, 없으면 꺼지라고 해야지."

"엄마, 바보같이 굴지 마. 경찰 불러."

"뭣하러? 내가 말했지. 경찰은 우리 일에 관심 없다고. 길에 서 있는 웬 남자 하나 확인하려고 그 인간들이 여기까지 또 나올 것 같아?"

"남자가 둘이야."

"하나든 둘이든."

"엄마, 그냥 집 안에 있어."

"재수 없는 새끼가 우리 집 엿보는 건 딱 질색이야."

엄마는 곧장 현관으로 내려가더니, 이제는 외투를 걸치려고 한다. 나는 외투 자락을 붙잡고 엄마를 말린다.

"지니, 너 이게 뭐 하는 짓이야?"

"나가지 마, 엄마."

"놓지 못 해!"

엄마는 외투를 홱 빼앗아 입고는 단추를 목까지 채운다.

"넌 여기 있어. 가서 전화기를 갖고 창가로 돌아가. 명심해, 불을 환히 켜고 창가에 서 있어야 해. 네가 손에 전화기를 들고 지켜보고 있다는 걸 그자가 똑똑히 볼 수 있게. 혹시나 나한테 문제가 생길 것 같으면 경찰을 불러."

"싫어, 뛰쳐나갈 거야."

"아니, 너는 빌어먹을 경찰을 불러야 해."

엄마는 내게 입을 맞춘다.

"그다음에 뛰쳐나와."

"엄마……."

"우리 귀염둥이, 엄마 말리지 마. 나는 이렇게라도 해야지, 도저히 안 되겠어."

곧이어 엄마는 문을 열고 걸어 나간다. 나는 전화기를 집어 헐레벌떡 내 방으로 뛰어 올라간다. 엄마는 이미 길을 따라 제법 내려가 있다. 그림자에 몸을 숨긴 남자 쪽으로 성큼성큼. 그 자는 움직이지도, 돌아보지도, 떠나지도 않았다. 내가 바란 대로다. 나는 엄마가 시킨 대로 창문 앞에서 지켜보다가, 불현듯 전등 생각이 난다. 달려가서 불을 켠 다음, 다시 헐레벌떡 창가로 돌아온다. 남자는 이쪽을 보지 않는다. 왠지 그런 것 같다. 여기서는 잘 안 보인다. 하지만 확실한 것은 그가 엄마를 주시하고 있고, 엄마는 이제 그에게 제법 가까이 다가갔다는 것이다.

가버려! 이 개자식, 썩 꺼지라고! 딴 데로 가버려! 하지만 그는 가지 않는다. 그는 그냥 거기 서서 엄마가 가까이 오는 것을 지켜보고만 있다. 잠시 후 천만다행으로, 엄마가 그의 손이 닿지 않을 만큼 떨어진 곳에서 걸음을 멈춘다. 하지만 엄마는 기어이 뭐라고 말을 하기 시작한다. 여기까지는 한 마디도 안 들리지만 들을 것도 없다. 엄마는 그자에게 손가락질하고 있고,

늘 그러듯이 너무 빨리 흥분해서는 열을 내고 있다. 나는 그러는 엄마가 영 마음에 걸린다. 왜냐하면 정작 그자는 아무 짓도 하지 않고 제자리에 동상처럼 서 있기 때문이다. 그는 소리를 질러대는 엄마를 잠자코 지켜보고 있다. 그러던 찰나, 그의 손이 슬그머니 주머니 속으로 미끄러져 들어가더니 도로 나온다.

나는 곧장 계단을 뛰어 내려간다. 내가 현관에 이르기도 전에 총성이 들린다. 나는 거리로 뛰쳐나간다. 엄마가 땅바닥에 모로 쓰러져 있다. 남자는 엄마를 내려다보고 서서 엄마의 머리에 총을 겨누고 있다. 그는 여전히 그림자에 얼굴을 숨긴 채 고개를 들고 길에 나온 나를 본다. 나는 바로 집 앞에 서서 옴짝달싹 못하고 있다. 그는 침착하게 나를 주시한다. 마치 지금 이 상황이 지극히 일상적이라는 듯이, 누가 듣든 보든 아무 상관없다는 듯이. 하지만 여기, 이 더러운 애벗 가 끝자락에 우리 말고는 아무도 없다.

더 내려간 곳에 있는 몇 집은 불이 켜져 있지만 아무도 도와주러 나오지 않는다. 나는 등 뒤 어딘가에서 나는 발소리를 듣고 흘끗 돌아본다. 엄마가 목격했던 철교 주위를 어슬렁거리던 남자다. 도망친 그는 머지않아 자취를 감춘다. 나는 엄마를 돌아본다. 엄마는 마지막으로 본 모습 그대로다. 총잡이도 마찬가지다. 그런데 이제 그가 움직인다. 내 쪽으로.

"저리 가!"

나는 소리친다. 그런다고 그가 멈춰 설 리가 없는데도.

"저리 가!"

그는 계속 다가온다. 더 빠르게, 총을 들어 올리고…… 바로 그때 애벗 가 반대쪽 끝에서 엔진 소리가 들려오고 전조등이 환하게 다가오는 것이 보인다. 총잡이는 발걸음을 멈추고 그 쪽을 돌아보더니 돌연히 사라진다. 내 곁을 지나, 저 멀리 철교 밑으로. 나는 그의 얼굴을 보지 못했다. 쳐다보기에는 너무 무서웠다. 빛이 점점 다가오고, 밴은 엄마 옆에 멈춰 선다.

아빠다.

나는 병원이 싫다. 시체같이 음산한 야밤의 병원이 싫다. 그렇다고 이곳이 완전히 죽어 있는 것은 아니다. 적어도 여기 응급실은 아니다. 밖에는 경찰이 있고, 안에는 유령처럼 배회하는 간호사들과 허름한 의자에 앉아 기다리는 사람들, 휠체어에 실려 어딘가로 떠밀려 가는 노파, 밀물을 기다리는 쓸쓸한 조각배처럼 복도 끝에 처박힌 침대에 누워 있는 두 남자가 있다. 그리고 여기, 아빠와 내가 웬 문 옆에 앉아 기다리고 있다. 병원 사람들은 우리를 그 문으로 들여보내 주지 않을 것이다.

　엄마가 죽었는지, 안 죽었는지 알 수 없다. 그들이 황급히 신고 들어갈 때만 해도 엄마는 살아 있었다. 하지만 의식이 없었다. 아빠랑 내가 다가갔을 때도, 구급차에서도, 병원에 들어와

이 냄새나는 작은 문으로 들어갈 때도. 엄마가 지금 어떤 상태일지 나는 상상할 엄두도 나지 않는다. 내가 아는 것은 엄마가 30분 전에 저 문 안으로 실려 들어갔고 여태 아무도 나오지 않았다는 것뿐이다. 여기서 우리를 상대해준 사람이라고는 잠깐 들러 우리에게 괜찮은지 묻고 간 간호사 한 명뿐인데, 그녀마저 곧장 꽁무니를 뺐다.

할 일이 무지 많은가 보지. 죽은 듯이 가라앉은 이곳의 분위기를 북돋기 위해 우리 말고도 또 다른 말썽거리가 들이닥친다. 복도 저쪽에서 술 취한 사람들의 목소리가 들려온다. 싸움이 났던 모양이고, 누군가의 얼굴에 술병 조각이 박혔다. 알 게 뭔가. 그 사람들은 엄마를 도울 수 없다. 나는 아빠를 쳐다본다. 아빠가 차를 몰고 나타난 순간부터 지금까지 우리는 서로 한 마디도 하지 않았다. 아빠는 곧장 전화로 구급차를 요청했고, 그다음부터는 모든 것이 너무도 빠르게 돌아갔다. 그런데 이제는 너무 느리게 돌아간다. 여기 이러고 앉아 엄마를 걱정할 뿐. 무슨 말이든 해야겠다.

"어디 있었어요?"

아빠가 고개를 돌려 나를 빤히 쳐다본다. 몹시 지쳐 보인다. 이게 다 엄마 때문이라고 되뇌어 보지만, 그게 다가 아니라는 생각이 집요하게 머릿속을 맴돈다.

"일했지."

"나한테 다른 할 말은 없고요?"

아빠는 문을 힐끔 보더니 다시 나를 쏘아본다.

"뭔 얘기를 얼마나 더 들어야 직성이 풀리겠냐? 응?"

"그냥 아빠가 오늘 저녁에 뭘 했는지, 어디 있었는지 궁금해서요."

"말했잖아. 일하고 있었다고. 염병할 집세며 네 주둥이로 들어갈 밥값 대느라 뼈 빠지게 돈 벌고 있었다고. 이제 됐냐?"

아빠가 쏘아붙이며 나를 향해 눈을 부라린다.

"일주일에 엿새, 할 수만 있으면 일주일 내리 하는 그 짓거리를 하고 있었다고. 온 시내를 쑤시고 다니면서 택배 상자를 배달했다고."

"그러니까 어디 있었느냐고요. 아빠는 아직도 제 질문에 대답 안 했어요."

"어딘지가 뭐가 중요해!"

아빠는 다시 문을 흘끗 본다.

"젠장, 회사에서 보내면 이 동네 저 동네 다 가지! 너도 알잖니. 지니야, 집에 괴한이 들고 엄마가 총에 맞은 마당에 너까지 나를 들들 볶을 것 없다. 너, 경찰들이 너한테 몇 가지를 물어보려고 할 거다, 알지?"

"아빠한테도요."

"경찰들이 나한테 물을 게 뭐가 있냐?"

아빠가 반문한다.

"나는 일이 터졌을 때 거기 있지도 않았다. 무슨 일이 벌어졌는지 본 사람은 너지."

"그래도 아빠랑 얘기하고 싶어 할 거예요."

나는 주위를 둘러본다. 구급차가 도착한 직후에 경찰차 두 대가 출동했고, 그중 한 대는 병원까지 우리를 따라왔다. 나는 창밖을 살펴본다. 남자 한 명, 여자 한 명이 경찰차 옆에 서 있다. 무단 침입 건으로 우리 집에 왔던 바로 그 경찰들이다. 아직 우리에게 말을 걸지 않는 것을 보아하니 그들은 주도면밀하게 움직이려는 모양이고, 우리가 엄마의 상태를 전해 들을 때까지 기다리려는 모양이다. 하지만 언제까지나 기다리고 있지만은 않을 테니, 나는 무슨 말을 할지 생각해야만 한다.

경찰들은 이제 길을 건너 여기 응급실 쪽으로 걸어오기 시작한다. 나는 유리문 너머로 그들을 주시한다. 그들은 서두르는 기색 없이 침착하고 용의주도하다. 이 역시 그들에게는 해치워야 할 일들 가운데 하나일 것이다. 누군가가 총에 맞고, 아빠와 아들이 응급실에 앉아 기다리고, 그들은 몇 가지 질문을 하며 절차대로 일을 해나가고, 다음 일로 넘어가고……. 그게 다 하루치 업무일 뿐일 것이다. 엄마가 죽어가는 중이든 이미 죽었든 그들이 신경을 써야 한다는 법은 없다. 그들은 응급실 입구에 다다르고, 유리문이 자동으로 열리자 곧장 이리로 다가온다.

나는 고개를 돌려 그들을 바라보는 아빠의 눈빛이 뭔가 석연치 않은 것을 감지한다. 평상시에 보이는 부루퉁함도, 허리띠를 뽑아들 때 비치는 위험한 기운도 아닌 뭔가가 있다. 정확히 뭔지는 모르겠다. 두 경찰은 우리 앞에서 걸음을 멈추고, 남자는 다 이해한다는 듯이 고개를 끄덕인다. 아빠가 고개를 끄덕여 답한다. 나는 그냥 쳐다보기만 한다. 곧이어 남자 경찰이 이야기를 시작한다.

"부인 일은 정말 유감입니다. 게다가 이 와중에 두 분께 심려를 끼치는 것을 양해해……"

"어서 하시오."

"오코로 씨, 실례지만 뭐라고 하셨죠?"

"지니한테 물어볼 게 있지 않소. 어서 물어보시오."

"감사합니다."

남자 경찰이 여자 경찰을 흘끗 보자, 여자 경찰이 말한다.

"저희는 선생님께도 여쭤볼 것이 좀 있습니다, 오코로 씨."

아빠가 툴툴거리며 말한다.

"대체 뭔 질문 말이오? 나는 무단 침입 때 거기 있지도 않았소. 총격 때도 마찬가지요. 난 아무것도 못 봤소. 온 시내를 돌면서 운전 중이었소."

"선생님께서는 때마침 총을 쏜 사람이 달아나려는 순간에 오셨습니다."

"그러니까 뭐요?"

"그러니까 선생님께서 그자의 인상착의를 알려주실 수도 있겠지요."

"나보다 지니가 가까이서 봤소. 애한테 물어보시오."

"그럴 겁니다. 하지만 저희가 이 부분에 대해 선생님께도 여쭙지 않을 수 없다는 것을 충분히 이해해 주시리라 생각합니다, 오코로 씨. 선생님께서는 저희가 수사하는 데 도움이 될 뭔가를 보셨는지도 모릅니다."

남자 경찰의 말에 아빠는 어깨를 으쓱한다.

"나는 늦게 들어왔소. 훨씬 일찍 올 수 있을 줄 알았는데. 하지만 택배 회사 직원이니 어쩌겠소? 오늘 아주 사방으로 뺑뺑이를 돌리지 뭐요. 그러고는 집에 오는데 길이 막혔소."

"무단 침입에 대해서는 알고 계셨습니까? 부인께서 오후 내내 연락을 취하려고 하셨을 텐데요."

"여편네가 음성 메시지랑 문자를 남겼소. 하지만 저녁 늦게야 확인했소."

"그때까지 휴대폰을 확인하지 않으셨다니 놀랍군요, 오코로 씨."

아빠가 또다시 어깨를 으쓱한다.

"운전하느라 당최 바빠서 말이오. 게다가 내가 운전 중에 휴대폰이라도 쓸라치면 당신네가 와서 다짜고짜 잡아 세우지 않소."

내가 역겨워서 눈을 돌린 바로 그때, 유리문 너머에 플래시 코트가 서 있는 것이 보인다. 자동문이 열리지 않도록 감지 범위에서 한 걸음 물러나, 예의 그 침착하고 희미한 미소를 띤 채 나를 보고 있다. 그는 아무도 자기 쪽을 보지 않으리라고 확신하는지 말 그대로 문 주위를 어슬렁거리고 있다. 시간이 남아돈다는 듯이. 실제로 남아도는지도 모른다. 정말로 아무도 그를 눈여겨보지 않는다. 아빠는 인상을 구긴 채 경찰들을 올려다보고 있고, 경찰들도 인상을 구긴 채 아빠를 내려다보고 있다. 다시 유리문 쪽을 돌아보니 플래시 코트는 아직도 그 자리에 있다. 하지만 미소는 온데간데없다. 그는 경찰을 흘끗 본 뒤 다시 나를 바라본다. 그러고는 손가락 하나를 입술에 갖다 대고 이어서 목을 긋는 시늉을 한다. 나도 그를 마주 쏘아본다. 이봐, 알아들었다고. 이제 그는 내가 그 경고를 알아들었다는 것을 안다. 이미 느긋한 걸음걸이로 그곳을 떴으니 말이다.

그들은 우리를 집으로 돌려보냈다. 병원에 죽치고 있어 봐야 좋을 게 없단다. 그들 말로는 총알은 제거했고, 엄마는 여전히 숨이 붙어 있지만 의식불명이며, 당장 우리가 할 수 있는 일은 아무것도 없단다. 내일 다시 오면 엄마 상태가 어떤지 볼 수 있고, 무슨 일이 있으면 전화를 할 거란다. 그들 말로는 그렇다. 결국 나는 별다른 정보를 얻지 못했고 그건 경찰도 마찬가지다. 나는 경찰한테 플래시 코트와 부하들에 대해서는 입도 뻥긋하지 않았다. 말했다가는 어떤 험한 꼴을 당할지 잘 알고 있다.

나는 총잡이에 대해 기억나는 것을 말했는데 길게 할 말이 없었다. 주위가 어두웠고, 그자는 줄곧 집을 감시하고 있었는데, 엄마가 이야기하러 나가자 그자가 엄마에게 총을 겨누고는 쏘았고, 내가 뛰어나갔지만 그는 내뺐고, 나는 정신이 없어서 그자를 똑똑히 보지 못했다. 이건 대체로 사실이다. 아빠도 별말을 하지 않았다. 경찰한테도 나한테도. 우리는 이제 집에 돌아와 부엌 식탁을 사이에 두고 의자에 퍼질러 앉아 서로를 빤히 노려보고 있다. 아직 동이 트려면 멀었다. 전기 주전자가 끓다가 저절로 꺼진다.

"네가 해."

아빠가 말한다. 나는 일어나서 차를 내린다.

"우유가 없어요."

아빠는 대답이 없다. 나는 냉장고 문을 닫는다.

"우유 없다고요."

"아까 알아들었다."

나는 찻주전자를 식탁에 내려놓고 잔을 가져온 다음, 자리에 앉는다. 애벗 가는 쥐 죽은 듯이 조용하지만 멀리서 어렴풋이 도시의 소음이 들려온다. 나는 다시 시골 들판을 떠올린다. 내가 구한 그 책에 나오는 들판을. 이어서 병원 침대에 눈을 감고 누워 있는 엄마의 모습을 떠올린다.

"아빠?"

"차 따라."

"아직 안 우러났어요."

"따라."

나는 한 잔 따라준다. 아빠는 차 따르는 내 모습을 관찰하더니 눈을 치켜뜬다.

"넌 안 마실 거냐?"

"너무 연하잖아요."

나는 잠깐 그자에 대해 말할지 고민한다. 아빠의 얼굴을 보니 나의 마음을 읽은 것이 틀림없다. 아빠는 끙 소리를 내며 찻잔을 든다.

"좋을 대로."

나는 아빠가 눈을 내리깔고 차 마시는 모습을 지켜본다.

"그래, 뭘 알고 싶으냐?"

아빠는 잔을 쥔 채 맞은편에 앉은 나를 찬찬히 바라본다.

"자, 물어보라고."

나는 망설인다. 아빠의 손이 날아와 내 뺨을 철썩 후려친다.

"아빠!"

"물어보라고!"

"때릴 것까지는 없잖아요."

"어서 말해."

아빠는 휘청거리며 일어나더니 싱크대에 남은 차를 버린 뒤 냉장고에서 맥주 캔을 하나 꺼낸다.

"물어볼 게 있잖아. 네 얼굴에 죄다 쓰여 있어. 내가 너한테 뭘 숨긴다고 생각하지?"

아빠는 캔을 따고 다시 의자에 털썩 주저앉는다.

"아주 지긋지긋하구나, 지니. 염병, 주먹만 한 면상을 해갖고는 내가 무슨 범죄자인 양 꼬나보는데……."

나는 손으로 얻어맞은 뺨을 문지른다. 아빠가 맥주를 한 모금 쭉 들이켜고 중얼거린다.

"자, 어서. 그 빌어먹을 질문인지 뭔지 해보라고."

"전 그냥 아빠가 오늘 어디를 가셨는지 궁금했어요."

"아까 병원에서 말했잖아. 사방으로 쏘다녔다고. 대체 뭐가 문제인 거냐? 내 택배 일람이라도 보고 싶다는 거냐?"

"있다면요."

"그런 거 없다."

아빠는 나를 노려본다.

"아주 집요하구나. 그냥 내 말을 믿는 게 좋을 거다."

"왜 없는데요?"

아빠의 오른쪽 팔뚝이 움찔거리는 것이 보인다.

"때리지 좀 마세요, 아빠. 난 그냥 물어보는 거예요."

아빠는 팔의 긴장을 풀더니 맥주를 한 모금 더 마시고 소매로 입을 쓱 닦은 다음, 일어서려고 다시 용을 쓴다.

"난 자러 간다. 진이 다 빠졌네. 네 엄마가 내일 어찌 될지는 하늘만 알겠지."

"오늘이요."

"뭐?"

"오늘이라고요. 지금 새벽 4시예요."

아빠는 잠시 눈을 부릅뜨고 나를 내려다보더니 비틀거리며 부엌을 나선다. 계단을 오르는 무거운 발소리에 이어 안방까지 몇 걸음 더 딛는 소리가 들리고 침대에 철퍼덕 쓰러지는 소리가 난다. 몇 분 뒤 거친 숨소리가 들려온다. 나는 찻주전자와 그 옆에 놓인 내 빈 잔을 한 번 쳐다본 뒤, 자리에서 일어나 부엌을 나서 계단 발치에 멈춰 선다.

아빠가 옷을 입은 채로 침대에 널브러져 있는 모습이 눈에 선하다. 맥주 캔을 내려놓는 소리가 나지 않았으니 침대는 물론 몸에도 엎질렀을 것이다. 처음 있는 일도 아니다. 한번은 몸에 온통 토한 채 그대로 잠든 적도 있었다. 나는 아빠가 괜찮은지 확인하러 가지 않을 거다. 지금 당장은 그 꼴을 봐낼 자신이 없다. 대체 내가 왜 저 개자식을 사랑하나 모르겠다. 함께 보낸 좋은 날들 때문인 것 같은데, 요즘은 그런 날도 거의 없다. 엄마도 똑같다.

나는 현관문을 열고 집 밖을 주시한다. 아무도 없다. 애벗 가는 조용하다. 어쨌든 이 근방은 늘 그렇듯 고요하다. 이웃들은 없느니만 못하다. 이런 때조차, 아니, 이런 때는 특히. 초인종을 누르는 사람도, 괜찮은지 물으러 오는 사람도 없었다. 늘 이런 식이다. 우리 엄마가 총에 맞았는데 아무도 상관하지 않는다. 이웃들은 그저 커튼을 닫고, 문을 걸어 잠그고, 오코로 가족이 자기네 문제를 알아서 처리하게 내버려둔다. 자신들과는 상관없는 일이니까. 나는 그들을 향해 중얼거린다.

"그래, 댁들한테는 신경 쓸 필요도 없는 일이겠지."

나는 아빠의 밴 열쇠를 집어 들고는, 현관문을 닫고 집을 나와서 귀를 곤두세운다. 애빗 가 저쪽 끝에서는 웅웅거리는 자동차 소음이 들려온다. 새벽 열차가 도심을 향해 철교 위를 덜컹거리며 지나간다. 나는 아빠의 밴으로 다가가 차 문 앞에 멈춰 서서 뒤를 돌아본다. 아빠가 자는 방 창문에는 불빛이 보이지 않는다. 나는 차 문을 열고 운전석에 올라타 계기판을 들여다본다. 너무 어두워서 또렷이 보이지 않는다. 나는 차내등을 켜고 주행계를 확인한다. 어제부터 주행한 거리, 269킬로미터.

전날보다 많이 뛰기는 했지만, 내가 두 주 전부터 확인한 바로는 아빠는 최근에 하루 평균 240킬로미터 정도씩 뛰고 있다. 나는 다시 집 쪽을 바라본다. 이 짓을 할 때마다 죄책감이 들지만 나도 어쩔 수가 없다. 하루 평균 240킬로미터. 아빠가 하는 이야기와 일치한다고도 할 수 있지만, 아니기도 하다. 나도 내가 무슨 생각을 하고 있는지 모르겠다. 그러니까 문제는 주행거리가 아니다. 그 거리를 달려 어디에 다녀왔느냐다. 아빠는 그 전에도 줄곧 날마다 240킬로씩 뛰었을지도 모르고, 이상할 것 하나 없는지도 모른다. 하지만 내 생각은 아니다. 전에는 결코 그렇게 많이 뛰지 않았다. 요즘 아빠가 낮 동안 어디를 가는지는 하늘만이 알 거다.

차내등을 끄는 순간 차 옆면에서 웬 그림자가 나를 덮친다. 문 옆에 한 남자가 서 있다. 모르는 남자다. 또 다른 그림자, 그러니까 두 번째 남자가 반대쪽에서 나타난다. 차 문이 휙 열린다. 첫 번째 남자가 내 목덜미를 붙잡는다. 소리를 지르려고 입을 벌리지만 손이 나타나 틀어막는다. 이제 두 번째 남자도 이쪽으로 와 있다. 그들은 나를 끌어내 밴 뒤쪽을 돌아 애벗 가에서 공터로 가는 좁은 길로 데려간다. 나는 반쯤 뛰고 반쯤 절뚝거리며 개같이 낑낑거린다.

"너무 시끄럽구나, 꼬맹아."

하지만 나는 계속 끙끙댄다. 그들이 갑자기 걸음을 멈추더니 내 얼굴을 마주 본다.

"너무 시끄럽다고, 꼬맹이."

주먹은 보이지 않는다. 그저 내 배로 연달아 치고 들어올 뿐. 헉하고 몸을 수그리자 어느새 나는 그자의 등에 번쩍 들어 올려진다. 쿨럭쿨럭 기침을 하며 등에서 통통 튀어 오르는 나를 들쳐 메고 그자는 공터를 지나 울타리 쪽으로 간다. 울타리를 따라 나아간 그자는 머리 위로 철교가 지나가는 어둡고 조용한 곳까지 내처 간다. 바로 거기, 플래시 코트가 기다리고 있다. 미소를 띤 채.

심지어 이 후미진 다리 밑에서도 그자는 완벽한 모습이다. 무성한 쐐기풀 무더기 앞에 서 있는 그의 왼편으로는 녹슨 철조망 울타리가 보이고 오른편에는 개똥이 굴러다니지만, 무엇도 감히 그를 건드리지 못하는 것 같다. 나를 메고 온 남자가 나를 내팽개친다. 다행히 깨끗한 땅바닥에. 하지만 내게 허락된 행운은 거기까지다.

검은색 빛나는 장갑을 낀 플래시 코트가 몸을 숙인다. 그는 내 머리채를 움켜쥐더니 홱 잡아당겨 나를 번쩍 일으켜 세우고는 이제는 나를 뚫어져라 쏘아본다. 나는 움쩍하지 않으려고 안간힘을 써보지만 부질없는 짓이다. 내 몸이 부들부들 떨리는 것을 그자는 대번에 알아차린다.

"죄다 꼬여버렸구나, 얘야. 안 그러냐?"

예의 그 부드러운 목소리와 번드르르한 자신감. 그는 아까부터 줄곧 웃고 있지만 눈은 서늘한 별빛 같다.

"네가 수업을 빼먹고 돌아다니니까 엄마가 총에 맞지."

그가 중얼거린다. 그의 얼굴에 미소가 사라지고 짐짓 동정하는 듯한 표정이 떠오르더니, 곧 그마저도 지워지고 다른 뭔가가 나타난다. 뭐라고 불러야 할지 모르겠다. 목소리도 낯설다. 더 낮고 더 음산하다.

"자, 일단 우리는 네가 어디까지 말했는지 알아야겠다."

"저 말 안 했어요, 아저씨."

그는 두 남자를 향해 고개를 끄덕인다. 나는 놀라서 두리번거린다. 하지만 내 양팔은 이미 붙들린 다음이다. 그들은 각각 한 팔씩 잡고는 나를 울타리로 밀어붙인다. 이슬 맺힌 쇠붙이가 등뼈를 짓누르는 것이 느껴진다. 눈앞에 플래시 코트의 모습이 들이닥치자 나는 다급히 나불거리기 시작한다.

"아저씨, 저 정말 아무 말도 안 했어요······."

"못 믿겠는데."

"입도 뻥긋 안 했어요."

"못 믿겠어."

그는 나머지 두 사람에게 고개를 끄덕인다. 그들은 내 팔을 꽉 붙들고는 양옆으로 잡아당긴다. 나는 말을 뒤죽박죽 쏟아

내며 훨씬 더 빠르게 지껄인다.

"진짜예요, 아저씨. 맹세해요. 한 마디도…… 한 마디도 안 했다니까요."

"당연히 말했을 것 같은데?"

플래시 코트가 칼을 꺼낸다.

"내가 너라면 말이다. 내가 본 걸 사방에 말했을 것 같은데. 엄마 아빠며, 경찰이며……."

"전 아무 말도 안 했어요."

"옷 벗겨."

그가 남자들에게 명령한다.

"난 거짓말쟁이들은 딱 질색이야."

"아저씨, 제발……."

"벗겨."

그들은 내 스웨터와 셔츠를 찢어발긴다. 그때 플래시 코트가 말한다.

"일단은 거기까지."

그들은 나를 다시 울타리에 밀어붙인다. 차갑고 축축하고 딱딱하다. 플래시 코트가 내 눈을 들여다보며 바짝 다가온다. 나는 칼이 어디에 있는지 보려고 아래쪽을 흘끔거린다. 그는 칼을 등 뒤로 쥐고 있다. 칼이 거기 있다는 게 공포스럽다. 칼이 내가 볼 수 있는 곳에 있었으면, 나를 불시에 덮치지 않았으면 좋겠다. 두 사람이 또다시 내 양팔을 잡아당긴다. 나는 다시 플래시 코트를 마주 보고는 애원한다.

"아저씨, 제발요……. 전 아무한테도 입도 뻥긋 안 했어요."

"왜?"

"너무 무서워서요."

"전화박스에서는 별로 무서워하는 것 같지도 않던데. 애시 그로브 공원에서 내뺄 때도 그렇고."

"이제는 무서워요."

그는 칼을 내 얼굴 앞에 휙 들이댄다.

"설령 네가 말을 안 했다 해도, 너를 살려두는 위험한 짓을 할 수는 없단다."

나는 칼날에서 물러나려고 용을 쓰지만 울타리 때문에 소용없다. 몸이 너무 심하게 떨려서 이제는 말도 잘 안 나오지만, 간신히 뭐라도 주워섬긴다.

"전 아무 말도 안 했어요, 아저씨. 엄마한테도, 아빠한테도, 경찰한테도 정말로 아무한테도 안 했어요. 아저씨가 병원 밖에서 신호 보내는 거 보고 말귀를 알아들었어요. 말했다가는 죽는다. 정말이에요. 다 알아들었어요."

"경찰한테 내 이야기를 했잖아. 네가 전화에 대고 하는 말을 다 들었다."

"하지만 경찰들은 하나도 못 알아들었어요! 장담해요. 못 알아들었어요. 전 손수건으로 입을 가리고 말했어요. 아저씨도 보셨잖아요. 목소리를 숨기려고 그랬어요. 결국에는 경찰이 제가 하는 말을 하나도 못 알아들었대요, 한 마디도요. 그 남자가 그랬어요. 전화를 받은 남자가요."

플래시 코트가 고개를 젓는다.

"그래도 그런 모험을 할 수야 없지."

"절대 말 안 할게요."

"나도 네가 말하지 않을 거란 건 안다."

"제발 살려주세요."

그는 나를 침착하게 관찰한다. 젠장, 이 남자는 냉혹하다. 재미 삼아 나를 난도질하고서 하루가 저물 즈음에는 까맣게 잊어버리고도 남을 인간이다. 그의 눈이 내 몸을 훑고 지나가고, 나는 그가 정말로 원하는 것이 뭘까 궁리하기 시작한다. 불현듯 단지 내 피를 보는 것만은 아닐 거라는 직감이 든다.

"그래, 만약에 내가 너를 살려주면? 그래서 내가 얻는 게 뭐지?"

"절대로 입을 열지 않을게요."

"흠, 그걸로는 어림도 없지."

그는 칼로 내 뺨을 톡톡 건드린다. 칼날은 차갑고 매끈하다. 그가 손목을 살짝 비틀자, 칼날이 내 살갗을 얕게 긋고 지나간다. 그의 얼굴에 미소가 다시 나타나는가 싶더니 사라진다. 어느 쪽이 더 나쁜지는 장담할 수 없다.

"어찌 됐든, 난 네놈을 믿지 않아. 살려두면 또 가서 나불댈 지도 모르고. 자, 이제부터는 네 엄마 아빠에 대해 생각을 해보자꾸나. 그들에게 무슨 일이 생긴다면 어떨까?"

나는 아무 말도 하지 못한다.

"엄마가 회복돼서 퇴원하면……? 그럼, 네 엄마는 며칠 뒤 쓰레기 하치장에서 목이 잘린 채 발견될 거다."

"제발……."

"그다음에는 네 아빠도 실종되겠지. 얼마 있으면 누군가 네 아빠 밴을 찾아낼 거고. 그때는 이미 끔찍한 사고가 벌어진 뒤 겠지."

"아저씨……."

"그게 앞으로 벌어질 일인 걸 어쩌겠니."

시퍼런 칼날을 사이에 두고 플래시 코트가 내 쪽으로 몸을 숙인다.

"그게 네가 이 일에 대해 한 마디라도 입 밖에 냈을 때 벌어질 일이란다. 엄마 아빠는 둘 다 죽을 거고, 음, 썩 보기 좋은 모습은 아닐 게다. 왜냐하면 내가 그 점은 확실히 해둘 테니까. 그렇게 네 부모하고 볼일을 마친 다음에는 너를 잡으러 갈 거다. 두고 보렴. 그게 네가 입을 놀렸을 때 벌어질 일이다."

"말 안 할게요, 아저씨. 아무것도 말 안 해요."

그가 칼날을 돌려 다짜고짜 내게 들이대자, 칼끝이 미간을 따끔하게 찌른다. 그의 눈은 칼날을 죽 훑더니 뒤이어 내 눈을 쏘아본다. 눈앞에 칼자루를 꽉 움켜쥔 장갑 낀 손이 보이고 칼날이 조금씩 살갗으로 파고드는 것이 느껴진다. 그러더니 멈춘다. 그는 칼을 거두고는 물러난다.

"이미 말했지만, 입을 닫는 것만으로는 부족하단다."

머리 위 철교로 기차가 천둥 치듯 요란하게 지나간다. 플래시 코트는 줄곧 그래왔던 것처럼 침착한 눈빛으로 나를 주시하며 기차가 떠날 때까지 기다린다.

"너는 돌아가서 너희 집을 뒤지는 거다. 집을 오랫동안 잘 살펴보는 거야. 단, 아무도 모르게 해야 해. 왜냐? 우리는 우리 사이의 일을 다른 사람이 아는 건 바라지 않으니까. 그렇지? 그리고 네가 입을 놀려서 네 엄마 아빠가 갈가리 난도질을 당해 죽는 건 바라지 않으니까."

"제가 뭘 찾으면 되는데요?"

"찾으면 알 거다."

"뭔지 말해주시면 안 될까요?"

"굳이 말할 필요도 없단다. 넌 곧장 알아볼 거다. 네가 사는 그 더러운 집구석에서 찾을 거라고는 예상치 못한 물건일 테니까. 거기 있을 리 없는 물건이지. 그런데 나는 그게 필요해. 그러니까 네가 그걸 찾아서 나한테 가져오는 거야."

"하지만 전 그게 뭔지 모르는 걸요."

장갑 낀 손이 휙 나타난다. 칼을 쥔 손이다. 다가온 것은 칼의 옆면이라 베이지는 않았지만 칼날이 광대뼈를 찰싹 때리자 고개가 휙 돌아가 울타리에 맞닿는다. 그가 더 세게 칼날을 갖다 대자, 얼굴이 울타리의 두 기둥 틈새로 처박힌다. 숨통이 점점 조여온다. 그자가 칼을 완전히 박아 버리지 않을까 무섭다. 하지만 그렇게는 하지 않는다. 대신 귓가에 속삭이는 목소리가 들려온다.

"가서 너희 집을 뒤지는 거야. 아무도 모르게 해야 해. 숨길 만한 곳은 하나도 빼놓지 말고 다 확인해야 해. 그래서 내가 원하는 물건을 찾으면 넌 나한테 바로 알리는 거다."

"아저씨한테 어떻게 연락을 하죠?"

"스핑크한테 나를 만나고 싶다고 말해."

"스핑크를 어떻게 아세요?"

플래시 코트가 나를 끌어내 휙 돌려세우자 다시금 그를 마주 본다.

"난 다 알아. 학교에서 널 괴롭히는 녀석이 누군지도 알지."

"제가 학교에 안 가는 건 스핑크 때문이에요. 걔가 저를 때려서요."

"내가 너를 보냈다고 하면 안 때릴 거다."

나는 눈을 내리깔고 여기서 벗어날 방법을 짜내려 하지만,

이미 아무 방법도 없다는 것을 알고 있다. 이 남자가 시키는 대로 하는 방법 말고는. 장갑 낀 손이 턱을 잡더니, 내 고개를 치켜든다. 그러자 코앞에 그 무시무시한 미소가 날 집어삼킬 듯 다가온다. 아무리 외면하려 해도 보이는 거라고는 그 미소 띤 얼굴 한복판의 싸늘한 두 눈뿐이다. 나는 용케도 말을 꺼낸다.

"스핑크를 만나서 아저씨를 뭐라고 칭하죠? 아저씨 이름을 모르는데요."

그는 나를 놔주고 물러서서 공연히 코트 매무새를 고친다. 이미 한 치도 흐트러짐 없는 모습이다. 그는 옷을 탁탁 털고는 다시 나를 쏘아본다.

"네가 내 이름을 하나 생각해 보렴."

그가 불쑥 말한다.

"플래시 코트."

"그거 괜찮구나. 그렇게 부르렴. 스핑크도 알아들을 거다."

그는 다른 두 남자를 향해 고개를 끄덕인다. 그런 다음 그들은 사라진다.

집은 예전 같아 보이지만, 실은 송두리째 달라졌다. 내 인생도 발칵 뒤엎어졌다. 어디서부터 무슨 생각을 해야 할지, 누구를 믿어야 할지, 믿을 사람이 있기는 한 건지 머릿속이 깜깜하다. 나는 밴 열쇠를 아빠 외투 주머니에 도로 넣어놓고는 계단을 오른다. 살금살금 올라갈 필요도 없다. 아빠에게 내 소리는 들리지도 않을 것이다. 코를 어찌나 요란하게 골아대는지 하늘이 두 쪽 나도 깨지 않을 기세다.

　아빠는 내가 상상한 모습 그대로 침대에 옷을 다 입고 엎드린 채 잠들어 있다. 맥주도 짐작대로다. 캔이 옆에 쓰러져 있고, 맥주가 쏟아진 이불에는 얼룩이 번져 있다. 나는 방에 들어가 캔을 서랍장 위로 치운 뒤 서랍 맨 위 칸을 연다. 지금 시작하는 게 낫다. 내가 뭘 하든 아빠는 전혀 모를 것이다. 저기 저 자리에 나무판자처럼 그대로 누워 있을 것이다.

맨 위 서랍에는 아무것도 없다. 적어도 플래시 코트가 찾을 만한 것은 없다. 이미 그가 서랍은 샅샅이 뒤졌을 거다. 엄마가 들이닥치기 전에 볼 시간이 있었을 것이다. 나는 다른 서랍들도 확인한다. 아무것도 없다. 아빠가 침대에서 몸을 뒤척이지만 깨 지는 않는다. 나는 허리를 숙이고 침대 밑을 들여다본다. 신발 밖에 없다. 먼지투성이 신발. 내가 왜 여기서 시간을 허비하고 있나 모르겠다. 이 방은 플래시 코트가 이미 다 확인했다.

나는 몸을 일으킨다. 창문으로 햇빛이 스며든다. 나는 창문 으로 걸어가 창밖을 내다본다. 벌써 도시의 웅성거리는 소음 이 커진 듯하다. 나는 병원에 있는 엄마를 생각한다. 이어서 플 래시 코트를, 그다음에는 하고많은 사람 중에 스펑크를 생각 한다(녀석이 딱 한 번만이라도 나를 패지 않고 넘어가길). 이어서 나 는 그에게 가져가야 할 물건을 생각한다(제발 뭔지만 알아도 좋 으련만). 이제 나는 혼자만의 비밀을 머릿속에 꼭꼭 숨기고는 침대에 널브러져 자고 있는, 명색이 아빠라는 이 머저리 자식 을 생각한다.

아빠가 낮 시간에 뭔 짓을 하고 다니는지 알 게 뭔가. 이제 알고 싶지 않을 지경이다. 아빠가 또다시 침대에서 뒤척이지 만 깨어나지는 않는다. 나는 내 방으로 건너가서 내가 알아볼 수밖에 없을 그 물건을 찾기 위해 최대한 샅샅이 뒤진다. 그러나 아무것도 찾지 못한다. 아래층으로 내려가 발을 질질 끌며 이 방 저 방 헤매다 보니 피곤해서 정신이 오락가락하지만, 나를 협박하던 플래시 코트의 부드러운 목소리가 떠올라 몸이 덜덜 떨려온다. 역시나 아무것도 찾지 못한다. 나는 비틀비틀 내 방으로 돌아가 침대에 몸을 던진다. 이윽고 정신을 차려보니 누가 내 어깨를 흔들고 있다.

"지니."

"꺼져!"

"9시 정각이다."

그럴 리 없다. 조금 전만 해도 새벽이었다. 뺨을 찰싹 때리는 것이 느껴져 눈을 뜨자, 아빠가 내 쪽으로 몸을 숙이고 있는 것이 보인다.

"일어나. 9시 정각이다."

아빠가 다시 뺨을 때린다.

"그리고 아빠한테 '꺼져'가 뭐냐."

나는 눈을 비비고 흘끗 올려다본다.

"꼴이 엉망이구나."

"아빠도요."

"잠자리에 들기 전에 옷은 벗었어야지."

"아빠도 안 벗었잖아요."

아빠는 그 말에는 대답하지 않고, 일어서서 얼굴을 손으로 문지른다.

"아빠, 면도 좀 해야겠어요."

"그럴 시간 없다. 우린 지금 병원에 가야 해. 얼른 움직여."

나는 간신히 침대에서 몸을 일으킨다.

"엄마 소식은 없고요?"

"병원에 전화해 봤다. 우리더러 와도 된다더구나."

"엄마는 괜찮대요?"

"젠장, 총에 맞았잖니! 당연히 괜찮을 리가 없지."

"어쨌든 살아는 있죠?"

"살아 있고, 가서 얘기해도 된다더라. 하지만 오래는 못 있고."

아빠는 나를 내려다본다.

"얼굴에 물 좀 묻히고 머리 좀 정돈해. 꼴이 어디서 쌈박질이라도 하고 온 녀석 같구나. 나는 그사이에 네가 먹을 뭔가를 차려주마."

웬 법석인지 모르겠다. 아빠가 차린 '뭔가'는 상태가 몹시 의심스러운 사과 한 알이다. 하지만 아빠는 아무것도 안 먹었으니, 내가 먼저이기는 한가 보다. 우리는 밴에 올라탄다. 그런데 기다려봐도 아빠가 시동을 걸지 않는다. 나는 애벗 가가 시작되는 쪽을 건너다보며 좀 더 기다린다. 여전히 차는 꿈쩍도 않는다. 흘끗 돌아보니 아빠는 핸들 위로 구부정히 몸을 숙이고는 담배를 피우고 있다.

"우리 병원 가는 거 맞아요?"

내가 묻자 아빠가 엔진을 켜고 차를 출발시킨다.

"창문 좀 내려주면 안 돼요?"

"뭣하러?"

"연기 땜에 죽겠어요."

아빠는 창을 내리고 밖에다 재를 톡 떨고는 내 쪽을 본다.

"학교에 전화했다. 너 오늘 학교 못 간다고. 학교에서도 안 오는 줄로 알 거다."

"엄마 얘기도 했어요?"

"사고가 났다고 했다."

"그렇게만 말했어요?"

"그래."

"청소 회사에다가는 전화했어요?"

"그건 네가 하면 되겠구나. 짬이 나야 말이지."

"번호가 뭐죠?"

"명함에 나와 있어. 조수석 사물함에 명함이 있을 거다."

나는 명함을 찾은 다음, 내 휴대폰을 꺼내 번호를 누른다. 아빠가 옆에서 당부한다.

"총에 맞았다는 말은 하지 마. 직원 명단에서 그어버릴지도 모르잖니. 그냥 엄마가 몸이 좀 안 좋다고 곧 다시 일하러 갈 거라고 해."

내 귓가에 목소리가 들려온다.

"매트릭스 청소 회사입니다."

나는 깜짝 놀란다. 틀림없이 로미오 목소리다.

"저는 지니 오코로라고 합니다. 엄마 대신에 전화 드리는 거
고요. 어머니 성함은 데이나 오코로입니다."

"아, 그래."

그는 어조에 변화가 없고, 숨을 깊이 들이마시지도 않는다.
그가 엄마를 대체 어떻게 생각하나 심히 의심스럽다. 생각이
나 한다면 말이다.

"오늘 출근을 못 하세요. 사고를 당해서요."

"거참 유감이구나."

아니, 그는 별로 유감스러워하지 않는다. 개자식 같으니.

"심각한 문제는 아니었으면 좋겠구나."

"총에 맞았어요."

아빠가 운전석에서 몸을 돌려 나를 매섭게 노려본다. 수화
기 너머에서는 침묵이 흐른다.

"총에 맞았다고요."

내가 거듭 말하자 그제야 로미오의 목소리가 되돌아온다.

"그런 끔찍한 일이! 정말 딱하구나. 저기 혹시……?"

"살아계세요. 지금 아빠하고 병원에 가는 길이고요."

"그래, 어쩐지 차 소리가 들린다 했다."

그는 엄마가 어떻게 되든 신경도 쓰지 않는다. 내가 장담한다. 그는 그저 내 전화를 끊고 싶어 할 뿐이다.

"엄마한테 안부 전해주렴. 어서 완쾌되길 바란다고."

나는 더 말할 겨를도 주지 않고 전화를 끊는다. 아빠가 다짜고짜 악을 쓴다.

"너, 이 얼빠진 놈아! 내가 뭐라던? 총에 맞았다는 말은 하지 말랬지!"

나는 어깨를 으쓱한다. 이러나저러나 마찬가지다. 그들은 엄마를 다시 써주지 않을 거고, 나 역시 그건 바라지 않는다. 엄마가 회복된다면 가능한 한 로미오를 덜 만나는 편이 나을 것이다. 아빠는 씩씩거리면서 다시 핸들을 바로 잡는다. 나는 몇 분간 아빠를 지켜본다. 한 치 앞도 장담할 수가 없다. 하지만 한번 해보는 수밖에.

"아빠?"

"이번에는 또 뭐냐?"

"택배 회사에는 전화하셨어요?"

"네가 그걸 알아서 뭐하게?"

"아빠가 바란다면 제가 대신 전화 걸어드리려고요. 오늘 출근 못 한다고 얘기하셔야죠."

"내가 하면 된다."

"운전 중이시잖아요."

"거기다 네놈까지 옆에서 짜증나게 굴고 있지. 그 입 좀 다물면 안 되겠니, 응?"

병원은 어젯밤과 마찬가지로 음산하다. 간호사들은 우리를 곧장 엄마에게 데리고 간다. 엄마는 깨어났고, 살아 있다. 나는 그럼 됐다고 생각한다. 하지만 엄마는 기진맥진해 보인다. 아무 할 말이 없는지, 시시한 것만 묻는다. 내가 아침은 먹었는지, 누가 청소 회사에 전화해 못 나간다는 말을 했는지, 학교에는 전화를 했는지. 하지만 아빠 회사에 대해서는 묻지 않는다. 도착한 지 얼마나 됐다고 병원에서는 서둘러 우리를 내보내려 한다. 엄마를 지치게 해서는 안 되고 필요한 만큼 푹 쉬게 해야 한다나. 엄마는 위험한 시기는 넘겼지만 아직은 병원에 지내면서 상태를 주시해야만 한단다. 그들 말로는 그렇다.

하지만 주시를 받는 것은 엄마 한 사람만이 아니다.

밴을 타고 병원에 오면서도 느꼈다. 우리는 미행당하고 있고, 감시당하고 있다. 증명할 방법 따위는 없다. 백미러로 수상한 차가 보인 것도 아니고, 오토바이가 우리 차 꽁무니를 따라온 것도 아니다. 그냥 느낌이 그랬다. 누군가가 애벗 가에서부터 병원까지 줄곧 우리를 쫓고 있다. 심지어 로미오와 통화를 할 때도, 아빠가 내게 도끼눈을 뜨고 으르렁거릴 때도 느껴졌다. 그리고 병원 주차장으로 돌아온 지금도 똑똑히 느껴진다.

"대체 무슨 일이냐?"

"뭐가요?"

"계속 두리번거리고 있잖아. 진정 좀 해라, 응?"

아빠가 내게 묻지만, 그러는 아빠도 초조해 보인다. 아무리 아닌 척해봐야 소용없다. 우리는 다시 밴에 올라탄다. 아까 집 앞에서 탔을 때와 마찬가지다. 아빠는 시동을 걸지 않고 핸들 위로 몸을 숙인 채 잠자코 앉아 있다. 나는 주차장 안을 두리번 거린다. 차들이 수없이 오가고 있다. 수상한 사람이라고는 한 사람도 보이지 않는다. 그러자 이제 모두가 수상해 보이기 시 작한다. 아빠는 확실히 수상하다. 그자들이 숨어서 지켜보는 것은 내가 아니고, 아빠인지도 모른다. 나는 아빠를 찬찬히 살 펴본다. 아빠는 여전히 핸들 위로 몸을 숙인 채 오만상을 찌푸 리고 있다. 그래야만 자기 비밀을 새어나가지 않게 간직할 수 있다는 듯이.

"아빠, 무슨 일이 벌어지고 있는 거예요?"

"아무 일도 없다."

"왜 우리 집에 누가 쳐들어온 거죠?"

아빠는 대답이 없다. 나는 그 수수께끼의 물건을 생각한다. 플래시 코트는 내가 그것을 찾아오기를 바라고, 그것을 손에 넣기 위해서라면 살인도 마다치 않을 것이다. 곧이어 나는 아 빠를 생각한다. 똥 무더기처럼 퍼질러 앉아 내 눈을 피하고 있 는 이 미련퉁이를.

"왜 우리 집이 당한 거죠?"

"잘 들어. 애벗 가에 강도가 든 집은 많아."

"아빠가 그걸 어떻게 알아요? 이웃들하고 말 한마디 안 섞잖아요."

"애벗 가에 강도가 든 집은 많다."

내가 대꾸하자 아빠는 반복해서 말한다. 같은 말을 두 번은 해야 정리가 된다는 듯이.

"그런데 놈들이 이번에는 우리 집을 노린 거다, 알겠냐? 집을 좀 뒤엎어 놓고는 내뺐어. 그것도 모자라 웬 잡놈이 집 근처를 계속 어슬렁거리고 있으니까 네 엄마는 나가서 그자와 얘기를 하려고 마음을 먹었지. 대체 무슨 생각으로 그랬는지는 모르겠지만 말이다. 그냥 밖에서 얼씬거리게 내버려 뒀어야 했는데……. 알고 보니 그놈은 총을 쏠 태세였던 거다."

아빠는 주차장 주위를 흘끔거린다.

"하지만 그렇다고 그게 우리 가족을 노리는 무슨 거대한 음모가 존재한다는 뜻은 아니다. 그냥 이 세상에 인간쓰레기가 널렸다는 뜻이지. 그런데 그건 우리가 이미 알고 있던 사실이잖니."

아빠가 시동을 건다.

"집에 바래다주마."

"아빠, 저 학교에 가고 싶어요."

아빠는 머리가 어떻게 됐느냐는 듯이 나를 빤히 쳐다본다. 어쩌면 그런지도 모르겠다.

"진심이냐?"

"네."

아빠의 낯빛이 바뀐다. 걱정하는 표정이라고 해도 과언이
아니다.

"굳이 갈 필요는 없을 것 같은데. 내 말은, 온갖 정신 사나운
일이 벌어졌고 하니 너도 좀……."

"학교에 가고 싶어요. 그리고 아빠도 일하러 가야죠."

나는 아빠의 눈빛이 흔들리는지 눈여겨본다. 살짝 흔들린
다. 그러더니 다시 나를 향한다.

"교복도 안 입고 나와놓고는."

"집에 내려주면 갈아입고 갈게요. 학교는 혼자서도 갈 수 있
어요."

"아니다, 학교까지 태워주마."

아빠는 이제 정말로 걱정하는 표정이다. 뭔가 다른 것도 느
껴진다. 죄책감인 것 같다. 아빠는 병원 주차장에서 빠져나와
신호등까지 쭉 간다. 빨간 불이다. 아빠는 차를 세우고는 담배
에 불을 붙이고 나를 곁눈질한다. 신호가 파란 불로 바뀌자 우
리는 계속해서 나아간다. 아빠는 창을 내리고 창 밖에 담뱃재
를 슬쩍 떤다.

"아빠는 일하러 갈 거죠?"

"안 갈 참이었다. 너랑 집에 있으려고 했지."

"회사 사람들이 아빠를 기다릴 것 아녜요. 아빠한테 할당되

는 물량이 있을 거고요. 전화도 안 했다면서요?"

"내가 알아서 하마. 그건 네가 신경 쓸 일 아니다."

아빠가 나를 매섭게 쏘아본다. 이 문제에 대해서는 그만 입 닥치라는 뜻이다. 하지만 나는 그럴 수 없다.

"나도 학교 가니까 아빠도 일하러 갈 거죠?"

아빠는 대답하지 않는다.

"갈 거죠?"

"지니야, 제발 좀!"

"아빠, 우리는 돈이 필요해요."

"나도 뻔히 아는 얘기는 하지 마라. 그리고 내가 알아서 할 일을 놓고 이래라저래라 토 달지도 말고."

"안 그럴게요."

"내 일은 내가 알아서 해. 너까지 나서서 볶아댈 것 없다고."

나는 돌아오는 내내 아무 말도 하지 않는다. 우리는 애벗 가로 접어들고, 집 앞에 주차한다. 아빠는 엔진을 끈 뒤 등받이에 몸을 기댄다.

"여기서 기다릴 테니 옷을 갈아입고 와."

집으로 들어가 현관문을 닫고 귀를 기울인다. 아무 소리도 안 난다. 나는 이리저리 둘러보고, 올라가 위층을 살펴본다. 내심 집이 뒤엎어져 있기를 반쯤 기대하고 있었나 보다. 하지만 플래시 코트는 이제 그런 짓을 할 필요가 없을 것이다. 대신해서 수색해 줄 겁먹은 꼬맹이가 생겼으니 말이다. 집 밖에서 나는 경적 소리를 듣고, 나는 내 방 창가로 걸어간다.

아무 일도 없다. 밴은 그 자리에 서 있다. 아빠는 집 쪽은 쳐다보지도 않고 있다. 아빠는 담배를 한 대 다 피우고는 곧장 새 담배에 불을 붙인다. 그리고 또 경적을 빵빵 울려댄다. 뭐, 내가 준비를 마칠 때까지 아빠가 기다리는 때도 있는 거다. 아빠가 초조해한다는 이유만으로 서두르지는 않을 생각이다. 나는 거리의 다른 곳들도 확인한다. 특별히 의심스러워 보이는 것은 없다. 그냥 죄다 수상할 뿐. 나는 병원에서 집으로 오는 동안 줄곧 감시당하는 기분이었고 이제 학교에 가는 동안에도 감시당할 것이 틀림없다. 내가 아니라면, 아빠가.

다시 경적이 울린다. 젠장. 나는 교복으로 갈아입고 계단을 뛰어 내려가 거리로 나온다. 아빠는 차창 너머를 내다보고 있다. 아빠는 나를 보더니 손가락으로 손목시계를 찔러 보인다. 나는 다시 밴에 올라탄다.

"더럽게 오래 걸리네."

"뭐 어때서요? 아빠는 오늘 바쁜 일도 없잖아요."

"할 일이 좀 있다."

"출근 안 할 거라면서요."

"안전띠나 매. 어서 가게."

차는 철교 아래를 지나 도심 쪽으로 돈다. 내 오른쪽으로 애시그로브 공원이 보인다. 나는 다시 플래시 코트와 그의 부하들을 떠올린다. 그리고 킹 에드워드 고등학교에서 나를 기다리는 깡패 소년을 떠올린다. 하지만 첫 번째로 내 눈에 들어온 사람은 바로 레이섬 교장이다. 교장은 교문 앞에 서서 관리인과 이야기 중이다. 우리가 탄 밴이 들어오는 것을 보자 교장은 옆으로 비켜선다. 교장이 조수석에 앉은 나를 알아보고는 아빠에게 멈추라는 손짓을 한다. 아빠가 차를 세우자 레이섬 교장은 빙 돌아 아빠 쪽 창문으로 걸어간다.

"오코로 씨, 부인께서 사고를 당하셨다니 정말 유감입니다. 부디 괜찮으셨으면 좋겠네요."

"총에 맞았어요."

아빠가 다르게 둘러댈세라 내가 잽싸게 말한다. 아빠는 또 나를 무섭게 노려보지만 레이섬 교장이 먼저 치고 들어온다.

"전혀 몰랐습니다. 그런 끔찍한 일이…… . 정말 유감입니다."

"애 엄마는 병원에 있습니다. 방금 보고 오는 길입니다."

침묵이 흐른다. 아빠는 어디까지 말해야 할지 망설이고, 레이섬 교장도 어디까지 물어야 할지 망설이는 눈치다. 관리인이 멍하니 쳐다본다. 나는 레이섬 교장의 주의를 돌려본다.

"그래도 살아 있어요. 약해졌지만요."

"병원에서는 뭐라고…… ."

"회복할 거래요."

순간 목소리가 떨리는 것이 느껴지지만 나는 애써 말을 잇는다.

"엄마는 회복할 거예요. 병원에서 총알도 뺐으니까 이제 나을 거예요."

"그럼, 어머니께서는 잘 이겨내실 거다."

레이섬 교장이 다시 아빠를 바라본다.

"오코로 씨, 오늘 같은 날 지니가 굳이 수업을 들을 필요는 없습니다. 정말로요."

"이 녀석이 오고 싶다지 뭡니까."

레이섬 교장이 다시 나를 쳐다본다.

"출석하고 싶어요."

"알았다."

교장은 아빠가 주차하기를 기다렸다가 다시 한번 물어본다.

"정말로 괜찮으시겠습니까, 오코로 씨?"

"저 녀석이 원해서 온 겁니다."

교장이 다시금 나를 쳐다본다. 나는 고개를 끄덕인다.

"잘 알았습니다, 오코로 씨. 지니가 학교에서 보살핌을 잘 받을 수 있도록 확실히 조치하겠습니다. 그리고 혹시라도 염려스러운 점이 있으면 반드시 전화드리겠습니다."

나는 아빠가 차를 도로 빼서 떠나는 모습을 지켜보다가 문득 나를 쳐다보는 레이섬 교장의 시선을 느낀다.

"가지고 다닐 수 있게 메모를 한 장 써주마. 오늘 수업 선생님들께 그걸 보여드리렴. 첫 수업에는 내가 같이 들어가마."

교장은 손목시계를 확인한다.

"네가 평소에는 이 시간에 어디 있었더라?"

'아무 데나요. 학교 말고.'

나는 속으로만 생각한다.

"10호실, 불어 수업이요."

"어느 선생님 수업이지?"

"제프리 선생님이요."

"자, 같이 가보자."

우리는 학교로 들어가 복도를 따라 교장실까지 함께 걷는다. 교장은 방에서 메모를 한 장 써서 나오고, 이제 우리는 외국어 교실로 향한다. 학교는 조용하고 레이섬 교장은 애써 대화하려 들지 않는다. 나는 그게 고맙다. 하지만 교장은 10호실 앞에서 나를 잡아 세우고 조용히 말한다.

"지니, 네가 이 메모를 종일 가지고 다녔으면 좋겠구나. 그리고 아까도 말했지만, 수업 때마다 선생님께 보여드리렴. 네어머니께서 사고를 당하셨다는 걸 선생님들께 알려드리는 것뿐이란다. 다들 그걸 보면 네가 몹시 심란한 와중에도 학교에 나왔다는 걸 이해하실 거다. 읽고 싶으면 읽어보렴."

"아뇨, 괜찮아요."

"좋아. 그런데 또 한 가지 일러둘 게 있단다, 지니. 게다가 이 건 아주 중요한 이야기야. 힘들면 언제든 나를 찾아와도 된다 는 걸 네가 꼭 명심해 줬으면 좋겠구나. 나는 대개 내 방에 있 단다. 무슨 일로든 이야기하고 싶으면 내 비서 방에 와서 교장 선생님 보러 왔다고 하렴. 알겠니?"

"고맙습니다."

"네가 들어가기 전에 내가 제프리 선생님과 몇 마디만 나누 마."

그러나 불어 수업은 제대로 굴러가지 않는다. 제프리 선생 은 괜찮다. 수선을 부리지도 않고, 애들한테 무슨 일인지 설명 하지도 않는다. 하지만 아이들은 하나같이 궁금증 가득한 눈 빛으로 나를 쳐다본다. 나는 애들이 어디까지 알고 있나 슬슬 궁금해진다. 과학 시간은 더 심하다. 이제 점심시간이고 더는 미룰 수 없다. 스핑크를 찾아야만 한다. 하지만 스핑크가 나를 먼저 찾아낸다. 늘 그렇듯.

스펑크는 내 뒷덜미를 붙잡아 탈의실 한구석으로 끌고 간
다. 그리고 머지않아 커다란 얼굴이 음흉한 웃음을 짓는다. 스
펑크는 나를 못 박듯 벽에 밀어붙이고 낮게 속삭인다.
　"요 며칠 보고 싶었다. 그래도 뭐 괜찮아. 이참에 못 본 시간
만큼 만회하면 되니까."
　"너한테 전할 말이 있어."
　"나도야, 잔챙이."
　스펑크가 무릎을 들어 내 다리 사이를 친다.
　"악!"
　나는 스펑크의 몸 위로 쓰러지다시피 한다. 스펑크는 나를
도로 벽에다 밀어붙인다.

"전할 말이 있어."

내가 재차 말하자, 스핑크는 내 얼굴을 쳐들어 눈을 뚫어져라 쏘아본다. 사타구니께가 아파오지만 나도 되쏘아본다. 적어도 아직은 이 녀석 하나다. 하지만 다른 녀석들도 곧 가세할 것이다. 그들은 큰 놈에게서 멀리 떨어지는 법이 없다. 스핑크는 내 얼굴에 대고 씩씩거린다.

"그래, 전할 말이 뭔데, 잔챙이? 빨리 말해."

"플래시 코트가 전하래."

"누구?"

"플래시 코트."

스핑크의 눈, 그러니까 겁에 질린 조그만 점 두 개가 나를 훑는다. 나는 그 눈을 셀 수 없이 많이 봐왔다. 그것들은 자신들의 주인인 그 괴물과는 그리 어울리지 않았다. 나보다 두 살이 많고, 덩치도 크고, 천 배는 추접한 놈이 그 작은 얼룩 비슷한 것을 눈이랍시고 달고 있다. 그래도 나는 그 눈이 무섭다. 그 눈은 계속해서 나를 훑어보고 눈빛은 점점 음산해진다. 스핑크는 내가 무슨 말을 하든 믿지 않을 것이다. 나는 다가올 응징에 대비해 마음의 준비를 한다.

"플래시 코트?"

"그 사람이 그렇게 불러도 된다고 했어. 누굴 말하는지 네가 알아들을 거라고 하던데."

나는 그 말을 하면 녀석이 주저할 거라고, 어쩌면 물러날 거라고 기대했지만, 틀렸다. 스핑크는 그저 계속해서 왼손으로 내 목을 꽉 붙들어 나를 벽에다 고정하고는, 오른손으로 휴대폰을 꺼내더니 문자메시지를 보낸다. 아무 말도 없고, 심지어 나를 쳐다보지도 않는다. 나는 잠자코 있는다. 도망치려고 해봤자 소용없다. 까딱 잘못하면 나중에 녀석이 나를 찾아내 더 심하게 팰지도 모른다. 뭐, 이러나저러나 패기야 팰 테지만 말이다. 나는 플래시 코트가 녀석에게 그렇게 빨리 답장을 할 리는 없다고 생각한다. 하지만 전송하기가 바쁘게 스핑크의 휴대폰에서 메시지 수신음이 울린다. 스핑크는 한참 뒤에야 비로소 나를 흘끔 보더니, 메시지를 읽고는 또다시 나를 쳐다본다.

"그래, 플래시 코트한테 전할 말이 뭔데?"

"그가 원하는 물건을 못 찾겠다고."

스핑크는 조그만 눈으로 나를 쏘아본다. 녀석이 이 일에 대해 이미 알고 있는 건 아닌지 의심스럽다. 어쩌면 알지도 모른다. 심지어 무단 침입 사건에 대해서도. 하지만 어쩐지 그렇지는 않은 것 같다. 녀석은 여느 때와 다름없이 나를 덮쳤을 뿐이다. 스핑크의 눈이 다시 휴대폰으로 향하더니 이제 문자를 꾹꾹 누른다. 다시금 휴전 상태로 돌아가 함께 플래시 코트의 답장을 기다리는 동안에도 스핑크의 묵직한 팔은 여전히 내 머리를 벽에 단단히 고정하고 있다. 탈의실 저편에서 들려오는 운동장의 소음은 마치 도심에서 들려오는 것처럼 멀게만 느껴진다. 휴대폰에서 띵 하고 메시지 수신음이 울리자 스핑크는 답장을 읽은 뒤 목을 누르던 팔을 거둔다.

"아주 제대로 말려들었구나, 잔챙이."

동정의 기미라고는 없다. 하지만 표정도 목소리도 전과는 달라졌다. 이게 더 좋은지는 잘 모르겠다. 좀 전까지만 해도 나는 우리가 어떤 사이인지 잘 알고 있었다. 하지만 이제는 상황이 어떻게 돌아갈지 오리무중이다. 녀석은 고개를 돌려 바닥에 침을 탁 뱉더니 나를 다시 위아래로 훑어본다.

"그거 다 되갚아야 할 거야, 꼬맹이."

"뭘 되갚아?"

"뭐든 네가 가져간 거."

"난 아무것도 안 가져갔어."

"그럼 너 말고 누군가가 가져갔겠지. 그래도 네가 대신 갚아야만 할 거야. 거참 더럽게 꼬였다, 그치?"

등 뒤에서 발소리가 나고 잠시 후 예상대로 나는 놈들에게 둘러싸인다. 데니가 치고 들어온다.

"이거 뭐냐? 제 발로 골로 기어 들어왔네?"

데니가 손을 뻗어 나를 붙잡자 스핑크가 그 손을 밀친다.

"이젠 아냐, 데니."

"뭐라고?"

"이 녀석 이제부터 내 편이야."

"뭔 소리야?"

"얘 못 건드린다고. 당장은."

데니가 나를 빤히 쳐다본 다음 스핑크를 본다.

"진심이야?"

"어, 불만 있냐?"

데니는 대답하지 않는다. 스핑크는 다른 아이들을 빙 훑어
본다.

"젬? 심플? 내티? 누구 불만 있는 사람?"

모두 어깨를 으쓱한다.

"데니, 넌?"

데니도 어깨를 으쓱한다.

"저 자식이랑 친구 해야 하는 것만 아니면."

"아무도 친구 할 필요 없어."

스핑크의 팔이 슬그머니 내 어깨를 감싸는 것이 느껴진다.

"나 말고는. 내가 앞으로 지니를 좀 챙겨줄 생각이야. 녀석
이 바른 길을 가도록 말이지."

그 말에 젬이 옆에서 생각 없이 내뱉는다.

"얘 엄마 사고 났다며."

"그래? 아유, 딱해라."

학교에 소문이 퍼지는 것은 시간문제다. 교실 밖에서 레이

섬 교장이 제프리 선생에게 말하는 것을 누군가가 들었으리라. 교장은 낮게 속삭인다고 생각하겠지만 교장 목소리는 멀리서도 쩌렁쩌렁 잘만 들린다.

"총 맞았대."

"완전 살벌하다."

스핑크는 마치 그런 건 전혀 몰랐다는 듯한 투로 말한다.

또다시 스핑크의 휴대폰이 띵 울린다. 녀석은 이번에는 문자를 천천히 읽는다. 다른 아이들이 스핑크를, 그리고 나를 주시하는 것이 느껴진다. 그들 역시 나만큼이나 이 상황이 탐탁지 않은 모양이지만 아무도 스핑크의 뜻을 거스르려 하지는 않는다. 녀석은 아직도 읽고 있다. 아주 긴 메시지거나 그냥 요지를 파악하려는 중이거나, 둘 중 하나다. 어쩌면 둘 다일지도. 나는 데니와 눈이 마주친다. 데니는 나를 패고 싶어 안달이 나 있다. 나는 혹시 데니나 다른 애들도 플래시 코트를 아는지 궁금하다. 또 스핑크가 거기서 하는 일이 뭐든 애들이 모두 그 일에 연루된 건지도 궁금하다. 온통 궁금한 것 천지다. 스핑크는 답장을 입력하고 전송한 뒤 휴대폰을 주머니에 넣고는 나를 보고 씩 웃는다.

플래시 코트와 똑같은 웃음이다. 우정 없는 웃음.

"좀 걷자고, 꼬맹이."

스핑크는 나를 탈의실 밖으로 데리고 나간다. 다른 아이들이 뒤따라 나오려 하자 녀석이 저리 가라며 고갯짓을 한다.

"여기서 기다려. 난 꼬마 지니랑 얘기를 좀 해야겠어."

나는 아이들 얼굴에서 이글거리는 분노를 본다. 스핑크도 틀림없이 보았을 것이다. 하지만 녀석은 아랑곳없이 잔디 구장을 둘러싼 펜스까지 나를 데리고 간다. 조무래기들이 축구공을 주워 들고는 학교 건물 쪽으로 달아난다. 스핑크는 그 모습을 재미있다는 듯이 바라본다.

"애들 쫄았다, 그치? 다들 내가 위험하다고 생각하니까."

스핑크가 첫 번째 구장으로 들어서는 입구에서 나를 잡아 세운다.

"너, 일 좀 해야겠다, 잔챙이. 안 그랬다가는 사람들이 다쳐. 너한테 소중한 사람들."

나는 대답하지 않는다. 나는 그저 녀석이 내가 해야 할 일이 뭔지 알려주기를 바랄 뿐이다. 그래야 엄마 아빠가 산다.

"우선 나쁜 소식이 있어. 플래시 코트가 너한테 화가 났어. 아니, 정정할게. 화난 정도가 아니지. 열 받아서 미쳐 날뛰고 있어. 그가 바라는 물건을 네가 찾아내지 못했으니까. 그래도 너무 걱정 마. 좋은 소식도 있어."

스핑크는 문에 기대며 나를 보고 씩 웃는다.

"네가 달리기를 얼마나 끝내주게 잘하는지를 내가 그 사람한테 일러줬지."

나는 어쨌거나 남은 수업을 모두 마친다. 뭐가 어떻게 돌아가는지 전혀 모르겠다. 하지만 애들이 나를 멀리하는 것은 확실히 알겠다. 예전에 친구 하나 없는 외톨이를 멀리할 때와는 또 다른 방식이다. 엄마에 대한 소문이 돈 것이다. 한두 명이 다가와서 뭔가 위로의 말이라도 건넬 거라 상상하겠지만 천만의 말씀이다. 마치 거대한 유리 항아리가 나를 에워싸고는 어디든 따라 다니는 것만 같다. 모두 그 속에 갇힌 나를 빤히 들여다보기만 한다. 당혹감, 공포, 혐오, 그게 뭐든 나와는 가까이하고 싶지 않다는 감정에 사로잡힌 얼굴로.

　선생들은 다르다. 정확히 말하자면 몇몇은 괜찮다. 레이섬 교장의 편지 덕분인 것 같다. 교장이 구두로도 뭔가 이야기를 한 게 분명하다. 선생들 대부분이 편지는 읽어볼 필요도 없다는 듯 행동했으니까. 어쨌든 다들 나한테 친절하다. 그것도 놀랍지만 또 한 가지 좋은 점은 아무도 나한테 말하라고 강요하지 않는다는 것이다. 그거야말로 바로 지금 내가 바라는 바다. 그렇지 않아도 스핑크 일로 머릿속이 뒤죽박죽이니까. 나는 그 일을 생각하고 또 생각한다. 일이 잘못될 확률이 너무 높고, 일의 성패가 상당 부분 아빠에게 달렸다.

정확히 말하자면, 오늘 밤 아빠의 상태에 달렸다. 머리를 굴릴 것도 없다. 저녁에 집에 있을 때 아빠의 상태란 대체로 딱 한 가지니까. 하지만 일단은 아빠가 집에 들어와야만 하는데 꼭 그러리라는 보장이 없다. 만에 하나 아빠가 안 들어온다면, 혹은 놀랍게도 맨정신이라면, 나는 망하는 거다. 아빠는 집에 들어와야 하고, 술에 취해야 하고, 자정 무렵에는 정신없이 곯아떨어져 있어야 하고, 밤새 그 상태여야 한다. 하지만 아빠가 어떻게 나올지는 예측 불허다.

수업이 끝나도 아빠는 데리러 오지 않는다. 충분히 예상한 일이었다. 오늘 아침 아빠는 데리러 오겠다는 말도 없이 그냥 나를 학교 앞에 내려주고는 내빼버렸다. 여느 아빠라면, 적어도 제대로 된 아빠라면, 약속 같은 건 할 필요도 없으리라. 아빠는 으레 데리러 올 것이고 자식도 아빠가 오는 줄로 알 거다. 하지만 아니나 다를까? 우리 아빠는 오지 않는다. 올 거라고 기대도 하지 않았다. 아빠는 내가 가끔 그러듯이 버스를 타고 집에 올 거라고 생각했나 본데, 내게 버스비가 필요할지도 모른다는 생각은 미처 머리에 떠오르지 않은 모양이다.

나는 주머니 속을 더듬어본다. 이게 웬 쓸데없는 짓인지 모르겠다. 역시나 주머니에 든 거라고는 낡아빠진 손수건 한 장이랑 현관 열쇠, 그게 다다. 나는 혼자 교문 앞에 서서 버스들이 부르릉거리며 빠져나가고 승용차들이 오고 가는 모습을, 그리고 다른 아이들이 대단히 의미 있는 삶을 사는 것처럼 조잘거리며 걷거나 자전거를 타고 지나가는 모습을 지켜본다. 아마 그 애들의 삶이 다 그렇지는 않을 것이다. 실은 나도 안다. 저 중에는 나 같은 애들, 친구는커녕 친구가 생길 가망도 없는 애들도 있다. 그리고 틀림없이 나만큼이나 엿 같은 인생을 사는 애들도 있을 것이다. 하지만 나는 그들을 도울 수 없고, 그들도 나를 도울 수 없다.

나는 도로 발길을 돌려 교문으로 들어가, 건물 모퉁이를 돌아서 자전거 보관소로 걸어간다. 과연 이 수법이 통할지 모르겠다. 그건 없어졌을지도 모른다. 나는 다른 사람 자전거는 훔치고 싶지 않다. 다행히 그건 저기 맨 끝에 그대로 있다. 데니가 이틀 전부터 끌고 다닌 녀석이 직접 훔친 자전거. 아니, 훔쳤다고 뽐낸 자전거다. 행여 녀석이 여태 학교 주위를 어슬렁거리고 있다가 내가 이걸 타고 나가는 걸 본다면 나는 내일 아주 큰일 나는 거다. 스핑크가 딴에는 보호를 해준다고 해도 말이다. 하지만 데니는 코빼기도 보이지 않는다. 나는 주위를 둘러보며 자전거에 슬며시 올라탄다.

다른 몇몇 애들만 자전거 보관소 근처를 지나갈 뿐 아무도 없다. 안전할 것 같다. 데니는 방과 후 학교에 붙어 있는 법이 없다. 늘 가능한 한 잽싸게 학교에서 빠져나가곤 했다. 데니가 자신의 장물 자전거를 쓸 생각이 없다면 내가 써줘야지. 나는 바퀴를 점검한다. 예상대로 자물쇠는 없다. 자물쇠를 구할 만큼의 애착도 없는 것이다. 나는 자전거를 끌어내 교문 쪽으로 돌려세운다. 부서지기 일보 직전인 낡은 자전거지만 지금은 이것도 감지덕지다.

나는 풀쩍 올라탄다. 빠르게 페달을 밟자 어느새 대로가 나온다. 나를 부르며 따라오는 사람도 없다. 물론 여전히 학교를 서성거리는 애들이 있기는 하지만 나한테 주의를 기울이는 사람은 없고, 무엇보다 데니의 모습은 보이지 않는다. 나는 신호등까지 죽 직진한 뒤 왼쪽으로 꺾어 뉴턴 로(路)로 접어들고, 다시 왼쪽으로 틀어 웨스턴 가를 타고 내려간다. 나는 최대한 잽싸게 움직이면서도, 시간이 더 걸리더라도 계속해서 한적한 길로만 간다. 아무한테도 들키지 않기란 불가능하다. 누군가 보고서 데니에게 일러바칠 것이다. 나는 자전거를 몰며 '걱정거리가 데니 하나면 얼마나 좋을까.' 하고 생각하는 자신을 깨닫는다.

이건 완전 낡아빠진 고물 자전거다. 바퀴도 녹슬고, 뼈대도 녹슬고, 페달은 떨어져 나갈 기세다. 원래 주인도 도둑맞고 딱히 아쉬워하지 않았을 것 같다. 나는 애벗 가 초입에서 멈춰 선다. 차들이 길 양편으로 주차돼 있지만 저 아래 우리가 사는 곳에는 한 대도 없다. 나는 확실히 할 요량으로 잠시 거리의 차들을 잠자코 지켜본다. 뭐가 있기를 기대하는 건지 나도 모르겠다. 딱히 아무것도 없다. 만약 플래시 코트나 그의 부하들이 이 근처에 오더라도 사람들이 다 보는 길가에 차를 세울 리는 없다. 나는 다시 느리게 페달을 밟는다. 주차된 차들을 피해 가야 할 때를 제외하고는 갓돌 쪽으로 바짝 붙어서 나아간다. 앞쪽에서 뭔가가 멈춰 선다. 바로 우리 집 앞에서.

나는 자전거를 세우고 지켜본다. 아무것도 아니다. 건수가 없는 택배 차량이다. 운전자는 잠시 길가에 차를 세우고 휴대폰을 확인하더니 이제 다시 차를 몰기 시작한다. 나는 집을 향해 계속해서 페달을 밟는다. 택배 차량이 가까워지더니 내 옆을 스쳐 지나가고, 이제 멀어진다. 나는 아빠를 떠올린다. 도시 곳곳에 택배 꾸러미를 배달하고 있을 아빠, 아니, 그러고 있어야 할 아빠를 떠올리며 또다시 아빠가 지금 어디 있을지 궁금해한다. 집에 없는 것은 확실하다. 아빠는 차를 길가에 대는데 아빠의 밴은 코빼기도 안 보인다. 하지만 뭔가가 있다. 나는 다시 멈춰 서서 우리 집을 찬찬히 살펴본다. 뭔가가 방금 거실 창문으로 휙 지나갔다. 집 안에 사람의 형체가 보인다.

이제는 다시 사라졌다.

누군지 모르겠다. 똑똑히 보이지 않아 감이 오지 않는다. 그
저 누군가의 그림자라는 것 말고는. 다시 나타날 때를 대비해
나는 계속해서 관찰한다. 하지만 아무것도 나타나지 않는다.
남자인 것은 확실하다. 아빠가 아닌 것도 확실하다. 첫째, 아
빠의 밴이 집 밖에 없기 때문이고 둘째…… 그냥 아닌 건 아
닌 거다. 나는 다시 플래시 코트를 떠올린다. 그의 수상한 패
거리도. 이 시각 애벗 가가 끝나는 이 막다른 곳에 돌아다니는
사람은 아무도 없다. 나는 다른 낌새가 보이지는 않는지 철교
근처를 두루 확인하지만 역시 그쪽에는 아무도 없다. 나는 다
시 집을 바라본다. 들어가서는 안 된다. 바보 같은 생각이다.
하지만…….

들키지 않고 안에 있는 사람이 누군지 알아내는 것 정도는 가능할지도 모른다. 다른 창문으로 슬쩍 들여다본다면 말이다. 나는 다시 페달을 밟아 집 앞을 지나간다. 줄곧 고개는 딴 쪽으로 돌린 채. 애벗 가가 끝나는 곳까지 간 다음, 빙 돌아서 건물들 뒷마당 쪽으로 난 골목길에 이르러 멈춘다. 나는 이제 숨을 거칠게 몰아쉬며 열에 들떠 주위를 점검하고 있다. 여기서 보니 늘어선 건물들 너머 저 밑에, 우리 집 뒤편이 보인다. 북향인 내 방 창문도 보이고 엄마 아빠 방 창문도 보인다. 만약 그자가 그곳에 있다면 나는 그를 훤히 볼 수 있을 테지만 그건 그쪽에서도 마찬가지일 것이다. 부디 그가 아직 아래층에 있길 바라는 수밖에 없다.

나는 자전거를 애벗 가 갓돌 옆에 세워놓고는 골목길을 따라 걷는다. 철교를 타고 도시를 떠나는 열차 소리 말고는 사방이 고요하다. 순간, 내가 저 기차에 타고 있다면 얼마나 좋을까 생각한다. 나는 살금살금 골목길을 따라 우리 집 뒷문까지 간다. 등 뒤에서 발소리가 난다. 나는 맞설 태세를 하고서 휙 뒤돌아선다. 하지만 가까이에는 아무도 없고 애벗 가에 남자애 하나가 나와 있을 뿐이다. 누군지 모르겠거니와 한 번도 본 적 없는 녀석이다. 내 또래고 부스스한 검은 머리다. 녀석이 자전거를 훔쳐서 달아난다. 나는 녀석이 사라지는 모습을 지켜보다가 다시 집을 돌아본다.

집 안에 있던 것은 저 녀석이 아니다. 그건 확실하다. 나는 자세를 낮추고 뒷문 앞을 지난다. 부엌 창문으로 슬쩍 안을 들여다볼 수 있기를 바랄 뿐이다. 누군가가 저 안에 있다면 나는 그자의 모습을 볼 수 있을 것이고 그자가 나를 쫓아와도 달아날 시간이 충분할 것이다. 나는 살금살금 더러운 창틀에 다가간다. 새똥이 말라붙어 있지만 나는 별수 없이 창틀에 얼굴을 최대한 바짝 갖다 댄다. 계속 자세를 낮춘 채로 몸을 앞으로 숙여 부엌 안을 들여다보니 건너편 벽 옆에 그자의 모습이 보인다. 나는 그제야 그가 누구인지 알아본다. 빌어먹을 코일리 씨다. 나는 발을 쿵쿵 구르며 집 안으로 들어가 그를 마주 보고 성난 목소리로 묻는다.

"지금 여기서 뭐 하는 거죠?"

정말이지 믿을 수 없을 만큼 화가 치민다. 그렇지 않아도 능글맞게 웃으며 으스대는 태도 때문에 집주인 영감이라면 질색이었는데 아무도 없는 사이 우리 집을 두리번거리고 있는 모습을 보니 냅다 덮치고 싶은 지경이다. 코일리 씨는 무미건조한 눈빛으로 나를 쳐다본다.

"내 재산이니 뭐든 내 마음대로 할 수 있지."

"우리 허락도 없이 그냥 들어오시면 안 되죠."

"난 뭐든 내 마음대로 할 거다. 그리고 너희 가족은 거기에 대해 불평할 권리가 없단다."

"무슨 소리죠?"

"집세가 밀렸거든. 이번에도."

"집세요? 그게 이 일과 무슨 상관이 있죠?"

"상관있지."

"그래서 뭘 찾으시는데요? 돈인가요? 그래서 카펫 밑도 확인하셨고요? 왜요, 냉장고 뒤도 확인하시죠? 혹시 알아요, 거기서 뭐가 나올지? 그런데 어쩌죠, 아저씨? 우리 집은 이미 강도를 당해서 아무것도 건질 게 없을 텐데요."

"지니."

"아니면 내다 팔 걸 찾고 계셨나? 저 텔레비전은 그래도 값이 조금 나갈 거예요."

"너희 가족이 내게 빚진 액수를 갚기에는 어림도 없다."

"어쨌거나 생각은 해보신 거네요, 네?"

코일리 씨는 나를 몇 초간 쏘아본 다음, 어깨를 으쓱한다.

"부모님이 계시나 해서 둘러보고 있었다."

"엄마는 못 만나실 거예요. 총에 맞았거든요."

"그래, 나도……."

"저는 또 혹시 모르시나 해서요."

"알고 있었다. 알다마다. 소식 듣고 정말 안타까웠단다."

얼마나 마음속 깊이, 얼마나 절절히 안타까워하는지 표정과 목소리에서 느껴진다. 하지만 코일리 씨는 곧바로 말을 잇는다. 엄마 이야기는 입에 올린 적도 없다는 듯이.

"나는 네 아버지를 찾고 있었다."

"초인종은 누르셨고요?"

"뭐라고?"

"초인종은 누르셨냐고요."

코일리 씨의 얼굴이 굳는다.

"눌렀다. 그런데 아무 대답도 없더구나."

"그럼 아무도 없다는 거잖아요. 그러면 들어오실 필요도 없고요."

"천만에, 어린 친구. 내 사전에, 초인종 소리에 답이 없다고 집에 사람이 없을 거라 가정하는 법은 없단다. 네 눈에는 내가 그런 애송이로 보이니? 다른 세입자는 몰라도 이 집 사람들은 아무도 못 믿지."

"지금 이 집에는 아무도 없어요. 아저씨랑 저 말고는요."

우리는 말없이 서로를 노려본다. 오늘 코일리 씨는 여느 때와 뭔가 다르다. 뭔지는 모르겠다. 면전에 대고 말한 적은 없어도 그가 끈적한 능구렁이인 거야 어제오늘 일이 아니다. 언젠가는 말해줘야겠지만 지금은 곤란하다. 오늘은 흥분하는 바람에 이미 말을 너무 많이 해버렸다. 게다가 코일리 씨에게 생긴 변화가 뭔지 이제야 알겠다. 그가 위협적으로 느껴지기는 오늘이 처음이다.

코일리 씨가 나를 공격할 것 같지는 않지만 그 핏기 없는 얼굴에서 전에 없이 무시무시한 뭔가가 느껴진다. 어쩌면 우리 말고도 집세를 내지 않는 집이 많아서 그도 곤경에 빠졌는지 모른다. 그가 돈을 얼마나 긁어모으는지는 나야 알 길이 없다. 부동산이 꽤 많다는 것은 알고 있지만 만약 그것들도 우리 집처럼 형편없다면 떼돈을 벌어들이지는 못할 것이고, 다른 사람들도 우리처럼 집세를 내지 않는다면 그는 한가롭게 빈둥거릴 기분은 아닐 것이다. 코일리 씨가 갑자기 문 쪽으로 걸음을 옮긴다. 도로 불러 세우고 싶은 마음을 애써 참고 있는데 그가 다시 걸음을 멈추고는 부엌 문지방에 서서 나를 흘끔 돌아본다.

"나도 어린애를 협박하고 싶지는 않구나. 하지만 네 아빠가 여기 없으니 너한테 말하는 수밖에."

코일리 씨가 눈으로 부엌을 죽 훑고 다시금 나를 똑바로 쏘아본다.

"아빠한테 전해라. 내가 이번 주말까지 집세를 받고 싶어 한다고. 이번 월세뿐만 아니라 지금까지 밀린 집세를 다 받고 싶어 한다고."

그가 잠시 뜸을 들인다.

"그리고 만약 밀린 돈을 다 갚지 않으면 억지로라도 갚게 할 사람들을 좀 안다고 말이다."

이윽고 문이 쾅 닫히고 코일리 씨는 사라진다. 몸이 덜덜 떨려온다. 그 자리에 서서 마음을 가라앉히려고, 생각을 해보려고 안간힘을 쓴다. 어느 것도 잘 안 된다. 나는 식탁 의자를 하나 빼서 자리에 앉아 심호흡을 몇 차례 한다. 문득 집 앞에 차를 세우는 소리가 들린다. 나는 벌떡 일어나 창밖을 내다보지만 아무 일도 아니다. 택시 한 대가 공회전 중인데, 타거나 내리는 사람은 없고 기사가 담뱃불을 붙이고 서 있을 뿐이다. 이제 기사는 다시 차에 올라탄다. 나는 택시가 떠나가는 것을 지켜보며 몸이 여전히 떨리는 것을 느낀다. 나는 내 방으로 뛰어올라가 침대에 몸을 던지고 웅크린 채 숨을 푹푹 몰아쉬며 눈물을 참는다. 나는 절대로 울지 않을 테다. 젠장, 안 울 거다.

나는 울지 않는다. 그리고 얼마 후 호흡이 잦아들고 몸도 더는 떨리지 않는다. 나는 몸을 쭉 늘여 대자로 누워서 천장을 빤히 바라본다. 안 그래도 걱정거리가 태산인데 능구렁이 코일리까지 우리를 협박하다니, 최악이다. 게다가 그는 농담으로 하는 소리가 아니었다. 딱 보면 안다. 코일리 씨는 이전까지 단 한 번도 그런 말을 한 적이 없었다. 그는 지금 몹시 절박한 상황이고 이번에는 아빠가 너무 몰아붙였다. 코일리 씨는 돈을 억지로라도 갚게 할 사람들을 안다고 했는데 그 말은 사실인 것 같다. 여태까지 우리는 궁지에 몰린 것도 아니었다. 하지만 나는 지금 능구렁이 코일리를 생각할 때가 아니다. 나는 플래시 코트를 생각해야 하고, 스핑크가 오늘 밤 나한테 시킨 일을 생각해야 한다. 능구렁이 코일리는 아빠가 상대해야 하리라.

만약 아빠가 돌아온다면 말이다.

아빠는 7시가 되어도, 8시가 되어도 오지 않는다. 나는 배고 파 죽을 지경이고 집에는 먹을 것이 아무것도 없다. 전혀 없지 야 않겠지만 제대로 된 음식은 없다. 엄마는 오늘 장을 보러 갔 을 것이다. 총에 맞지 않았다면 말이다. 반면 아빠는 뭘 사 와 야 한다는 생각조차 못 할 위인이다. 나는 집 안을 어슬렁거리 면서 앞으로 무슨 일이 벌어질지 조바심을 내며 기다린다. 속 이 쓰리고 배에서 꾸르륵 소리가 난다. 드디어 밖에서 밴 소리 가 난다. 아빠인 것 같다. 나는 미끄러지듯 창문 쪽으로 다가가 커튼 가에서 밖을 내다본다. 역시 아빠다. 이제 막 차 문을 잠 그고 이쪽으로 걸어오고 있다. 아이고, 반가워라. 아빠의 발걸 음이 휘청거린다.

아빠는 집에 도착할 때까지도 못 참고 이미 시작한 것이다. 아빠가 퇴근길에 어느 술집에 갔을지 궁금하다. 아니, 퇴근길이 아닐지도 모른다. 어쩌면 나를 학교에 내려주자마자 바로 술집으로 직행해서 온종일 있었는지도 모른다. 그러고도 남을 인간이다. 그래도 뭔가를 들고 들어온다. 패스트푸드를 포장해 온 것 같은데, 아, 젠장. 그것도 하나 제대로 못 하다니! 장담하는데 아빠는 달랑 한 사람 분만 사왔다. 내가 창가에 서 있는 것을 보자, 아빠는 고개를 홱 젖혀 현관문 쪽을 가리킨다.

"아빠가 열어요!"

더듬더듬 문을 따고 들어오는 데 시간이 좀 걸린다. 아빠가 구시렁거린다.

"좀 도와주지 않고. 아빠 손에 짐 있는 거 안 보여?"

"손이랑은 아무 상관없죠. 술에 취해서 못 여는 거잖아요."

"나 안 취했다."

"어쨌든 마셨잖아요. 그러면 운전도 하지 말았어야죠."

나는 음식 꾸러미를 힐끔 내려다보고 상자 포장 안에 든 게 뭔지 확인한다.

"딸랑 햄버거 세트 하나네요. 잘하셨어요. 적어도 아빠는 오늘 밤에 배를 곯지 않겠네요. 나 같은 걸 누가 신경이나 쓰겠어요?"

"내가 쓰지."

"그럼 내가 먹을 건 왜 안 사 온 거예요?"

"젠장, 지니!"

아빠가 나를 노려본다.

"문지방 넘기가 바쁘게 잔소리구나!"

"아빠가 나를 또 실망시키니까 그렇죠!"

"내가 어쨌다고?"

아빠가 놀라는 모습을 보니 기가 찬다. 아빠는 입을 딱 벌리고는 무슨 수수께끼라도 마주한 사람처럼, 무슨 끔찍한 죄목으로 누명이라도 쓴 사람처럼 나를 빤히 쳐다보고 있다. 두 눈은 흐리멍덩하지만 아직 심하게 충혈되지는 않았다(그건 좀 나중이리라). 그래도 충분히 위협적이다. 아빠는 상처 입은 척, 심지어 참는 척 행동하고 있지만 내가 심하게 닦아세우면 그것도 오래가지는 않을 것이다. 나는 중얼거린다.

"하교 시간에 안 왔잖아요."

"농담하냐?"

"와서 기다렸어야죠. 교문 앞에 서 있었는데 아빠는 태우러 오지도 않고."

"내가 지금 이런 얘기를 듣고 있다는 게 믿을 수가 없구나!"

아빠가 나를 째려본다. 무언가 할 말을 찾는지 입이 실룩거린다.

"나는 다 큰 자식을 하나 뒀다고 생각했다. 아빠가 낮에 할 일이 있다는 것쯤은 아는 아들 말이다."

"이를테면요?"

"방과 후에 아빠가 집으로 안전하게 태워 오려고 학교 앞에
서 기다리고 있지 않으면, 아빠가 다른 일로 바쁜 모양이니까
혼자 알아서 집에 들어가야 한다는 것쯤은 알 만한 정신머리
는 박힌 아들 말이다."

"그럼 제가 학교에서 어떻게 돌아오면 좋을까요?"

"빌어먹을 버스를 타면 될 것 아니냐!"

아빠는 얼굴을 내게 바짝 들이댄다.

"젠장, 지니. 그쯤 혼자 알아서 하는 게 뭐 어렵다고. 태워줄
사람이 없는 날에는 버스 타고 오잖니. 늘 그렇게 하잖아. 그
쉬운 걸."

"버스 요금 낼 돈이 없으면요?"

"뭐?"

"버스비가 없을 때는요?"

"한 푼도 없었냐?"

"당연히 없죠. 돈이라고는 땡전 한 푼 없다고요."

"그럼 그렇다고 말을 했어야지!"

아빠는 고개를 젓는다.

"네가 말하지 않으면 나는 너를 도와줄 수가 없어, 지니. 넌
마치 잘못한 사람이 나라는 듯이 쳐다보는데, 잘못한 건 너다."

"네, 알았어요. 저녁 문제도 그렇고요."

"뭐?"

"저녁이요. 포장해 온 거요."

아빠는 봉투를 흘끗 내려다본다. 아빠는 음식이 든 상자를 양손으로 꽉 움켜쥐고는 찌부러뜨린다. 조심해야만 한다. 나는 이다음 순서를 잘 알고 있다. 하지만 아빠 손을 잘만 관찰하면 얻어맞는 것은 피할 수 있을지도 모른다. 아빠는 다시 나를 올려다본다.

"잘 들어라."

아빠의 목소리가 갑자기 낮아졌다. 조짐이 영 좋지 않다. 나는 한 걸음 물러선다. 아빠는 내게 눈을 부라리고 있고 눈빛은 점점 험상궂어진다.

"지니, 잘 들어. 나는 두 사람 분 음식을 사 오지 않았다. 그건 네가 뭔가를 먹었을 거라고 생각했기 때문이야. 됐니?"

"저는 뭘 먹을까요? 집에 아무것도 없어요."

"뭔가 있을 거다."

"들여다본 적은 있고요?"

아빠는 대답하지 않고 음식이 든 상자만 멍하니 쳐다본다. 아빠의 손은 아직도 상자를 꽉 움켜쥐고 있다. 점점 더 세게. 나는 햄버거와 감자튀김이 상자 안에서 서서히 뭉개지는 모습을 머릿속으로 그려본다. 아빠는 계속해서 상자를 찌부러뜨린다. 나는 다시 한 발짝 물러난다. 아빠는 험상궂고 성난 얼굴로 나를 올려다보더니 팔을 힘껏 뒤로 당긴다. 나는 몸을 낮출 필요가 없다. 이번 공격은 나를 노린 것이 아니다. 아빠는 짐승처럼 포효하며 상자를 힘껏 내던진다. 상자는 부엌을 가로질러 맞은편 벽에 부딪치더니 열리면서 쏟아진다. 문드러진 햄버거와 감자튀김 몇 개가 가스레인지 위로 떨어진다. 나머지 내용물은 빈 상자와 함께 부엌 바닥에 떨어진다.

"음식은 네가 다 처먹어!"

아빠는 쿵쿵거리며 부엌 쪽으로 간다. 나는 아빠가 나가도록 물러나 있다. 잠시 후 거실에서 찬장을 뒤지는 소리가 나고 곧이어 술병이 쨍그랑 부딪치는 소리와 소파에 털썩 주저앉는 둔탁한 소리가 들려온다. 나는 부엌문으로 걸어가 통로 너머로 거실 쪽을 엿본다. 아빠는 문을 열어두었지만 여기서 내게 보이는 것이라고는 튀어나온 두 발뿐인데, 차라리 그편이 좋다. 당장은 아빠 얼굴을 마주 볼 자신이 없다. 나는 저쪽에서도 들리도록 소리친다.

"코일리 씨 왔었어요."

아무 대답이 없다. 나는 다시 말한다.

"코일리 씨 왔었다고요. 부엌에 있더라고요. 허락도 없이 들어왔지 뭐예요."

여전히 아무 대답이 없다. 나는 심호흡을 하고는 통로를 지나 거실로 걸어가다가 열린 거실 문 앞에 선다. 아빠는 나를 향해 눈알을 희번덕거리지만 아무 말도 하지 않고 그냥 술병을 꺾어 벌컥벌컥 들이켠다.

"코일리 씨 왔었다니까요."

"처음 말했을 때 알아들었다."

"이번 주말까지 월세를 받아야겠다고 하던데요."

"만날 그 소리지."

"그리고 밀린 돈을 다 갚지 않으면, 사람을 보내서라도 갚게 하겠다고 했어요. 그건 만날 하는 소리 아니잖아요."

"가서 저녁이나 먹어."

나는 움직이지 않는다.

"가서 먹어라, 지니."

나는 어찌해야 할지 모른 채 아빠를 빤히 쳐다본다.

"가면서 문 닫아라."

나는 문을 닫고는 부엌으로 건너가 가스레인지 위에 떨어진 햄버거와 감자튀김을 긁어 내 접시에 척 내려놓는다. 아무리 배가 고파도 바닥에 떨어진 감자튀김은 건드리지 않을 테다. 나는 식탁에 앉아 게걸스럽게 음식을 먹어치운다. 음식은 말랐고 식어빠졌지만 개의치 않는다. 나는 다 먹고, 설거지를 하고, 바닥에 떨어진 것을 치우고는 다시 거실로 돌아간다. 아빠는 아직 거실에 있지만 숨소리를 들어보니 잠든 것이 분명하다. 나는 아빠 외투 주머니에 손을 넣어 밴 열쇠를 꺼내고는 슬그머니 밖으로 나온다. 이번에는 주행계를 본 순간 머리가 멍해진다.

320킬로미터.

"세상에."

아빠는 온종일 술집에서 시간을 보낸 것이 아니었다. 그렇다면 대체 무슨 짓을 하고 돌아다니는 걸까? 나는 허겁지겁 집으로 들어와 문을 닫는다. 아빠는 여전히 거실에서 거친 숨을 내쉬고 있다. 나는 스핑크의 지시 사항을 생각한 다음, 다시 아빠를 생각한다. 아빠는 위층에 있어야 한다. 여기에 자빠져 자고 있으면 안 된다. 하지만 내가 아빠를 움직이게 하기란 불가능하다. 나는 손목시계로 시간을 확인한다. 어떻게든 인내심을 갖고 기다려야 한다. 나는 어슬렁어슬렁 내 방으로 올라가 침대에 몸을 던지고는 기다린다.

지금은 12시 5분 전이고, 나는 이제 큰일 났다. 아빠가 깨어나 거실에 있다가 자기 방으로 들어갔다. 여기까지는 좋다. 문제는 술병을 들고 올라가 또 마시고 있다는 거다. 술을 죽 들이켜고 혼잣말로 툴툴거리는 소리가 들린다. 이건 심각하다. 아빠는 지금쯤 꿈나라로 가 있어야 하고, 대개는 그랬다. 나는 내 방에서 귀를 세우고 있다. 들어보니 아빠는 술판을 끝낼 낌새가 전혀 없다. 앞으로 한 시간은 더 저러고 있을지도 모른다. 그랬다가는 정말 망하는 거다.

바로 그때 트림 소리와 화장실로 향하는 질질 끄는 발소리가 나더니 곧이어 토하는 소리가 들린다. 나는 보러 가지 않는다. 이미 수도 없이 가보았다. 이번에도 아빠가 내게 기대하는 것은 청소뿐일 것이다. 어쨌거나 아빠는 내가 필요할 것이다. 아빠는 이제 대량으로 쏟아내고 있다. 나는 계속해서 귀를 기울인다. 잠시 후 아빠가 토악질을 멈추고 수돗물 트는 소리와 물 끼얹는 소리, 변기 물 내리는 소리가 울린다. 이윽고 침실로 돌아가는 질질 끄는 발소리가 들린다.

"지니!"

아빠가 나를 부른다. 나는 건너가 본다. 내키지는 않지만 얻어맞는 한이 있어도 아빠가 괜찮은지 확인하는 편이 낫다. 아빠는 폭탄 맞은 사람 꼴을 하고 있지만 나를 때리지는 않을 것이다. 때리고 싶어도 못 때릴 것이다. 아빠는 침대 모서리에 앉아 있다. 셔츠는 반쯤 풀어헤쳤고 바지도 마찬가지다. 신발은 한 짝은 신고 한 짝은 벗은 채다.

"옷 벗는 것 좀 도와다오. 응?"

나는 아빠의 셔츠를 벗긴다. 아빠는 아무 짓도 하지 않고, 그냥 내가 하는 대로 몸을 맡긴다.

"입냄새 장난 아니네요."

아빠의 두 눈이 흔들리며 내 쪽을 향한다. 아직도 눈에 분이 서려 있지만 전의는 없다. 나도 마찬가지다. 아빠는 나를 오랫동안 멍한 눈으로 바라보더니 고개를 돌려 외면하고는 맞은편 벽을 응시한다. 아빠가 문득 중얼거린다.

"머저리 같구나."

"누구 말이에요?"

"너 말고."

나는 셔츠를 벗긴 다음, 바지에 착수한다.

"그건 내가 할 수 있다."

하지만 하지 못한다. 힘이 풀려 손이 말을 듣지 않는다.

"내가 할게요, 아빠."

아빠는 반대하지 않는다. 눈이 게슴츠레 풀리더니 마침내 꾸벅꾸벅 졸기 시작한다. 나는 양다리에서 바지를 빼내고 팬티를 벗긴다. 아빠는 이제 세상모르고 침대로 벌렁 널브러진다. 나는 신발과 양말을 벗기고 이어서 손목시계를 끄르고 엄마가 아빠를 아직 사랑하던 시절에 준 펜던트를 목에서 벗긴다. 아빠는 끙 소리를 내더니 침대 저쪽으로 굴러가 내게 등을 보이고 눕는다.

이대로 두고 갈 수는 없다. 나는 이불 밑에 처박혀 있던 잠옷을 찾아낸 다음, 아빠를 붙잡기 쉽게 침대를 돌아서 반대쪽 모서리로 간다. 아빠는 눈을 감은 채 입을 헤벌리고 있다. 나는 아빠의 두 다리를 멀찍이 벌려놓고 잠옷 바지를 양쪽 다리에 한꺼번에 끼운다. 아빠는 아무 느낌도 없는 모양이다. 표정이나 숨소리에 이렇다 할 변화가 없다. 나는 바지가 제자리를 잡을 때까지 아빠의 두 다리를 이리저리 흔들고 엉덩이를 바지로 밀어 넣기를 반복한다. 이어서 잠옷 윗도리를 집는다.

아빠는 왼팔을 동그랗게 오므려 얼굴에 대고 있다. 2센티미터쯤 더 움직거리면 엄지손가락을 입에 넣고 빨 수 있을 것 같다. 어쩌면 졸음에 겨운 아빠의 일부는 그러고 싶어 하는지도 모르겠다. 나는 오므린 팔을 잡아당겨 잠옷에 쑥 끼워 넣고 나머지 팔도 끼운다. 그런 뒤 잠시 한바탕 씨름을 하고서야 단추를 모두 잠근다. 이어서 아빠 밑에 깔린 이불을 빼내느라 또 한 차례 씨름을 하고는 이불을 몸 위에 제대로 덮어준다. 이제 나는 침대에서 물러선 채 아빠를 내려다보며 중얼거린다.

"주정뱅이 새끼, 당신은 나한테 사랑받을 자격도 없어."

나는 엄마를 떠올린다.

"당신도 마찬가지고."

하지만 어떤 말도 진심이라고 장담할 수 없다.

나는 불을 끈 다음, 이어서 내 방 불도 끄고 계단을 내려간다. 아빠는 결코 내가 내는 소리에 깨지 않을 테니 굳이 조용히 움직일 필요가 없는데도 나는 살금살금 내려간다. 나는 계단 아래서 걸음을 멈추고는 다시 귀를 기울인다. 내 머리 위에서 거친 숨소리가 들려온다. 이제 됐다. 나는 아래층 불도 다 끄고 현관문을 나선다.

애벗 가는 조용하고, 이 막다른 구역은 어둠에 잠겨 있다. 나는 길을 거슬러 올라간 뒤 오른쪽으로 돌아 도심 쪽으로 간다. 도심이 목적지는 아니다. 도심에 훨씬 못 미친 곳에서 멈출 것이다. 나는 스핑크가 알려 준 주소를 되새긴다. 한 번도 가본 적 없지만 가는 길을 머릿속에 그릴 수는 있다. 나는 빛이 있는 곳까지 올라가 챈슬러 로에 접어든다. 길에 사람들이 많다. 대개는 살짝 취기가 오른 모습으로 작게 무리를 지어 배회하는 클럽 손님들이다. 좀 더 소란스러운 무리도 보이지만 내게 시비를 걸지는 않는다. 순찰을 나온 경찰도 굳이 끼어들지 않는다.

당장은 그럴 필요가 없다. 거리는 붐비지만 느긋한 분위기다. 이 도시가 과연 잠들기는 하는지 의문이다. 추모비에서 오른쪽으로 꺾어 강 쪽으로 오밀조밀 나 있는 좁은 길들을 따라 내려간다. 하지만 강 쪽으로 가지는 않을 것이다. 다시 왼쪽으로 돌자 인적이 뜸해지고 그나마 길에 남아 있는 사람은 정말 마주치고 싶지 않은 인간들뿐이다. 이제부터는 조심해야만 한다. 스핑크는 내게 주의를 늦추지 말라고 했다. 나한테 무슨 일이 벌어지든 눈 하나 깜짝하지 않을 게 뻔한 녀석이 나를 염려하는 것처럼 말하는 게 우스웠다.

바살러뮤 가가 끝나는 곳에 이르자, 정확히 스핑크가 일러 준 대로 첫 번째 골목이 나온다. 전혀 모르는 동네다. 알고 싶었던 적도 없다. 한편으로는 뒤돌아서 달아나고 싶지만, 또 한편으로는 엄마와 아빠의 모습이 떠오른다. 나는 두 사람을 떠올리며 골목으로 계속 들어간다. 골목에는 아무도 없다. 적어도 내 눈에 보이는 사람은 없다. 하지만 주위가 어두우니 내가 못 보는 것일지도 모른다. 나는 아무도 마주치지 않고 골목이 끝나는 곳까지 가야 하는데 거리와 만나는 곳에 이르자 사람의 형상이 어둠 속에서 어렴풋이 다가오는 것이 보인다.

"씨발, 누구야?"

덩치 큰 남자가 건들거리며 다가오고 있다. 남자는 나에게 팔을 휘두른다. 나는 잽싸게 몸을 숙여 피하고는 남자를 뒤로 하고 달아난다. 등 뒤에서 혀 꼬인 고함이 들려온다. 나는 슬쩍 돌아보지만 그자는 골목으로 사라졌다. 나는 길 한복판에 멈춰 서서 한숨 돌리며 마음을 진정시키고 주위를 확인한다. 거리 표지판이라고는 보이지 않는다. 하지만 그 순간 그런 건 필요 없음을 깨닫는다.

도착한 것이다.

나는 내 앞에 있는 건물을 확인한다. '사냥꾼의 달'. 술집처럼 안 보이는 술집. 스핑크는 그렇게 말했지만 녀석이 잘못 봤다. 술집 같아 보인다. 단, 아주 질 나쁜 술집. 게다가 더러운 시내 뒷골목에 처박힌 술집을 마치 시골에라도 온 것처럼 꾸며놓았다. 한쪽에는 높은 담벼락이 버티고 있고, 다른 쪽에는 철교를 따라 거무칙칙한 가로등이 늘어서 있는데 말이다.

　도시의 술집에 붙이기에는 이름도 틀려먹었다. 물론 내가 들여다보기 좋아하는 그 풍경 사진집에서 본 것 말고는 시골에 대해 아무것도 모르지만 말이다. 거리에 사람이 있다. 좀 전까지는 있는 줄도 몰랐다. 술집 입구를 지나서 나오는 담벼락에 두어 명이 등을 기대고 주저앉아 있다. 스핑크가 지시한 대로 할 요량이면 그들 곁을 지나가야 한다.

나는 발걸음을 뗄 때 인도 가장자리에 붙어서 걷는다. 길을 건너면서까지 그들을 피하지는 않을 생각이지만 시종 그들을 눈여겨보며 달아날 준비를 한다. 하지만 그럴 필요도 없다. 그들은 고개조차 들지 않는다. 여자 둘, 보아하니 20대 초반이고 인도에 철퍼덕 주저앉아 서로에게 몸을 기대고 있다. 내가 지나가자 한 여자가 뭐라고 웅얼거린다.

나는 계속해서 나아가 술집 입구를 지나친 다음, 술집 건물이 끝나는 곳에서 걸음을 멈춘다. 자, 이제 스핑크가 내게 말해준 좁은 뒷골목이 보인다. 나는 여자들을 흘끗 돌아본다. 그들은 내 쪽을 돌아보지도 않는다. 나는 '사냥꾼의 달'의 창문들을 둘러본다. 하나같이 어둡고 인기척이 없다. 거리의 다른 곳도 조용하다.

나는 주위를 둘러본다. 거리에 움직이는 것은 아무것도 없다. 자동차 소리, 그리고 평상시와 다름없는 도시의 소음뿐. 여기서는 아무 일도 벌어지고 있지 않다. 어쨌든 내 눈에는 안 보인다. 너무 늦게 도착한 것은 아닌지 슬슬 걱정되기 시작한다. 스핑크는 말했다. 새벽 2시까지 오면 되고 그때를 넘기면 그자들이 집으로 나를 찾아올 거라고. 그건 싫지 않느냐고. 두말하면 잔소리다. 나는 손목시계를 본다.

1시 30분이다. 나는 다시 주위를 둘러본다. 집들은 불이 꺼져 있고, 술집에도 불이 꺼져 있다. 거리에 나와 있는 사람이라고는 주저앉은 여자 두 명뿐이고 그들은 아까 취객이 사라진 골목길로 비틀거리면서 사라진다. 나는 숨을 천천히 들이마시고 건물 옆 샛길로 발걸음을 옮긴다. 이리로 들어오니 더 깜깜하다. 내 바로 왼편으로는 '사냥꾼의 달' 건물 옆면이 있고 오른편으로는 거친 벽돌담이 솟아 있다. 담이 어찌나 높은지 그 너머에 뭐가 있는지는 전혀 보이지 않는다. 나는 걸음을 멈춘다.

똥 냄새가 난다. 웬 개가 이리로 기어들어 왔던 모양이다. 나는 주위를 살살이 훑어본다. 스핑크는 샛길을 따라가라고 했다. 샛길을 따라 빙 돌라고. 나는 잠시 발길을 멈추고 어둠에 눈이 익기를 기다린다. 보아하니 샛길은 좀 더 내려간 곳에서 왼쪽으로 꺾이는 것 같다. 나는 개똥을 조심하면서 계속 나아가, 술집 뒤편을 돌아 길이 끝나는 곳까지 간다.

거기에는 쓰레기통과 낡은 나무 상자들이 차곡차곡 쌓여 있고 오른쪽에는 높은 담벼락 너머로 들어갈 수 있는 작은 문이 있다. 그리고 왼쪽에는 술집 정원으로 들어가는 문이 있다. 그걸 정원이라고 부를 수 있다면 말이다. 차라리 쓰레기 하치장 같아 보인다. 복판에는 풀이 나 있고, 한때는 화단이었을 거라고 짐작되는 뭔가도 보인다. 하지만 이제 꽃 같은 건 전혀 자라지 않는다. 풀도 다 죽은 것 같다. 탁자와 의자 몇 개가 드문

드문 흩어져 있지만 손님들이 사용할 성싶지는 않다. 나는 다시금 스핑크의 지시 사항들을 떠올리고, 정원 문을 밀고 들어선다.

아무도 보이지 않는다. 나는 확인 차 주위를 둘러본 뒤 다시금 술집 쪽을 본다. 정원에 난 오솔길은 공장 뒤편, 유리창을 끼운 문으로 이어진다. 나는 문을 쏘아본다. 혹시 안에 불빛이라도 있을까 싶어 빤히 쳐다본다. 그냥 어두컴컴하다. 하지만 스핑크는 문을 두드려야 한다고 했다. 나는 느릿느릿 문 쪽으로 걸어간다. 다시금 도시의 낮은 웅성거림과 나를 에워싸는 침묵에 귀를 기울이면서. 나는 문에 다다라 걸음을 멈춘다. 스핑크 왈, 노크 네 번. 하나, 둘, 셋, 쉬고 넷. 나는 노크를 하려고 손을 들어 올린다.

"제대로 하는 게 좋을 거다."

웬 목소리가 말한다. 나는 휙 뒤돌아 정원을 살펴본다. 저쪽 멀리 떨어진 벽 가에 웬 남자가 낡은 맥주 드럼통 위에 걸터앉아 있다. 내가 왜 저자를 단박에 보지 못했는지 모르겠다. 플래시 코트와 비슷한 연배지만 그렇게 말끔하지는 않다. 그래도 위험한 자다. 내가 알아야 할 것은 그것뿐인데, 그건 그 남자를 척 보기만 해도 느낄 수 있다. 어둠 속에서 뭔가가 어른거리는가 싶더니 그가 담배에 불을 붙인다. 천만다행으로 그는 제자리에서 잠자코 담배를 피우며 나를 주시하고 있다. 그러더니 턱으로 문 쪽을 가리킨다.

"제대로 하는 게 좋을 거다."

나는 문을 두드린다. 똑, 똑, 똑, 잠깐 멈추고는, 남자를 힐끔 돌아보며 똑.

"옳지."

그가 느긋하게 걸어온다. 플래시 코트보다 호리호리하지만 뻐기듯 자신만만한 태도는 똑같다. 그는 내 곁에 서서 날 내려다본 다음, 문을 힐끗 본다. 그러자 마술처럼 안쪽으로 문이 열리더니 또 한 남자가 나타나 밖을 내다본다. 이번에도 험상궂은 녀석이다. 그는 나를 휙 훑어보더니 호리호리한 남자에게 슬쩍 눈짓하고는 문을 활짝 연다. 아무도 말은 하지 않는다.

나는 열린 문으로 들어선다. 내 어깨를 움켜쥐는 손이 느껴지고 이내 그 손이 나를 어두컴컴한 복도로 인도한다. 그렇게 불 꺼진 방들을 지나 술집 뒤편의 주방으로 들어가서 몇 계단 내려가자 술 창고가 나온다. 여기에는 창문이 하나도 없다. 하지만 불이 켜져 있고 남자 셋이 더 있다. 그들은 스툴에 앉아 담배를 피우고 있다. 나지막한 탁자 위에 마개를 딴 술병들과 이제 막 한 판을 끝냈는지 패를 펼친 카드들이 놓여 있다. 남자들이 고개를 든다. 그중 한 명은 플래시 코트다.

"아주 아슬아슬하게 왔구나, 꼬맹아. 스핑크가 너한테 2시까지 오라고 했을 테니."

시계를 본다. 2시 5분 전. 나는 다시 플래시 코트를 마주 본다. 그는 예의 그 미소를 지으며 나를 말없이 주시한다. 마치 내가 미소로 답해주기를 기다리기라도 하는 듯이. 그런 다음 호리호리한 남자를 향해 눈을 찡긋한다.

"얘한테 줘."

호리호리한 남자가 뭔가를 내민다. 나는 그것을 빤히 쳐다본다. 작은 갈색 소포 꾸러미다.

"만진다고 안 죽는다, 받아."

플래시 코트가 말한다. 받아보니 그리 무겁지 않다. 앞면에는 아무것도 쓰여 있지 않다.

"뒤집어 봐."

나는 플래시 코트가 시키는 대로 한다. 뒷면에도 아무것도 안 적혀 있다. 하지만 스테이플러로 찍고 테이프로 두껍게 봉한 것이 보인다.

"안에 뭐가 있을 것 같으냐?"

"모르겠어요."

"알아맞혀 봐. 자, 꽉 쥐어보렴."

나는 꾸러미를 꽉 움켜쥔다. 안에 뭔가 단단한 것이 만져진다. 하지만 그저 다른 뭔가를 보호하는 완충재일지도 모른다.

"모르겠는데요."

"열어서 확인하고 싶지 않아?"

나는 플래시 코트를 물끄러미 바라본다.

"스테이플러며 테이프며 다 떼어내고 뭐가 들었는지 보고 싶지 않아?"

그는 여전히 미소를 짓고 있다. 그가 자리에서 일어나 내 쪽으로 걸어온다.

"내가 너라면 보고 싶을 것 같은데……. 안에 뭐가 들었나 슬쩍 열어보고는 도로 스테이플러로 찍고 테이프를 좀 더 붙여서 감쪽같이 안 열어본 것처럼 해놓고 말이다."

그가 잠시 뜸을 들인 다음 입을 연다.

"그게 바로 네가 하려는 짓 아니냐, 꼬맹아?"

"아니요."

"다시 말해봐."

"아니요."

"잘 생각했다."

그러더니 그는 칼을 휙 꺼내 소포 꾸러미를 찢고 또 찢는다. 무자비하게, 그 물건이 끔찍이 싫어서 갈기갈기 찢어발기고 싶다는 듯이. 그러자 갑자기 사방에 종잇조각들이 갈색 살점처럼 산산이 흩날린다. 꾸러미에 든 것이라고는 뻣뻣한 마분지 쪼가리뿐이었건만 그는 그것마저 갈가리 찢어발긴다. 동작에 몰두한 나머지 팻대 선 얼굴을 하고, 눈은 번쩍거리는 칼날에 고정한 채로 툴툴거리면서. 그런 다음 그는 칼질을 멈추

146

고는 다시 내 얼굴을 올려다본다.

"잘 생각했다."

꽉 잠긴 목소리로 말하며 그는 길게 거친 숨을 들이마신다.

"왜냐하면 네가 뭐 하나라도, 딱 하나라도 까딱 잘못했다가는, 꼬맹아……."

그는 갈기갈기 잘린 종잇조각을 한 움큼 집어서는 내 앞에서 꽉 움켜쥔다.

"그때는 네 엄마 얼굴이 이렇게 되는 걸 보게 될 테니까."

그가 손을 펼치자 구겨진 종잇조각들이 이미 종이쪽이 널려 있는 바닥 위로 떨어진다.

"다음에는 네 아빠……."

그는 내 눈에서 시선을 떼지 않은 채 말한다.

"다음에는 너……."

내 손에 뭔가가 들어오는 것이 느껴진다. 나는 내려다보지 않는다. 나는 그것이 새로운 갈색 꾸러미라는 걸 안다. 호리호리한 남자가 내 손에 쥐여준 것이다. 플래시 코트는 여전히 나를 뚫어져라 바라보고 있고, 나 역시 그를 바라본다. 감히 눈을 돌릴 엄두가 나지 않는다. 그의 두 눈이 그가 쥔 칼날보다도 위협적이다. 그는 나를 좀 더 주시한 다음, 낮은 탁자 쪽으로 돌아가 스툴에 앉더니 카드를 모아 섞은 후 패를 돌린다. 나머지 두 남자가 카드놀이에 합류한다. 아무 말도 하지 않고, 내 쪽은 보지도 않는다.

　호리호리한 남자의 손이 내 어깨를 툭툭 치는 것이 느껴진다. 남자와 함께 나가게 되어 기쁘다. 남자는 나를 술 창고에서 데리고 나와 어두컴컴한 술집을 지나 뒷문까지 바래다준다. 이제 남자와 나 단둘이다. 그만 내 어깨에서 손을 치웠으면 좋겠지만 그러지 않는다. 나는 처음으로 손에 든 꾸러미를 내려다본다. 생각했던 대로 아까 것과 같다. 안에 든 것의 감촉도 비슷하다. 뻣뻣한 무언가가 들어 있다. 마치 다른 무언가를 보호하려는 것처럼.

그리고 이번에는 정말로 다른 무언가가 들어 있다. 나는 그게 뭔지 알고 싶지 않다.

호리호리한 남자는 뒷문을 열고 나를 밤의 어둠 속으로 끌고 나와서는 못 움직이게 붙들고 있다. 도시의 웅성거리는 소음이 다시 들려온다. 그 퀴퀴한 창고에서 내가 이 소리를 얼마나 그리워했나 모른다. 그의 손은 아직도 내 어깨를 붙들고 있다. 나는 남자의 얼굴을 물끄러미 쳐다본다. 그는 내 쪽은 거들떠보지도 않은 채 휴대폰을 꺼내 문자를 보내고 있다. 좀처럼 사라지지 않는 악취처럼 한 손은 여전히 내 어깨에 단단히 들러붙은 채다. 나는 슬그머니 조금 물러난다. 그 순간 손이 꽉 옥죄며 나를 제자리에 붙박자 나는 움직임을 멈춘다. 그 와중에도 그는 계속해서 문자를 보낸다. 얼마 후 그가 고개를 든다.

"사람들이 너를 기다리고 있다."

남자는 낮은 목소리로 계속해서 이야기한다. 주소는 찾기 쉬운 곳이다. 약도도 필요 없다. 하지만 쉬운 것은 딱 거기까지다.

"혹시 누군가가 길을 막으면, 달아나라. 최대한 빨리. 네가 발이 빠르다는 건 알고 있다. 스핑크가 말해줬지."

"어디로요? 여기로 돌아올까요?"

"여기로 돌아오면 안 된다, 꼬맹아. 두 번 다시. 그리고 이곳에 대해 떠들어서도 안 된다. 넌 여기에 온 적도 없는 거야. '사냥꾼의 달'이라는 이름은 들어본 적도 없는 거라고."

"그럼 어디로 달아나죠?"

"그냥 달아나. 그게 네가 할 일이다."

호리호리한 남자는 잠시 말을 멈춘다.

"뛰고 또 뛰는 거야. 네가 가야 하는 곳에 도착할 때까지."

"거기까지 못 가면 어떻게 되는 거죠?"

"내가 굳이 말해주길 바라니?"

나는 플래시 코트의 칼을 떠올리고, 아무 말도 하지 않는다.

"자, 이제 꺼져. 꾸물거렸다가는 엄마 아빠가 무사하지 못할 줄 알아라. 너도 그렇고."

"그냥 아저씨가 알려준 곳으로 이 꾸러미를 배달하면 되는 거죠?"

"일단은."

"그게 무슨 뜻이죠?"

"가보면 안다."

남자가 나를 위아래로 훑어본다.

"꾸러미를 티셔츠로 덮고 허리띠 안쪽에 단단히 찔러 넣어. 안 보이게."

나는 시킨 대로 한다. 거북하지만 어쩔 수 없다. 그는 다시 한번 내 모습을 훑어본 뒤 고갯짓으로 샛길 쪽을 가리킨다. 나는 곧장 그리로 달리다가 담벼락에 난 문 앞에 멈춰 서서 돌아본다. 그는 이미 술집 안으로 사라지고 없다. 나는 문을 통과해 다시 거리로 뛰쳐나온다. 사방이 온통 고요하고 돌아다니는 사람은 아무도 없다. 나는 손목시계로 시간을 확인한다. 이제 막 2시를 넘긴 시각이다. '사냥꾼의 달'에서 고작 몇 분밖에 머물지 않았다는 사실이 믿기지 않는다. 한참은 있었던 것 같은데.

티셔츠 아래로 꾸러미가 느껴진다. 그 안에 있을 수 있는 물건이야 많고 많다. 나도 곧장 몇 가지 짚이는 것이 있지만 뭐가 들었든 달라지는 건 없다. 뭐가 됐든 골칫거리이기는 매한가지다. 나는 가는 길을 되새기며 달리기 시작한다. 초반은 아주 간단하다. 아까 그 취객이 여태 골목을 어슬렁거리고 있지만 않다면. 다행히 그자는 없다. 골목에는 아무도 없다. 나는 골목을 따라 달리다가 맞은편으로 건너간다. 호리호리한 남자의 말이 머릿속에서 윙윙 맴돈다.

꾸물거렸다가는 엄마 아빠는 무사하지 못할 줄 알아라.

너도 그렇고.

하지만 너무 빨리 달리면 사람들의 주의를 끌 것이다. 나는 주위를 살피면서 적당히 빠른 걸음으로 나아간다. 호리호리한 남자의 또 다른 말이 떠오른다.

혹시 누군가가 길을 막으면…….

누구를 말하는 건지 알 게 뭔가? 아마도 할 일 없는 뒷골목 놈팡이? 어쩌면 경찰? 어느 쪽이 더 나쁜 건지 모르겠다. 경찰은 이른 새벽에 혼자 돌아다니는 어린애를 대번에 알아볼 것이고 행여 나를 검문이라도 하면 꾸러미를 찾아낼 텐데, 그것은 결코 일어나서는 안 될 일이다. 그렇게 생각하자 갑자기 모든 사람이 위험해 보인다.

나는 최대한 그늘로만 움직인다. 하지만 길드 가에 접어드니 불이 환하고 사람들이 붐빈다. 게다가 건너편 인도에는 경찰차도 한 대 서 있다. 나는 이동 유원지를 지나자마자 방향을 틀어서 그 블록을 빙 돌아 길드 가로 되돌아온다. 아직은 아무도 나를 건드리지 않는다. 나는 걸으면서 병원 침대에 누워 있는 엄마와 집에 있는 멍청한 술주정뱅이 아빠를 떠올린다.

아빠가 깨어났을 것 같지는 않다. 술을 거하게 마신 날은 보통 깨지 않는다. 설령 정신이 돌아오더라도 내 방에 와서 내가 어쩌고 있나 들여다보지는 않을 것이다. 아빠가 그랬던 적이 있었나 기억조차 나지 않는다. 그래, 기억이 날 것도 같다. 그런 때도 있었던 것 같다. 맞다, 분명히 있었다. 우리가 함께 축구며 달리기며 미래에 대해, 마치 내다볼 뭔가가 있다는 듯이 이야기하던 때가……. 심지어 엄마는 한때 너무 자주 내 방에 들어오곤 했다. 하지만 나는 두 사람 다 못 본 지 오래다. 적어도 그런 모습으로는.

가까이서 경적 소리가 들려오자 나는 인도 안쪽으로 발길을 옮긴다. 경찰차가 천천히 차들을 비집고 나아가더니 길 훨씬 아래, 긴 부츠를 신은 여자 둘이 보이는 곳까지 내려간다. 여자들은 서로 욕지거리를 퍼부을 뿐 별다른 말썽을 부리지 않는다. 나이트클럽 문은 열려 있고 덩치 둘이 문간에 서서 여자들을 지켜보고 있다. 음악 소리가 거리에 쿵쿵 울려 퍼진다. 나는 그곳을 피하느라 길을 건너갔다가 도로 건너온다.

여전히 길에 사람이 많기는 하지만 나는 차웰 로를 따라 나아간다. 길이 끝나는 곳까지 공원 외곽을 끼고 내처 걸으니 이제야 조용하다. 아니, 조용히 가라앉은, 하지만 삼엄한 분위기가 감돈다. 길에 사람이라고는 고작 두어 명밖에 없지만 나는 갑자기 다시 달리고 싶어진다. 나는 어둠을 주시하며 계속해서 빠른 걸음으로 나아간다. 아무도 다가오지 않는다, 아직은. 공원 철조망이 끝나는 곳, T자 모양 삼거리에서 나는 걸음을 멈춘다.

한 번도 와본 적은 없지만 나는 이 길이 어디로 통하는지 안다. 교차로에서 왼쪽으로 꺾어 강 쪽으로 내려가면 된다. 길모퉁이에 사람들이 작게 무리 지어 어슬렁거리고 있다. 나는 그들을 쳐다보고, 그들도 나를 쳐다본다. 나는 계속 걷는다. 전보다 더 빨리, 거의 뛰다시피. 벽에 기대고 주저앉은 남자 두 명이 내 왼쪽으로 보인다. 내가 다가가자 그들은 일어서더니 게걸음으로 길에 나온다. 나는 길 건너편으로 뛰어가 전력 질주로 그들을 따돌리고는 돌아본다. 그들은 그냥 거기 서서 웃고 있다. 워낙 게을러터진 놈들이라 달리지도 않는다. 하지만 곧 나는 그들이 뛸 필요가 없다는 것을 깨닫는다. 길을 더 내려가자 또 다른 남자 두 명이 서 있다. 내 앞을 가로막은 채.

20대 중반, 머리가 길고, 끈적한 분위기를 풍기는 남자들이다. 나는 차가 나타나기를 빌며 길 한복판에 멈춰 서지만 개미 한 마리 지나가지 않는다. 그들은 애써 잡을 가치도 없다는 듯 나를 위아래로 훑어본다. 꾸러미가 뱃살에 쓸리는 것이 느껴진다. 둘 중 하나가 소리친다.

"어이! 늦었잖아, 꼬맹이."

나는 빠르게 머리를 굴린다. '사냥꾼의 달'에서 호리호리한 남자는 내가 누구를 만나게 될지는 말해주지 않았다. 그는 내게 주소만 가르쳐줬고 그곳은 이다음 거리의 모퉁이를 돌아야 나온다. 이 둘은 꾸러미와 아무 관계가 없을지도 모른다. 소리친 남자가 내게 눈을 찡긋한다.

"우리는 자기 만나러 왔지. 걱정돼서."

"이 동네 위험하거든. 자기가 다치는 건 바라지 않아."

그들은 함께 웃음을 터뜨리더니 순식간에 다시 심각해진다.

"가져온 걸 내놔."

나는 뒤에서 나는 발소리를 듣고 돌아본다. 다른 두 남자도 어슬렁거리며 이리로 다가오고, 역시 더는 웃는 얼굴이 아니다. 나는 어떻게든 그들을 피해볼 요량으로 길 건너로 돌진하지만 그들은 흩어져서 길 양쪽을 가로막고는 포위해 온다.

"아무것도 없어요!"

소리쳐 봐도 그들은 나를 벽에다 밀어붙인다.

"아무것도 없어요, 정말로요. 약속해요."

둘 중 하나가 내 쪽으로 몸을 숙인다.

"그래도 뭔가 있을 텐데, 응? 특별히 나를 위해서 가져온 뭔가가 있잖아."

그런 다음 그는 내 셔츠를 잡아당겨 꾸러미를 채간다.

"착하기도 하지."

나머지 셋이 어둠 속에서 키득거리더니 자리를 뜬다. 남겨진 남자가 그들을 힐끔 보더니 꾸러미를, 그다음에는 나를 본다. 나는 그를 살펴본다. 머리카락은 지저분하니 떡이 졌고 몸에서는 냄새가 난다. 그는 한 팔을 슬그머니 내 어깨에 올린다. 가장 친한 친구 사이라도 되는 것처럼.

"잘했다, 꼬맹아. 그런데 말썽이 터지면 뛰어서 달아나라고 하지 않던? 문제는 딱 한 가지, 네가 제대로 뛰지 않았다는 거야. 너는 달아났어야 했는데 그러지 않았어."

"만약 달아났으면요?"

그는 고개를 돌려 침을 탁 뱉은 뒤 나를 다시 쏘아본다.

"돌아왔겠지. 도착할 때까지 계속 뛰라고 했으니까. 어쨌거나 난 선물을 받았구나. 네가 다른 사람한테 잡히지는 않았으니. 그랬으면 난 아주 곤란해졌을 거다. 물론 네 엄마 아빠가 훨씬 더 곤란해졌겠지."

그는 꾸러미를 겨드랑이에 끼우고는 톡톡 두드렸다.

"그랬다면 너희 가족은 다 죽었을 거다."

"이제 가도 돼요?"

그는 나를 말없이 바라보더니 허리춤에서 다른 갈색 꾸러미 하나를 꺼낸다. 같은 크기에 같은 형태다. 스테이플러와 테이프로 단단히 봉했고 아무것도 쓰여 있지 않다. 그는 나를 보고 씩 웃은 다음, 그것을 내민다. 나는 받지 않는다. 그러자 얼굴에서 웃음기가 가신다.

"꼬맹아. 내가 굳이 힘을 써야겠어? 그건 너도 싫을 텐데."

나는 꾸러미를 받는다. 지난번 것과 느낌이 같다. 단단하게 만들려고 안에 무언가를 댔지만 정작 그 속에 뭐가 들었는지는 감조차 잡을 수 없다. 그 남자는 나를 주시하고 있다. 협박

157

보다 더한 짓을 해야 할까 고민 중인 모양이다.

"이건 어디로 가죠?"

내가 묻자 그는 주소를 알려준다. 역시 한 번도 가본 적 없는 곳이고 애벗 가와 가깝지는 않지만, 찾아갈 수 있는 곳이다.

"하고 나면 집에 가도 돼요?"

"네가 명심한다면."

"명심하다니, 뭘요?"

"아침에 학교에 가서 스핑크를 찾아. 녀석이 너를 찾으러 오기 전에."

"저는 학교에 안 갈지도 몰라요. 엄마 상태가 어떤지에 달렸어요. 엄마 보러 병원에 갈지도 몰라요."

남자는 고개를 절레절레 흔든다.

"가서 스핑크를 만나. 안 그러면 문병을 가는 것도 아무 소용없을 거다. 내가 무슨 말 하는지는 잘 알겠지?"

나는 출발한다. 이 남자를 더는 마주 보고 있을 수 없다. 그는 나를 붙잡지도 부르지도 않는다. 나는 돌아보지 않고 계속해서 걷는다. 다른 남자들은 사라졌고 거리는 텅 비어 있다. 나는 달리면서 운다. 아까는 너무 무서워서 울음을 터뜨릴 수도 없었다. 언제부터 눈물이 났는지는 모르겠지만 어쨌거나 나는 지금 울면서 공원을 지나고 주택 단지를 가로지른다. 온통 엄마 얼굴이 떠올라 머릿속이 터져버릴 것 같다. 아빠 얼굴도.

이유는 나도 모르겠다.

이번 주소는 뛰어서 30분 거리다. 나는 안간힘을 다해 뛴다. 이제 주의가 쏠리는 것은 개의치 않는다. 그저 이 꾸러미를 해치우고 집에 가고 싶을 뿐이다. 이미 깨달았다. 그 주소까지 갈 필요도 없다는 걸. 주소는 그냥 내가 가야 할 방향을 가리켜줄 뿐이다. 지난번과 마찬가지일 것이다. 내가 도착하기도 전에 누군가가 기다리고 있을 것이다.

그리고 저기 누가 보인다.

이번에는 웬 여자다. 보아하니 산전수전 다 겪은 얼굴이다. 여자는 갈림길 근처 어두컴컴한 곳에 서 있다. 내가 마지막으로 지나야 하는 거리에 접어드는 갈림길인데 그 거리는 제법 음침하고 후미진 뒷골목이라, 거기까지 못 간다고 아쉬울 건 하나도 없다. 이 여자는 그리 붙임성 있어 보이지 않는다. 그녀가 날 부르자 나는 걸음을 멈춘다.

"이리 와."

나는 주위를 둘러본다. 사방이 어둡고 가로등도 없다. 도로 왼편을 따라 차고들이 보이고 오른편으로는 높은 담벼락뿐이다. 더 내려가면 집이 두어 채 있지만 불이 켜진 곳은 없고, 차가 몇 대 주차돼 있다. 여자는 다시 소리친다.

"이리 와."

내가 그 어두침침한 그늘로 들어서자 그녀가 한 손을 뻗는다.

"내놔."

나는 꾸러미를 꺼낸다. 제발 여자가 또 다른 꾸러미를 나에게 건네지 않기를 빌면서. 그녀는 그냥 이 꾸러미를 받고 한 번 훑어본 다음, 나를 쏘아본다.

"꺼져."

나는 왔던 길을 다시 달려간다. 최대한 빠르게. 이제 눈물은 그쳤지만 두려움은 점점 더 커진다. 나는 다시 엄마의 얼굴을, 그리고 아빠의 얼굴을 떠올린다. 이어서 오늘 밤에 보았던 얼굴들을 떠올린다. 잊고 싶은 얼굴들……. 하지만 그 얼굴들은 집으로 돌아가는 내내 나를 따라온다.

이제 새벽 4시다. 애벗 가는 내가 떠날 때 모습과 똑같다. 집도 마찬가지다. 사람이 살지 않는 집처럼 어둡고, 적막하고, 들어갈 마음이라고는 들지 않는다. 아무도 안 사는지도 모르겠다. 제대로 된 인간은 말이다. 나는 현관문에 몸을 기댄 채 거친 숨을 몰아쉰다. 들어가고 싶지도, 밖에 있고 싶지도 않다. 내가 뭘 바라는지 나도 모르겠다. 나쁜 일들이 사라지는 것 말고는. 나는 엄마를 쏜 사람을 떠올리고는 주위를 둘러본다. 사람은 그림자도 보이지 않는다. 그렇대도 달라지는 것은 없다.

열쇠를 꺼내 문을 열고는 아빠 소리가 들리나 귀를 기울인다. 코 고는 소리나 숨소리가 들리지 않는다. 아무 소리도. 아빠는 취해서 곯아떨어지면 아주 요란한 소리를 낸다. 나는 집 안으로 들어가서 문을 닫고 다시 귀를 기울인다. 여전히 아무 소리도 안 들린다. 이게 꼭 나쁜 신호라는 법은 없지만 뭔가 이상한 기분이 든다. 나는 불을 켜지 않은 채 계단을 오른 뒤 걸음을 멈춘다. 내 방문은 떠날 때 모습 그대로다.

나는 엄마 아빠 방문 앞까지 걸어간다. 역시나 떠날 때 모습 그대로다. 나는 문을 열고 눈으로 방 안을 확인한다. 침대에 아빠가 안 보인다. 아무 데도 안 보인다. 나는 헐레벌떡 방으로 들어가, 아빠가 바닥에 굴러떨어졌나 주위를 살핀다. 바닥에는 없다. 창가에서 맥주 냄새와 토사물 냄새가 난다. 나는 층계참 쪽으로 뛰쳐나가다 내 방으로 뛰어 들어간다. 여기에는 없다. 들어온 적도 없다. 척 보면 안다. 다시 방에서 나와 화장실을 살펴보지만, 역시나 없다. 그때 계단 아래서 쿵쿵 발 구르는 소리가 나더니 아빠 목소리가 들린다.

"염병할, 조용히 좀 못 해!"

거실에서 나는 그 소리는 황소의 울부짖음보다는 맹수의 으르렁거림에 가깝고, 자주 그렇듯 혀 꼬인 투다. 나는 계단 맨 아래 칸에서 발을 멈춘다. 이제 무슨 일이 벌어졌는지 알겠다. 더 가서 볼 필요도 없다. 나는 내 옷을 본다. 내 옷차림도 보나 마나다. 나는 다시 위층으로 뛰어 올라가 내 방으로 돌진해 잠옷으로 갈아입고 도로 뛰어 내려와 거실로 간다. 아빠는 마개를 딴 술병을 움켜쥔 채로 소파에 몸을 동그랗게 웅크리고 누워 있다. 눈이 감긴 것을 보니 도로 잠든 모양이다. 그때 아빠가 눈을 뜨고 나를 쳐다보더니 웅얼거린다.

"시계는 뭣하러 차고 있어?"

나는 최대한 태평하게 시계를 힐끔 쳐다본다.

"잠옷 갈아입으면서 푸는 걸 깜박했어요."

말하자면 사실이다. 아빠가 콧방귀를 뀐다.

"꼴이 우습구나."

"아빠 꼴은 만신창이 같아요."

"만신창이 맞는 것 같구나."

아빠는 쩍 하품을 한다.

"이리 와봐, 꼬맹아."

나는 플래시 코트를 떠올린다. 그도 나를 '꼬맹이'라고 불렀다.

"그렇게 부르는 거 싫어요."

"어떻게 부르는 거?"

"꼬맹이요."

"듣고 넘겨."

아빠는 내 쪽을 향해 한 손을 퍼덕거린다. 가까이 오라는 뜻인 것 같다. 다른 손은 여전히 술병을 단단히 움켜쥐고 있다. 최소한 뭔가를 할 힘이 남아 있다는 거다. 나는 움직이지 않는다.

"이리 와, 지니. 좀 와보라고……."

"자리를 좀 만들어줘야죠. 소파를 다 차지하고는. 게다가 아빠랑 별로 같이 앉고 싶지 않은데요. 술 냄새 나요."

"지니……."

"토 냄새도요."

"토 안 묻혔다."

아빠가 자랑스럽게 되받는다. 안 묻힌 건 맞다. 인정한다. 그래도 냄새는 난다. 이제 아빠는 몸을 일으키려고 움직거리는 중이다. 보고 있으니 가슴이 아프다. 아빠는 용을 써서 겨우 일어나 앉고는 한숨을 푹 내쉬며 등받이에 몸을 기대고, 병을 쥐지 않은 손으로 옆자리를 툭툭 친다.

"꼬맹이, 여기 앉아."

"그렇게 부르지 말라고요."

"여기 앉으렴. 그 전에 담배부터 갖다 줄래, 응? 저기 있다, 성냥도."

"아무것도 없는데요."

"서랍 속에."

나는 담배와 성냥을 갖다 주고 아빠 옆에 앉는다. 아빠는 담배에 불을 붙이고 재떨이를 찾아 두리번거린다. 나는 일어나서 재떨이를 가져온 다음, 도로 앉는다.

"고맙다, 꼬맹아."

"아빠!"

"장난도 못 치냐?"

"아, 진짜!"

나는 아빠 쪽으로 털썩 쓰러지듯 앉는다. 너무 피곤해서 냄새 따위는 개의치 않는다. 아빠는 담배를 몇 모금 빤다.

"그래, 네가 이거 손댔니?"

"뭘요?"

"아빠 담배."

"아뇨."

"그랬대도 화는 안 낸다. 나도 네 나이 때 그랬으니."

"건드리지도 않았어요. 못 믿겠으면 몇 개 들었나 직접 세봐요."

"몇 개였는지 기억도 안 난다."

"어쨌든 나는 안 건드렸어요. 됐죠?"

아빠는 또 한 모금 빨더니, 재떨이에 재를 톡톡 떤다.

"그럼 누군가 다른 사람이 그랬나 보구나."

나는 아빠를 올려다본다. 아빠의 눈은 게슴츠레하지만 내 눈을 똑바로 마주 본다, 간신히.

"누군가 담뱃갑을 옮겨놨다. 우리가 병원에 간 사이에."

"병원 갈 때 가져갔잖아요. 그때도 피워놓고는. 내가 봤거든요."

"그건 다른 거다. 나가기 전에 이건 거실에 뒀고 그 뒤로는 한 번도 안 건드렸다. 네 엄마가 건드렸을 리는 없고 너도 안 그랬다면 다른 누군가가 건드린 거지. 내가 뒀던 데가 아니야. 다른 것들도 자리가 바뀌었어. 그냥 여기 들어오니 딱 알겠더구나."

나는 아빠를 의심스러운 눈초리로 바라본다.

"내가 취했나 보다. 하지만 틀림없어."

아빠는 재떨이에 담배를 비벼 끈다.

"내 짐작으로는 지난번 침입했던 녀석이 또 왔던 것 같구나."

나는 다시 플래시 코트와 그가 나한테 찾아내라고 한 물건을 떠올린다. 그게 뭐든 아마도 이번에는 그걸 찾은 모양이다. 이제 나는 풀려난 건지도 모른다. 하지만 왠지 아닐 것 같은 느낌이 든다. 아빠는 한참 동안 술병을 쳐다보더니, 조심스레 바닥에 내려놓고는 한 팔을 내 어깨에 두른다.

"아침에는 엄마를 보러 갈 거다."

"이미 아침이에요."

"무슨 말인지 알잖아."

"아빠가 운전할 상태가 되기 전에는 못 가요."

"난 괜찮다."

"아빠는 취했어요. 방금 아빠 입으로 말했잖아요."

아빠가 팔 근육에 힘을 주는 것이 느껴진다. 너무 취해서 때리지도 못할 거면서, 나를 때리고 싶어 한다. 잠시 후 아빠는 다시 힘을 풀고 구시렁거린다.

"몇 시간 뒤면 괜찮아질 거다. 밴을 어디다 처박지는 않을 거라고."

그런 다음 나를 힐끔거린다.

"너를 때리지도 않을 거야. 네가 지금 무슨 생각을 하고 있는지는 몰라도."

나는 대꾸하지 않는다. 아빠가 머리를 절레절레 흔든다.

"말해. 지니."

"뭘요?"

"내가 쓰레기 같은 아빠라고 말해 봐."

"아빠는 쓰레기 같은 아빠예요."

"그리고 쓰레기 같은 남편이지. 그 말도 해."

"아빠는 쓰레기 같은 남편이에요."

아빠는 길게 한숨을 내쉰 다음 등받이에 몸을 기댄다.

"딴 남자를 만나고 있다, 지니. 네 엄마 말이야. 듣고 있어? 엄마는 아무 말 안 했고, 나도 안 물어봤다만 분명해. 혹시 너 뭐 아는 거 있냐?"

나는 눈을 피한다. 아직 이런 질문을 맞닥뜨릴 준비는 되지 않았다.

"지니?"

"몰라요."

나는 여전히 눈을 피하고 있다. 아빠에게 얼굴을 보여서는 안 된다. 취하긴 했어도 내 얼굴을 보면 아빠는 거짓말을 알아챌 것이다.

"뭐 아는 것 없니? 네 엄마, 바람이라도 난 거냐? 혹시 그놈 이름은 알아? 어디서 그 짓을 하는지는……?"

갑자기 언성이 높아진다. 더 이상 혀 꼬인 소리도 아니다. 나는 소파에서 몸을 일으킨다.

"나 좀 자야겠어요, 아빠."

오전 10시, 우리는 차를 타고 병원에 가고 있다. 어쨌거나 말이다. 아빠는 시뻘겋게 충혈된 눈을 하고는 핸들을 꽉 움켜쥔 채 느릿느릿 신중히 움직이고 있다. 아빠는 아직도 반쯤 취한 상태다. 내가 책가방을 멘 교복 차림인 것을 봤을 텐데 아무 말도 하지 않았다. 그래도 아빠는 면도도 했고, 깔끔히 씻었고, 옷도 제법 점잖게 입었다. 애프터셰이브만 안 발랐으면 그런대로 옆자리에 앉을 만했을 거다.

　"뭐 아는 것 없어?"

　아빠가 갑자기 묻는다. 완전 뜬금없다. 나중에 물을 줄 알았다. 술 좀 깬 다음에. 나는 아무 대답도 준비를 못 했다. 나는 퉁명스러운 목소리로 말하려고 애쓴다.

"무슨 소리예요?"

"네 엄마랑 그놈 말이다."

"난 아무것도 몰라요."

아빠가 험상궂게 노려본다.

"넌 알잖아, 지니."

"길 똑바로 봐요, 아빠."

"말 돌리지 말고."

"지그재그로 가고 있잖아요."

"젠장, 말 돌리지 말라니까."

"더 말하고 자시고 할 게 뭐가 있어요? 아빠 생각에는 엄마가 딴 사람 만나는 것 같다는 거잖아요. 난 거기에 대해서는 아무것도 모른다고요."

가까이서 경적 소리가 울린다.

"길 좀 봐요, 아빠!"

아빠는 방향을 틀어 오른쪽 차선으로 끼어들더니, 길가에 차를 세운다.

"지니, 잘 들어……."

"아빠, 핸드브레이크 당겨요. 시동 끄고요."

아빠는 꿈쩍도 않는다.

"지니, 잘 들어라. 나 지금 심각하다, 알아들어? 네 엄마 문제도 그렇고……. 다른 일도 있고."

"다른 일 뭐요?"

"무엇보다, 네가 학교에 안 가는 거."

"또 뭐요?"

"다른 건 됐다. 그것만 해도 골 아프니."

아빠는 내가 대답할 새도 없이 말을 쏟아낸다.

"난 모든 게 엉망이 돼간다는 생각이 들어서 못 견디겠다."

아빠는 질주해 나아가는 차들을 돌아본다.

"나도 내가 형편없는 아빠에 형편없는 남편이었다는 건 안다만 더는 그렇게 살고 싶지 않다."

"그럼, 아빠가 낮 동안 어디에 가는지 말해주는 거예요?"

"젠장, 지니. 작작 좀 캐물어!"

"말해줄 거예요?"

"염병!"

아빠는 벌컥 화를 내며 주먹을 꽉 움켜쥐더니, 곧 힘겹게 화를 누르고 다시 차를 몰기 시작한다. 나는 나 자신을 저주한다. 아빠가 처음으로 마음을 터놓고 이야기하려는데 내가 너무 심하게 몰아붙였다. 이제 아빠는 입을 다물어버렸다. 아마 다시는 대화하려고 들지 않을 것이다. 하지만 병원 주차장으로 들어가면서 아빠가 슬쩍 내 쪽을 곁눈질한다.

"주먹은 미안하다."

"괜찮아요."

"나 너 안 쳤다."

"치고 싶어 했죠."

"그래, 하지만 안 쳤다. 그것만도 어디냐?"

"그래서 어쩌라고요?"

아빠는 주차를 하고, 엔진을 끄고, 나를 마주 본다.

"한번 웃어주면 좋겠구나."

나는 도저히 웃어보일 수가 없다. 대신에 아빠 팔에 한 방을 먹인다. 아빠도 곧장 팔을 받아친다.

"아이씨, 아빠! 아프잖아요!"

"아팠나?"

"네, 더럽게 아파요."

"난 그냥 살짝 친 건데."

"아빠는 자기 힘이 얼마나 센지 몰라요."

아빠 얼굴에 먹구름이 낀다.

"또 왜 그러는데요?"

아빠는 주차장 쪽으로 눈을 돌린다.

"생각 좀 하느라고."

"무슨 생각이요?"

"내가 정말로 세게 때릴 때는 네가 얼마나 아플까……."

"정말 더럽게 아프죠."

아빠가 돌아앉아 나를 똑바로 마주 본다.

"지니, 다시는 너를 안 때리마."

"그 말은 전에도 했잖아요."

"나도 안다."

"말이야 수도 없이 했죠. 그러고는 술 취하면 다시 시작이고……."

"나도 안다. 미안하다."

아빠는 머뭇거리더니, 팔을 뻗어 내 팔을 토닥거린다.

"자, 엄마 보러 가자."

나는 책가방을 집는다.

"그건 메고 갈 필요 없을 것 같은데. 차에 두지."

"메고 갈 거예요."

"뭣하러?"

"신경 쓸 거 없어요."

"너 아주 비밀이 많구나?"

"누가 할 소린지."

엄마는 지난번보다 상태가 나빠 보이지만 어쨌거나 깨어 있고, 간호사는 우리에게 엄마와 몇 분간 이야기해도 좋다고 한다. 아빠는 엄마에게 어색하게 입을 맞춘다.

"애프터셰이브 냄새 한번 지독하네. 이건 밤새 술 마셨다는 얘기인데."

아빠는 대답이 없다. 엄마는 기운 없이 내 쪽을 바라본다.

"엄마한테 뽀뽀 안 해 줄 거야?"

"저도 애프터셰이브 발라서요."

"아닌 거 알아."

나는 웃음을 터뜨리고, 엄마도 웃고, 아빠는 초조히 이 발에서 저 발로 체중을 바꿔 싣는다.

"이리 온, 지니."

엄마의 말에 나는 몸을 숙여 엄마에게 입을 맞춘다. 엄마는 팔을 뻗어 나를 안지는 않는다. 그래줬으면 좋겠지만 나는 아무 말도 하지 않는다. 그런 나를 엄마는 금세 알아챈다.

"힘이 없구나, 아가. 제대로 안아주고 싶은데 도저히 힘이 안 들어가."

우리는 의자를 침대 옆으로 바싹 끌어다놓고 앉는다.

"이미 손님이 다녀갔거든."

옆에서 아빠가 꿈지럭거리는 것이 느껴지지만 아빠는 입을 열지 않는다.

"누가요?"

"처음에는 경찰. 무단 침입 때 왔던 경찰 둘."

나는 아빠를 곁눈질한다. 아빠는 조금 긴장이 풀렸지만 여전히 초조해하며 묻는다.

"그 사람들이 무슨 용건으로?"

"무슨 용건이겠어? 총격에 대해 물으러 왔지."

"그건 이미 한 걸로 아는데."

"지난번에 얘기할 때는 내가 정신이 또렷하지 않았잖아."

"그 자식은 똑똑히 본 거야?"

"아니, 너무 어두웠고 그 사람은 어두컴컴한 데 있어서 기억나는 게 거의 없어. 모든 게 너무 순식간에 벌어졌어."

엄마의 눈이 깜박거리며 내 쪽을 보더니, 다시 아빠를 본다. 아빠가 이번에는 내게 묻는다.

"너는 뭔가 기억할 게 아니냐?"

"지니가 웬 남자가 집을 감시하고 있다고 나한테 말했던 기억이 나는데."

"두 명이었어요. 또 한 명이 철교 쪽에서 감시하는 걸 엄마가 찾아냈잖아요."

"맞다, 그 사람을 잊고 있었네."

"그건 그렇고 당신을 쏜 놈은?"

"나는 나가서 말한 것밖에는 기억이 안 나."

"뭔 말을 했는데?"

"우리 집 그만 감시해라, 안 그러면 경찰 부르겠다, 그랬지."

"그놈은 뭐라고 했어?"

"아무 말도 안 했어. 그냥 주머니에 손을 넣었지. 그 뒷일은 잘 기억이 안 나. 병원에 실려 올 때까지."

엄마의 눈이 내 쪽을 향해 깜박거리고, 이번에는 한동안 나를 향해 머문다.

"네 말을 들었어야 했어, 아가. 네가 나가지 말라고 몇 번이나 말렸는데."

나는 이불 안에 손을 넣어 엄마 손을 잡는다. 손은 부서질 듯 힘이 없다. 간호사가 들어와서 문간에 선다. 엄마가 그쪽을 올려다보며 말한다.

"네, 알았어요."

"죄송합니다, 오코로 부인. 가족 분들은 여기 너무 오래 계시면 안돼요. 좀 더 쉬셔야죠."

"이제 막 온 걸요."

"이미 말씀을 너무 많이 하셨어요. 다른 문병객들하고도요."

"또 누가 왔어? 경찰 말고?"

아빠가 불쑥 묻는다. 나는 아빠를 쳐다본다. 아빠의 눈길이 매서워졌다. 목소리도.

"또 누가 왔느냐고."

"레이섬 교장 선생님."

엄마의 대답에 나는 벌떡 몸을 일으킨다.

"농담이죠?"

"일찍 일어나는 분인가 보더구나. 맨 처음으로 오셨어. 학교로 출근하는 길에."

"그 인간이 대체 왜?"

아빠가 쏘아붙이자 엄마가 피곤한 듯 웃는다.

"그런 바보 같은 질문이 어디 있어? 그냥 안부를 물으러 오신 거야. 5분 정도 있다 가셨어. 이런 일들이 벌어져서 정말 유감이라고 하시더라. 얼마나 힘이 됐는데. 그러고 나서 경찰이 와서는 총격에 대해 묻고 싶다고 하더라고."

"엄마?"

"응, 지니?"

"레이섬 선생님이 나에 대해서는 별말 없었어요?"

"네가 이 와중에 출석 문제까지 걱정할 필요는 없다고만 하셨어. 못 나오는 것도 충분히 이해하신다고. 네가 요즘 출석을 잘해오고 있다고는 안 하셨지."

"오늘은 갈 거예요."

"아냐, 안 가도 돼. 방금 말했잖아."

"갈 거예요. 아빠도 바로 일하러 갈 거고, 엄마도 곧 나을 거예요."

두 사람이 동시에 나를 바라보지만, 표정은 제각각이다. 엄마 표정은 읽기 쉽다. 완전 질질 짜는 신파다. 아빠는 모르겠다. 딱 꼬집어 말하기 어려운 표정이다. 하지만 지금은 그런 걸 걱정할 때가 아니다. 나는 다시 엄마를 바라본다.

"우리는 갈 테니까 이제 좀 편히 쉬어요, 네? 나중에 다시 올 거예요. 약속해요. 꼭 올게요."

"기다릴게."

엄마는 그렇게 말하며 아빠를 힐끗 쳐다본다.

"그리고 당신, 이번에 깜박한 선물 그때 가져와도 돼."

아빠가 당황해서 엄마를 멀뚱히 쳐다보지만, 엄마는 웃기만 한다. 마침내 엄마가 말한다.

"꽃 사 오는 걸 깜박했잖아. 병원에 꽃집이 있더라고. 오는 길에 사 오면 되잖아. 아니면, '쾌유를 빕니다'라고 박힌 예쁜 카드라든지. 글쎄, 건넛방에 있는 저 여자는 침대 주위에 뭐가 산더미같이 쌓였더라고."

나는 보러 가지도 않는다. 아빠도 마찬가지다. 아빠는 입술만 깨물고 있다.

"데이나, 내 말 좀 들어봐."

아빠가 면목이 없다는 듯 웅얼거리자, 엄마는 어처구니없다는 듯 눈을 굴리며 나를 바라본다.

"네 아빠 아직도 못 알아듣나 보다."

엄마는 다시 아빠를 마주 본다.

"농담이야, 이 등신아. 아무것도 안 가져와도 돼. 이번에도, 다음번에도, 언제가 됐든 그런 거 다 필요 없어. 두 사람을 이렇게 보는 것만으로 정말 기뻐. 그거면 돼. 선물은 필요 없다고."

"선물 있어요."

내 말에 엄마가 나를 빤히 쳐다본다.

"엄마 줄 선물 가져왔는데."

나는 손에 익은 그 책이 있나 책가방 속을 더듬는다. 순간 주고 싶지 않은 마음이 들지만 곧 내 손가락은 그것을 낚아챈다. 그리고 어느새 그것은 엄마 손 안에 있다.

"이게 뭐니?"

나는 대답하지 않는다. 엄마는 다시 책으로 눈을 돌리고는 제목을 소리 내 읽는다.

"자연의 마법"

"사진이 많아요. 풍경 사진이요. 사진들이 되게 멋있어요. 엄마가 보면 기운이 날 것 같더라고요."

엄마는 책장을 넘기며, 사진에 달린 설명을 몇 개 소리 내어 읽는다.

"날아오르는 종달새, 해 질 녘의 오소리 떼, 코니스턴 호수에 비친 달……. 멋지구나, 지니."

엄마는 책을 뒤에서부터 휘리릭 넘기더니, 곧 낯빛이 어두워진다.

"이게 뭐지?"

엄마가 묻자, 아빠가 고개를 쑥 빼고 책을 들여다본다. 엄마가 나를 험악한 눈으로 쏘아본다.

"이거, 너희 학교 도서관 책이구나."

"그래서요?"

"반납일을 2년이나 넘겼어."

"내가 가지고 있는 것도 모를걸요."

"어째서?"

"슬쩍했거든요."

"언제?"

"2년 전에요."

엄마 아빠가 나를 빤히 쳐다본다. 나는 간호사가 사라진 것을 깨닫는다. 엄마가 눈살을 찌푸린다.

"이 책을 줄곧 갖고 있었던 거야?"

"예."

엄마가 아빠에게 눈길을 보낸다.

"당신은 이거 본 적 있어?"

아빠는 고개를 젓는다. 엄마는 다시 나를 돌아본다.

"어떻게 우리가 여태껏 이 책을 한 번도 못 볼 수가 있지?"

"침대 밑에 숨겨두고 나 혼자 있을 때만 보니까요."

두 사람은 낯설다는 듯이, 아니면 무슨 유령이라도 본 듯이 나를 골똘히 쳐다본다. 잠시 후 엄마가 말한다.

"이리 와, 우리 아들."

나는 엄마 쪽으로 몸을 숙인다. 책 모서리가 가슴팍을 파고들더니, 이번에는 엄마의 손이 올라와 내 등을 토닥거린다.

"선물 고맙다."

엄마가 속삭이며 내게 입을 맞춘다.

"이제 학교 가야지."

나는 곧장 스핑크를 찾아 나서지는 않는다. 나는 여전히 학교 앞 계단에 선 채 아빠가 차를 몰고 나가는 것을 지켜보며, 오는 동안 둘 사이에 흐르던 침묵을 깨고 무슨 말이든 할 걸 그랬나 후회한다. 바로 그때 등 뒤에서 레이섬 교장의 목소리가 들려온다.

"오늘 학교에서 널 볼 줄은 몰랐다, 지니."

나는 고개를 돌려 올려다본다. 교장은 입구 앞 계단 꼭대기에 서서 나를 향해 미소를 짓는다.

"하지만 정말 반갑구나. 잘 왔다."

교장은 여전히 미소 띤 얼굴로 나에게 어서 오라는 손짓을 한다. 나는 계단을 올라 문가에 서 있는 교장의 곁으로 간다.

교장은 어깨동무를 하고 싶은 듯 팔을 뻗고 있다. 문득 나도 교장이 그래주었으면 좋겠다고 생각한다. 하지만 교장은 그 팔로 그저 입구를 가리키기만 한다.

"들어가자."

나는 교장을 따라 들어간다. 교장은 안내 데스크 직원에게 눈길을 주지만, 걸음을 멈추지는 않는다.

"와일리 부인, 지니도 함께 왔어요. 편지를 한 장 써주시겠어요?"

그녀는 고개를 끄덕이고 우리는 계속 걷는다. 보아하니 교장실에 가서 잠시 이야기나 하자는 것 같은데 나는 당장 스펑크를 찾아야 한다는 생각에 조바심이 난다. 꾸물거렸다가 어떻게 되는지에 대해 어젯밤 그 남자가 했던 경고가 뇌리에서 떠나지 않는다. 그런데 10분 뒤면 쉬는 시간이고, 레이섬 교장이 나를 쉬는 시간 내내 붙잡아 뒀다가 교실로 보내면, 나는 점심시간까지 스펑크를 만날 수 없을 것이다. 그러면 큰일이다. 하지만 당장은 나도 어쩔 도리가 없다.

"먼저 들어가렴."

레이섬 교장이 교장실 문을 열고 서 있다. 나는 여전히 스펑크 생각을 하며 방 안으로 들어선다.

"앉아라, 지니."

교장은 자신의 책상 맞은편에 놓인 의자를 가리킨다. 나는 앉는다. 내심 빨리 나갈 수 있기만 바라면서. 나는 레이섬 교장이 좋다. 그리고 이 순간 그는 나를 놀랍도록 친절히 대해주고 있다. 하지만 나는 여기 있을 때가 아니다. 정작 교장은 자리에 앉지 않는다.

"뭘 좀 마시겠니, 지니?"

"괜찮아요."

"아침은 먹었니?"

나는 교장을 멀뚱히 마주 본다.

"농담 아니다. 너도 그렇고, 네 아버지도 지금 마음 써야 할 일이 아주 많을 게다. 그냥 문득 네가 오늘 아침에 제대로 식사할 겨를이 없지 않았을까 하는 생각이 들어서 말이다. 아니면 먹고 싶지 않았다거나……. 뭐 좀 마시지 않겠니? 같이 내오라 할 테니 샌드위치도 하나 먹는 게 어때? 그쯤은 금세 준비할 수 있다."

나는 누군가 샌드위치를 하나 만들어 여기로 가져오고 내가 먹고 방을 나서는 데 시간이 얼마나 걸릴지 열심히 따져본다. 너무 오래 걸린다. 다른 건 몰라도 그건 확실하다. 그렇게 오래 끌었다가는 스핑크를 찾아낼 짬이 나지 않을 것이다. 하지만 나는 그 샌드위치 한 쪽이 너무 먹고 싶다. 아니, 두 개, 세 개라도 먹고 싶다. 거기에 차 한 잔. 또 뭘 더 내올지 알 게 뭔가. 하지만 쓸데없는 짓이다.

"그냥 물 한 잔만 주시겠어요?"

"물론."

레이섬 교장은 다시 문을 열고 머리를 내밀어 두리번거리더니 옆방에 있는 비서를 부른다.

"플라벨 부인, 지니한테 물 한 잔 부탁해요."

교장은 문을 열어둔 채 자신의 책상 의자에 앉는다. 나는 계속해서 시간을 주시한다. 물이 오는 데 100만 년은 걸리는 것 같다. 마침내 플라벨 부인이 들어와서는 지나치게 다정한 미소를 보이며 물 잔을 건넨 뒤 문을 닫고 나간다. 나는 한 모금 마신 뒤 레이섬 교장을 바라본다.

"엄마한테 선생님께서 다녀가셨다는 얘기를 들었어요."

"그래, 내가 폐를 끼친 건 아닌지 모르겠구나."

"엄마가 정말 고마워했어요."

"다행이구나."

교장은 나를 잠깐 동안 쳐다보더니 인상을 찌푸렸다.

"지니, 너한테 듣고 싶은 이야기가 있다."

"엄마에 관한 건가요?"

"모르겠다. 아마도 아닐 것 같은데……. 잘 모르겠구나."

교장은 다시 인상을 찌푸리더니 책상 쪽으로 몸을 숙인다.

"지니, 왜 갑자기 리키 스펑크와 그렇게 친해진 거니?"

나는 놀라서 움찔한다. 그걸 숨기느라 물을 좀 더 들이켠다.

레이섬 교장은 나를 면밀히 관찰하고 있다. 나는 천천히 물을 다 마신 다음 말한다.

"저는 스핑크랑 안 친한데요."

"좋다. 그럼 다르게 말해보마."

교장은 나를 심하게 몰아붙이지는 않지만, 얼굴에서 웃음기가 가셨다.

"스핑크는 덩치가 큰 녀석이고 너보다 두 살 위야. 그리고 뭐랄까 자기보다 작은 아이들에게 친절한 걸로 알려진 녀석은 아니지. 그러니까 너희 둘이 경기장 근처에서 다정해 보이기까지 하는 분위기로 이야기하는 모습을 본다면 나로서는 조금 놀랄 수밖에 없단다. 그건 바로 어제 일이었지. 물론……."

교장은 말을 끊고는 헛기침을 한다.

"엄밀히 말하자면, 너희를 목격한 건 내가 아니고 필립스 선생님이었다. 그분이 내게 보고한 거고. 하지만 지금 중요한 건 그게 아니다, 지니. 중요한 건, 그리고 내가 네게서 확답을 받고 싶은 건 네게 정말로 아무 문제가 없는지, 혹시 리키 스핑크가 너에게 압력을 행사하는 건 아닌지 하는 거다."

또다시 잠깐 침묵이 흐른다. 보아하니 교장은 내가 입을 열기를, 스핑크와 무슨 이야기를 하고 있었는지 말해주기를 기다리고 있다. 내가 할 말을 찾으려고 안간힘을 쓰는데 교장이 먼저 말을 잇는다.

"물론 너희가 그냥 이야기 중이었다면 내가 상관할 바 아니다. 하지만 만약 네가 곤경에 처해 있고, 그게 리키 스핑크나 이 학교에 있는 다른 누군가와 관련된 일이라면, 그건 분명히 내 소관이고, 나는 네가 거기에 대해 이야기해 줬으면 한다."

또다시 잠깐의 침묵……. 나는 이번에는 무언가 말해야 한다. 얼른 여기서 도망쳐 스핑크를 찾기 위해서라도.

"아무 일도 아니었어요. 그냥 얘기한 거예요."

레이섬 교장은 믿지 않는다. 그럼 됐다는 듯이 고개를 끄덕이고 있지만 속아 넘어가지 않았다. 그는 스핑크가 어떤 녀석인지 알고(이 학교 사람은 다 안다), 내가 어떤 녀석인지도 안다(아마 그것도 다들 알 거다). 내가 친구 하나 없는 잔챙이라는 걸. 그러니 결론이 난 것은 아무것도 없다. 레이섬 교장은 여전히 고개를 끄덕이고 있지만. 교장이 조용히 말한다.

"좋다, 지니. 더는 캐묻지 않으마. 하지만 뭐든 네가 할 말이 있다면, 이를테면 스핑크라든지 이 학교에 다니는 누군가에 대해, 네 생각에 내가 알아야 하는 거라면 뭐든……."

"저는 고자질쟁이가 아니에요."

"나는 지금 그런 말을 하자는 게 아니란다. 그건 너도 알고 있잖니."

레이섬 교장이 물러나 의자에 몸을 기댄다. 여전히 내게서 눈을 떼지 않은 채.

"그리고 너는 내게 알려야 할 사안들이 어떤 건지도 잘 알 것 같은데."

이번에는 내가 대답할 짬도 주지 않는다.

"누구든 이 학교 안에 너를 곤경에 빠뜨리는 사람이 있다면 나는 그게 누군지 알아야 한다. 그리고 너는 내게 와서 이야기할 용기를 내야만 해. 그건 고자질쟁이가 되는 것과는 다르단다. 그건 용감해지는 거란다. 게다가 이건 지니 너에게만 국한된 문제가 아니야. 만약 누군가가 너를 괴롭히고 있다면, 장담컨대 그 사람은 다른 아이들도 괴롭히고 있을 테니까 말이다. 그리고 나는 그런 일이 이 학교 안에서 벌어지는 것을 용납하지 않을 셈이다."

교장의 목소리는 갑자기 단호해졌고 표정도 마찬가지다. 전에는 몰랐지만 교장도 무서워질 수 있다는 게 나는 기쁘다. 물론 그 모습은 곧 사라진다. 교장은 손목시계를 들여다보더니 미소를 보이며 일어난다.

"곧 쉬는 시간이구나. 지금 수업에 들어갈 필요는 없다. 시작종이 칠 때까지 기다리는 게 좋겠구나. 3교시는 뭐니?"

"영어요."

하지만 수업에는 안 갈 거다. 나는 쉬는 시간에 스핑크를 찾아가 엄마와 아빠를 살리기 위해 내가 다음번에 해야 할 일이 뭔지 들은 다음 여기를 뜰 것이다. 종이 울리자 몇 초 후 평소처럼 왁자지껄한 소음이 들려온다. 문 열리는 소리, 뛰쳐나오는 아이들의 발소리, 서로를 부르는 소리……. 레이섬 교장이 나를 바라본다. 나도 교장을 마주 본 다음 일어선다.

"고맙습니다, 선생님."

왠지 그렇게 말해야 할 것 같았다. 교장은 또다시 내게 미소를 지어 보인다. 그게 대답인 셈이다.

이번에는 스핑크가 나를 찾지 않고 내가 녀석을 찾으려니 시간이 좀 걸린다. 쉬는 시간이 5분 남은 시각, 스핑크가 눈에 들어오자 나는 정신이 아득해진다. 녀석은 건물 밖 구내식당 주방 뒤편의 쓰레기통 근처에 있다. 데니, 심플, 내티와 함께다. 다른 녀석들은 내가 보는 것을 알아채지 못하지만, 스핑크는 알아본다. 하지만 표정에 아무런 변화도 없다. 아니, 아예 표정 자체가 없다. 스핑크는 다른 애들에게 뭐라고 낮게 중얼거린 다음 혼자 성큼성큼 발걸음을 옮겨 건물 모퉁이를 돈다.

나는 허둥지둥 건물을 나서 쓰레기통 쪽으로 간다. 데니가 고개를 돌려 나를 보더니 심플과 내티에게 뭐라고 말한다. 이제 그들은 다 같이 나를 주시하고 나는 일이 터지기를 기다린다. 아무 일도 안 터진다, 아직은. 그들은 그저 조롱기 어린 눈으로 나를 빤히 바라보고, 내가 곁을 지나가자 알아들을 수도 없고 알아듣고 싶지도 않은 말을 몇 마디 중얼거릴 뿐이다. 이제 나는 그들이 있는 곳을 지나 건물 모퉁이를 돈다. 바로 거기, 스핑크가 기다리고 있다.

"늦었네, 잔챙이. 덕분에 좀 골치 아프게 됐어."

"이보다 일찍 올 수는 없었어."

"그건 네 문제지, 제발 내 문제로까지 만들지는 말라고. 그랬다가는 빌어먹을 내 문제까지 네가 떠맡게 될 거야. 넌 이미 충분히 내 인생을 피곤하게 만들고 있어. 오전 내내 문자가 왔단 말이야. 그 누구랬지?"

스핑크는 잠시 말을 멈추고는, 검고 작은 눈으로 나를 뚫어져라 바라본다.

"지난번에 네가 뭐라고 불렀더라?"

"플래시 코트."

"맞아, 플래시 코트. 그렇게 불리는 거야 좋아하겠지. 하지만 내가 한 가지 말해두는데 그 사람은 네가 제시간에 안 나타나는 건 좋아하지 않아. 네가 아직 안 왔느냐는 문자가 계속 왔어. 내가 '아직'이라고 답할 때마다 그 사람은 점점 더 화를 내고……."

스핑크가 내 멱살을 잡는다.

"나한테 화를 냈다고, 이 개자식아!"

스핑크는 눈을 희번덕거리며 나를 도로 밀쳐낸다. 녀석이 이러는 것은 여태 한 번도 본 적 없다. 언제나 자신만만하고, 남들을 겁주는 녀석이다. 겁먹은 모습은 본 적 없다. 하지만 녀석은 지금 겁먹은 게 확실하다. 아니, 정확히 말해 공포에 떨고 있다. 당장에라도 말썽이 터질까 노심초사하는 사람처럼 계속해서 주위를 두리번거린다. 나도 두리번거린다.

여기, 주방 뒤편에는 아무도 없다. 실은 사람이 있을 때가 거의 없다. 그게 바로 내가 혼자 이곳을 종종 찾는 이유다. 모두가 건물의 저쪽 편에 있다. 크게 외치는 소리, 공을 뻥 차는 소리, 웃음소리, 웬 여자애가 화가 나서 빽 악쓰는 소리가 들려온다. 쉬는 시간의 끝을 알리는 종이 울린다. 스핑크는 매서운 눈빛으로 나를 돌아본다. 얼굴에는 여전히 공포가 서려 있다. 스핑크의 휴대폰에서 문자 수신음이 울린다. 녀석은 주머니에서 휴대폰을 꺼내 메시지를 읽고 답장을 보낸 다음, 나를 다시 쳐다본다.

"자정."

이렇게 말한 다음 스핑크는 내게 주소를 불러준다.

"받아 적지 마, 잔챙이."

"적으려고 안 했어."

"잊어버리지도 말고."

잊어버릴 생각도 없다. 이 일이 나 못지않게 스핑크에게도 중요하다는 것을 이제 알겠다. 스핑크는 곧장 돌아섰고, 마침 데니와 나머지 녀석들이 나타나 어슬렁거린다. 스핑크가 녀석들 쪽으로 간다. 잠시 후 그들은 사라지고 나는 여기 혼자 서 있다. 나는 꼼짝하지 않는다. 모두가 건물로 들어갈 때까지 기다린 다음 움직여야 한다. 2분이 흐르고, 이제야 사방이 조용하다. 안에서 들려오는 쨍그랑거리는 주방 소음 말고는. 나는 배달 차량이 드나드는 작은 샛길로 들어서서 다시금 주위를 살핀 다음, 곧장 대로변까지 내달린다.

양방향으로 차들이 유유히 지나가고 아무도 나 따위에 개의치 않는다. 나는 길이 한산해지기를 기다리며 학교 정문에서 나오는 사람이 없는지 아래쪽을 확인한 뒤, 뛰어서 길을 건너고 이어서 와틀링 거리까지 달린다. 나는 할 일을 정했다. 장난 아니게 위험한 짓이다. 플래시 코트는 '자정'이라고 했고, 나는 무슨 일이 있어도 그때 그곳에 가야 한다. 하지만 그 전에, 다시 말해 지금 당장 내가 그 장소를 둘러보지 말라는 법은 없다.

왜냐하면 나는 이미 내가 오늘 자정에 그 주소까지는 뛰지 않으리라는 것을 알고 있기 때문이다. 나는 그곳에 도착하기 전에 누군가를 만날 것이다. 지난밤 끈적한 남자를 만나고 다음에는 여자를 만났던 것처럼. 이 주소들에 대해 슬슬 감이 오기 시작한 만큼 나는 내 짐작이 맞는지 확인해 보고 싶다. 하지만 조심 또 조심해야만 한다. 이 일이 잘못되면 나는 대가를 톡톡히 치러야 할지도 모른다. 심하게는 엄마 아빠까지.

와틀링 가가 끝나는 곳까지 내려간 다음, 오래된 영화관 근처 가게들이 즐비한 거리로 접어든다. 여기서 왼쪽으로 돌면 집으로 가는 길이다. 마음 한편으로는 곧장 집으로 돌아가고 싶지만 나는 주소를 머릿속으로 되새기며 오른쪽 길로 들어선다. 지난번 장소들과 마찬가지로 한 번도 가본 적은 없다. 그러나 별 도움 안 되는 스핑크의 설명 없이도 나는 거기까지 가는 길쯤은 알고 있다. 어쩌면 녀석은 내가 길을 헷갈려서 오늘 밤 플래시 코트에게 혼쭐이 나기를 반쯤 바라고 있는지도 모르겠다.

하지만 그건 아닐 것 같다. 방금 녀석이 그렇게 겁먹은 모습을 봤기 때문만은 아니다. 녀석이 무슨 농간을 부리는지는 알 수 없지만 확실한 것은 스핑크가 학교에서 나 같은 잔챙이들에게는 거물일지 몰라도 플래시 코트와 그의 부하들에게는 그 또한 잔챙이라는 사실이다. 게다가 나는 스핑크 쪽에서도 나를 필요로 한다는 느낌을 받았다. 32번 버스가 정차하는 것이 보인다. 탈 수 있으면 좋으련만 내게는 돈이 한 푼도 없다. 웬 노인이 버스 정류장에 서서 나를 유심히 쳐다본다. 나는 노인이 뭘 그렇게 쳐다보는지 안다. 내 외투 아래로 교복이 뻔히 보이는 것이다. 노인은 그래도 군말 않고 버스에 오른다.

나는 외투를 단단히 여미고 지퍼를 올린다. 그래 봤자. 나는 어딜 보나 고딩이다. 나는 내 책가방을 내려다보며 '날아오르는 종달새'와 '코니스턴 호수에 비친 달'을 떠올린다. 어쩌면 바로 지금 엄마가 그 사진들을 보고 있을지도 모른다. 하지만 내가 봤으면 싶다. 버스가 출발한다. 나는 버스가 떠나는 것을 지켜본 다음 다시 걸음을 뗀다. 비가 내리기 시작한다. 잿빛 하늘에 잿빛 구름이 자욱하다. 나는 아빠를 생각한다.

아빠는 병원 가는 길에는 이야기를 했지만 학교 가는 길에는 단 한 마디도 하지 않았다. 완전히 다른 두 사람과 있었던 것 같다. 아빠는 엄마를 보고 나자 딴사람이 돼버린 것 같았다. 무엇 때문에 아빠가 돌변했는지는 오리무중이다. 내가 아는 거라고는 아빠가 그렇게까지 비통해 보이기는 처음이었다는 것뿐이다. 아빠가 스스로를 패배자라고 느낀다는 건 알고 있다. 하지만 전에는 그 와중에도 말은 했다. 아무래도 아빠한테 전화를 걸어봐야겠다. 나는 휴대폰을 꺼내서 전원을 켠다. 곧장 띵 하고 엄마가 보낸 문자가 도착한다. 나는 걸음을 멈추고 읽는다.

사랑해, 쪽.

"나도 사랑해."

내가 소리 내어 말하자 길가에 앉아 있는 여자가 나를 올려다본다. 나는 그녀를 못 본 척하고 답장을 보낸다.

나도 사랑해. 사진 맘에 들어?

전송.

나는 주위를 둘러본다. 여자는 여전히 나를 지켜보고 있다. 그녀는 갑자기 웃더니 일어나 가버린다. 나는 다시금 아빠를 떠올리고는 서둘러 움직인다. 30분 뒤, 나는 시립 경기장 외곽에 와 있다.

경기장 뒤편으로 돌자 오른편에 텅 빈 개표구가 보인다. 비가 계속 내리고 있다. 빗줄기가 굵지는 않지만 외투의 모자를 뒤집어쓸 구실은 된다. 모자야말로 마침 내게 절실한 거다. 여기서는 대낮에 얼굴을 숨겨야 한다. 누군지는 몰라도 오늘 밤 나를 기다리고 있을 사람이 지금 여기 있을지도 모르니, 내 모습이 두 번 보여서는 안 된다. 하지만 여기서 나는 사람들 눈에 띄는 편이다. 모자 너머로 내다보니 알겠다.

주위에 사람이 제법 많고 대개는 거친 얼굴들이라 나는 마음을 놓을 수가 없다. 오른쪽으로 지저분한 싸구려 술집들이 보인다. 카페, 바, 그 밖에 수상쩍어 보이는 식당들……. 길은 경기장 모양대로 굽어진다. 빗줄기가 점점 굵어진다. 이제야 좀 안심이 된다. 나는 모자를 더 바짝 끌어내리고 고개를 푹 숙인다. 하지만 이제는 주위가 잘 보이지 않는다. 누군가가 내 어깨를 툭툭 친다. 나는 옆으로 펄쩍 비켜서서 휙 돌아본다. 노인이 음흉한 눈빛으로 나를 쳐다보고 있다. 충혈된 눈을 보니 취한 것 같다. 노인은 울퉁불퉁 마디가 불거진 손을 내게 내민다.

"아무것도 없어요."

그는 손을 더 가까이 들이민다. 나는 한 발짝 물러선다.

"없다니까요."

그는 굼뜬 걸음으로 내게서 물러난다. 나는 그가 사라지는 것을 지켜보고 되돌아오지 않는 것을 확인한 다음, 왼쪽으로 난 길들을 눈여겨보며 경기장 외곽을 따라 계속해서 걷는다. 스펑크 말로는 그 길들 가운데 하나인데, 표지판이라고는 없고 건물 입구마다 사람들이 어슬렁거리고 있다. 그들은 비를 피하고 있지만 동시에 나를 재보고 있다. 이 동네에서 나 같은 건 손쉬운 먹잇감이다. 아무리 대낮이고 자동차며 택시 들이 버젓이 돌아다니고 있어도 말이다. 한쪽 어깨에 가방을 걸쳐 멘, 학교를 나온 조그만 남자애라면 휴대폰이 있을 것이고 뜯어낼 돈도 몇 푼 있을 것이다. 아무도 다가오지는 않는다. 하지만 그들은 계속해서 나를 주시하고 있다.

실버턴 로.

바로 이 길이다. 더럽고 좁은 길 양편으로 다 쓰러져 가는 연립 주택들이 늘어서 있다. 쓰레기통들은 인도 가장자리에 아무렇게나 치워져 있고, 그중 하나는 뒤엎어진 채다. 오토바이 한 대가 그 사이를 비집고 나아간다. 나는 오토바이가 지나갈 때까지 기다린 다음 걸음을 옮긴다. 정말이지 이제부터는 조심해야만 한다. 절대로 들켜서는 안 된다. 다른 건 몰라도 얼굴만은. 빗줄기는 점점 가늘어지지만 나는 모자를 그대로 쓰고 고개를 푹 숙인 채 나아간다. 번지수를 확인하느라 이따금 힐끔 올려다볼 뿐이다.

10, 12, 14. 그 주소는 반대편, 그러니까 홀수 쪽이다. 11, 13, 15, 하지만 나는 89번지는 존재하지 않으리라는 것을 이미 알고 있다. 길이 끝나는 곳이 보인다. T자 모양 삼거리가 나오고 거기서 그다음 길이 시작된다. 나는 집들을 확인하며 계속해서 나아간다. 53, 55, 57……. 등 뒤 어딘가에서 엔진 소리가, 부드럽고 친숙하고 무시무시한 소리가 들려온다. 모자를 단단히 여민 채 그 소리를 등지고 계속해서 걷는다. 나는 그것이 어떤 차인지, 누구 차인지 안다.

떠올리는 순간 몸이 덜덜 떨려 오지만 멈추지 않고 걷는다. 그들은 나를 알아볼 리가 없다, 결코. 내가 이 시각 여기에 있을 리는 없으니까. 아니, 어쩌면 나는 그저 스스로를 속이고 있는지도 모르겠다. 그들은 아까 전부터 뒤에서 나를 보았고, 달아나는 것도 지켜보았으며, 틀림없이 이 외투를 기억하고 있을 것이다. 이제 차는 점점 더 가까이 다가오고 있다. 나는 T자 모양 삼거리를 향해 내처 걷고, 왠지는 몰라도 여전히 번지수를 세고 있다. 63, 65, 67⋯⋯. 비가 다시 퍼붓기 시작한다.

내 왼쪽으로 좁은 골목길이 하나 나타난다. 나는 서두르는 것처럼 보이지 않도록 주의를 기울이며 그리로 슬쩍 들어선 다음, 담장 모퉁이 너머로 뒤를 살핀다. 길을 따라 한참 내려간 곳에 그 번쩍이는 큰 차가 보인다. 차는 반대편, 그러니까 짝수 쪽에 주차돼 있다. 플래시 코트의 모습은 보이지 않지만 앞자리에 두 남자가 보이고, 나는 그들을 알아본다. 애시그로브 공원을 돌아 나를 추격할 때 앞자리에 탔던 바로 그 두 사람이다.

조수석에 앉은 사내가 차에서 나오더니 외투를 여미어 비를 가린 뒤 시립 경기장 쪽으로 길을 따라 내려간다. 운전자가 시동을 걸자 차는 부르릉 소리를 내며 내가 있는 쪽으로 출발한다. 나는 골목길로 냉큼 숨고는 몸을 돌려 길을 등진다. 부르릉거리는 소리가 커지며 점점 가까워지더니 차가 지나가자 서서히 잦아들고 이내 사라진다. 나는 담장 모퉁이로 도로 달려가 다시금 주위를 찬찬히 둘러본다.

차는 이제 사라졌지만 다른 사내는 여전히 시야에 있다. 그는 실버턴 로를 따라 걷고 있다. 잠시 후 그가 걸음을 멈추더니 담배에 불을 붙이고 주위를 힐끔거린 다음 가장 가까운 집의 문으로 슬며시 들어간다. 밀집한 주택가 틈에 처박힌 작고 너저분한 집이다. 낡아빠진 데다 더러워 보이지만 어쨌든 그는 그리로 들어간다. 문을 두드리지도, 초인종을 울리지도 않고 곧장 문을 열고 집 안으로 자취를 감춘다. 비가 계속 내린다. 나는 계속 지켜본다. 내 휴대폰이 울린다. 엄마한테서 문자가 또 하나 들어온다.

사진 너무 좋아. :)

나는 노란 스마일 이모티콘을 보낸 다음, 아빠 휴대폰으로 전화를 건다. 받지 않는다. 나도 기대는 하지 않았다. 나는 음성 메시지를 하나 남긴다.

"그냥, 아빠가 괜찮은가 해서요."

당장 아빠한테 무슨 말을 해야 할지 모르겠고, 그건 아빠도 마찬가지일 것이다. 만약 학교로 가는 차 안에서 우리가 좀 더 노력했더라면……. 차 안을 메운 침묵은 끔찍했다. 아빠 밴의 주행계를 다시 떠올린다. 과연 오늘은 얼마나 찍을지 의문이다. 휴대폰이 또다시 띵 하고 울린다. 아빠한테 온 문자다.

오늘 늦는다.

딸랑 그게 다다. 나는 단어들을 멍하니 쳐다본다. 아빠는 내게 전화를 걸어 목소리를 들려줄 수도 있었을 거다. 문자를 보낼 여유가 있다면 전화로 이야기도 몇 마디 할 수 있었을 테니까. 나는 단어들을 쳐다본다. '늦는다'라는 말은 오만 가지를 뜻할 수 있겠지만, 나는 지금 그걸 걱정하고 있을 때가 아니다.

나는 실버턴 로를 유심히 죽 훑어본다. 그자가 들어간 뒤로 그 집에 드나드는 사람은 아무도 없다. 나는 왼쪽으로 고개를 돌려, 오늘 밤 내가 가기로 돼 있는 쪽을 본다. 89번지. 그런 주소는 없을 것이다.

나는 번지수를 세면서 T자 모양 삼거리를 향해 계속해서 걸어간다. 아니나 다를까, 마지막 번지수는 87이다. 오늘 밤 바로 이곳에서 웬 친절한 사람이 나를 기다리고 있을 게 분명하다. 나는 고개를 돌려 지나온 길을 다시 쏘아본다. 그가 사라진 장소 쪽으로 가는 것은 어리석은 계획이라는 것을 뻔히 알면서도 나는 이미 뒤돌아서 걷고 있다. 마침내 비가 그쳤고 이제는 모자를 뒤집어쓸 구실도 없다.

나는 그래도 모자를 벗지 않고 그냥 둔다. 내가 무슨 짓을 하든 어차피 수상해 보일 것이다. 나는 길 반대편에 바짝 달라붙는다. 이곳이 번쩍거리는 차가 섰던 자리다. 나는 그곳을 지나 계속해서 걸음을 옮긴다. 빠르지도 느리지도 않게, 평범한 게 뭔지는 몰라도 그냥 평범하게 걸으려고 노력하면서. 흑인 남자 둘이 내 쪽으로 다가온다. 그들은 긴 다리를 흐느적거리고 나아가며 쓰레기통 속을 뒤지고 있다. 저들만 없다면 할 수 있을 텐데……. 나는 남자가 들어간 그 작은 연립 주택을 살펴본다. 그 집은 여기서 조금 더 내려간 곳에 있다. 나는 너무 가까이는 가고 싶지 않지만, 그 집을 더 잘 봐두고 싶고 번지수를 확인하고 싶다. 어쩌면 단서 비슷한 게 될지도 모르니까.

우당탕!

나는 인도 쪽을 돌아본다. 흑인들이 쓰레기통 하나를 뒤엎었다. 그 근처 2층 창문에서 웬 노인 하나가 몸을 쑥 내민다.

"어이! 너희 둘! 썩 꺼지지 못 해!"

그들은 고개를 들어 손가락 욕을 한 다음 어슬렁어슬렁 계속해서 걷는다. 창문이 도로 쾅 닫힌다. 나는 길을 건넌 다음 담장 가까이 걷는다. 나는 이제 길 반대쪽에 있지만, 감히 그 이상은 그 작은 집에 가까이 갈 엄두가 나지 않는다. 흑인들이 내는 소음은 2층 창가의 노인 한 사람뿐 아니라 더 많은 사람의 주의를 끌지도 모른다. 나는 잠시 잠자코 있으면서 흑인들이 한참은 더 지나가게 둔 다음, 집 쪽을 돌아본다. 사방이 조용하다. 그가 처음에 들어간 뒤로 아무런 움직임이 없다. 나는 머리를 살짝 떨구고 그 집 쪽으로 느릿느릿 걸어간 다음, 멈춰서서 번지수를 확인한다. 오케이, 실버턴 로 24번지다. 그들이 드나드는 장소를 하나 알아낸 셈이다.

하지만 확실한 것이라고는 그뿐이다. 어젯밤에 받은 두 주소도 찾아가 보니, 전부 없는 주소다. 끈적한 남자도, 그림자 속에 숨어 있던 여자도 보이지 않자 나는 마음이 놓인다. 혹시라도 마주치지는 않을까 걱정했다. 거리들은 인적 없이 텅 비어 있다. '사냥꾼의 달'도 마찬가지다. 불빛도, 사람 목소리도, 음악 소리도 없고 '팝니다'라고 적힌 팻말만이 담벼락 높은 곳에 붙어 있을 뿐. 저게 전에도 있었나? 본 기억은 없지만, 그때는 어두컴컴했고 나는 겁에 질려 있던 데다 다른 것들을 찾고 있었으니, 보지 못했는지도 모른다.

어쨌거나 지금 '사냥꾼의 달'에서는 아무 일도 벌어지지 않는다. 나는 길 건너편에서 충분히 거리를 둔 채 그곳을 살펴본다. 그곳에서는 여전히 위험한 기운이 느껴지고, 나는 어느새 오늘 밤 일을 떠올리며 또다시 두려움에 떤다. 이제 나는 달리고 있다. 간절히 가고 싶은 곳이 있으니까.

병원 사람들은 나에게 친절하다. 진짜 친절하다. 차를 끓여주고, 과자를 주고, 누군가는 샌드위치며 케이크도 한 쪽씩 내오고, 나를 자리에 앉히고는 부산을 떨며, 엄마는 잘 지내고 있다고 말한다. 하지만 면회는 허락하지 않는다. 왜냐하면 엄마는 지금 자고 있고, 엄마에게는 휴식이 절실하기 때문에.

"그냥 보기만 하는 것도 안 돼요?"

간호사들 가운데 한 명이 나를 병실로 데리고 들어간다. 나는 그 자리에 우두커니 서서 침대에 누워 자는 엄마의 모습을 내려다본다. 엄마는 지난번보다 조금도 나아 보이지 않지만, 나는 의사들이 잘 알고서 하는 소리겠거니 생각한다. 그런데 황당한 건, 엄마는 쇠약해 보이지만 그래도 여전히……

"아름다워요."

내가 왜 간호사에게 이런 말을 하고 있나 모르겠다. 그저 듣는 사람을 당황스럽게 할 뿐인 말을. 그러나 간호사가 대답한다.

"그러게. 정말 아름다우셔."

나는 돌아본다. 나는 이 간호사의 이름을 잊어버렸다. 최소한 두 번은 가르쳐주었는데도.

"곧 집으로 모시고 갈 수 있을 거야. 하지만 지금은 가만히 두는 게 제일이야. 설마 엄마가 잠에서 깨기를 바라는 건 아니겠지?"

맞다, 엄마가 깨면 좋겠다. 진심으로. 엄마가 눈을 뜨고 내 모습을 보고 내게 말을 건네고 사랑한다고 말해줬으면 좋겠다.

"엄마, 사랑해."

팔에 간호사의 손이 닿는 것이 느껴지고, 나는 다시 그녀를 돌아본다.

"네가 가져다 드린 그 책을 좋아하셔."

책이 침대 옆 캐비닛 위에 놓여 있는 것이 보인다.

"아름다운 사진들이던데? 어머니께서 나한테도 몇 장 보여주셨어."

"물수리 사진 보셨어요?"

"응. 그리고 물총새 두 마리가 나온 사진도. 사진가가 어떻게 그렇게 교묘히 찍었는지 몰라."

"그 사진을 찍은 사람은 여자예요. 사진 밑에 이름이 나와 있어요. 매들린 브라이트웰이요."

"정말로 그 책을 오래 붙들고 있기는 했나 보다. 나무라는 건 아니야. 정말로 애지중지할 만한 책이더라고."

나는 무슨 말을 어떻게 해야 할지 모른 채 그녀를 물끄러미 쳐다본다. 그녀는 갑자기 미소를 짓더니 나를 꼭 끌어안고 조용히 말한다.

"괜찮아, 지니. 이해해."

차라리 이해 못했으면 싶다. 나는 지금 울고 있고, 도저히 울음을 멈출 수가 없으니까. 엉엉 우는 건 아니다. 그냥 바보같이 훌쩍훌쩍 눈물이 난다. 간호사는 알아들을 수 없는 말을 나직이 되뇌며 나를 꼭 안는다. 나는 웅얼거리는 목소리로 묻는다.

"성함이 뭐라고 하셨죠?"

"파이드레이."

계속 잊어버리는 것도 당연하다. 그녀는 나를 살며시 놓아준다.

"괜찮지, 지니?"

"네, 고맙습니다."

"넌 정말 잘 헤쳐나가고 있어. 너한테 몹시 힘든 일일 수밖에 없다는 걸 알아."

그녀는 병실에서 나를 데리고 나와 함께 복도를 걷는다.

"이제 학교로 돌아갈 거니?"

"네."

사실대로 말해서 좋을 게 없다.

"여기까지는 어떻게 왔니?"

"걸어왔어요."

"차 태워줄 사람 찾아줄까?"

"아빠가 데리러 올 거예요."

"아빠는 어떠시니?"

"괜찮으세요."

파이드레이는 한 손을 내 어깨에 얹는다.

"내가 주차장까지 바래다줄게."

"아빠는 거기 없어요."

"아빠가 데리러 오실 거라며."

"저 아래 상점가 쪽에 있어요."

파이드레이는 엘리베이터 앞에서 멈춰 서서 고개를 돌려 나를 똑바로 마주 본다.

"몸조심하렴, 지니. 알았지?"

나도 그녀를 마주 본다. 나는 안다. 그녀는 내가 방금 한 말을 한 마디도 믿지 않는다. 하지만 그녀는 나를 나무라지 않는다. 그녀가 다시 껴안아 줬으면 좋겠지만 그러지 않으리라는 걸 안다.

"고마워요, 파이드레이."

그녀는 아무 말도 하지 않고 그저 엘리베이터 버튼을 누르고는, 그 자리에 서서 내 얼굴을 유심히 쳐다볼 따름이다. 엘리베이터가 도착하고 문이 열린다. 안에는 아무도 없다. 파이드레이가 미소를 짓는다.

"내려가지는 않을게. 알아서 잘할 거라는 거 알아."

나는 엘리베이터에 들어선 다음 다시금 그녀를 돌아본다. 그녀가 갑자기 묻는다.

"할 수 있겠어?"

나는 도저히 미소를 지어 보일 수가 없다. 하지만 그걸로 끝이다. 엘리베이터 문이 닫히고 파이드레이는 시야에서 사라진다. 나는 1층을 누르고 기다린다. 덜컹하고 한 번 흔들린 뒤, 엘리베이터가 아래로 움직이기 시작했고 잠시 후 나는 주차장에 나온다. 비는 그쳤지만 하늘은 여전히 잿빛이고 구름이 잔뜩 끼어 있다. 나는 큰길 쪽으로 걸어가 오른쪽으로 돌아 상점가 쪽으로 간다. 5분 뒤, 나는 빵집 앞에 서 있다. 나는 휴대폰을 꺼내 전원을 켠다. 도착한 문자는 없고, 레이섬 교장이 음성 메시지를 하나 남겼다.

"지니, 몹시 걱정이 되는구나. 네가 오늘 아침 학교에 와놓고는, 아무한테도 알리지 않고 혼자 사라져 버려서 말이다. 설마 무슨 문제가 있는 건 아니겠지만 나는 네가 어디 있는지, 네가 괜찮은지 꼭 알아야겠으니 이 메시지 듣자마자 나한테 부디 전화 다오. 내 직통 전화번호랑 비서 번호도 남기마."

나는 휴대폰을 껐다가 도로 켜고는 아빠 휴대폰 번호를 누른다. 예상한 대로 음성 사서함으로 넘어간다. 고래고래 악을 써서 메시지를 남기고 싶지만, 그래도 조용히 말한다.

"오늘 늦는다고 했잖아요. 얼마나 늦어요? 전화나 문자 좀 줄래요?"

나는 전화를 끊고 가게 앞으로 씽씽 지나가는 차들을 찬찬히 둘러본 뒤 다시 휴대폰을 내려다보고는 전화번호를 검색한다. 나는 지금껏 이 번호로 전화를 걸어본 적도 없었고, 걸 필요도 없었다. 아빠는 늘 휴대폰으로 걸어야 받곤 했다. 나는 그 번호를 누르고, 기다린다.

"빌링턴 왓츠 택배입니다."

여자가 받는다.

"저는 지니 오코로라고 하는데요."

"아, 네?"

별 관심 없는 듯한 목소리지만, 나는 밀어붙인다.

"저…… 혹시 저희 아빠가 지금 어디 있는지 알려주실 수 있나요?"

침묵.

"여보세요?"

또다시 침묵. 잠시 후 그녀가 대답한다.

"잠깐 기다려주시겠어요?"

"네."

'잠깐'은 최소 2분은 되었고 다시 연결이 되자마자 그녀는 브래드버리 씨에게 연결해 주겠다는 말만 남기고 사라진다. 나는 그 이름을 들은 적 있다. 아빠가 말한 적 있다. 뭔가 중요한 사람 같았다. 하지만 전화상의 목소리로 만나니 그다지 중요한 사람 같지는 않다. 여자와 마찬가지로 따분해하는 목소리다. 하지만 최소한 그는 내 시간을 더는 낭비하지 않는다.

"네 아버지가 어디 있는지 모르겠구나. 나는 석 달 전에 네 아빠를 해고했단다."

나는 이 술집 저 술집 찾아다닌다. 망할 놈의 아빠. 그 인간을 찾아야만 한다. 아마도 운전 중일 것이고, 아마도 수십 킬로미터는 떨어진 곳에 있을 것이다. 나는 아빠를 찾아내 때리고, 내가 아빠를 어떻게 생각하는지 똑똑히 말해준 다음 더 때려주고 싶다. 아빠는 우리한테 아무 말도 안 했다. 그럴 배짱도 없었다. 아니, 적어도 나한테는 아무 말도 안 했다. 어쩌면 엄마는 뭔가를 알고 있었는지도 모른다. 하지만 그랬을 것 같지는 않다. 그랬으면 엄마가 내게 조금이나마 말해줬을 테니까.

　내가 걱정스러운 것은 지금껏 우리가 무슨 돈으로 살아왔느냐 하는 거다. 그렇지 않아도 우리는 돈이 넉넉했던 적이 없었다. 그런데 석 달간 월급을 못 받고도 아빠는 여전히 지갑에 돈이 있었다. 조금이기는 했지만, 내가 봤다. 아니면 중요한 것들은 그냥 엄마가 부담해 왔는지도 모른다. 하지만 엄마 봉급은 아빠가 벌어오던 액수보다도 못하다. 그러니까 그건 말이 안 된다. 나는 브래드버리 씨에게서 다른 말은 아무것도 듣지 못했다.

"우리 아빠를 왜 내쫓았죠?"

"네가 직접 물어보려무나."

전화가 끊긴다.

아빠는 내가 찾아간 술집 어디에도 없다. 그거야 놀랄 일도 아니다. 정말이지 내가 왜 이런 쓸데없는 고생을 하고 있는지 모르겠다. 아빠가 좋아하는 걸로 알고 있는 술집들에 이어 스포츠 도박장에도 가보지만 아빠는 어디에도 보이지 않고, 이제 나는 점점 지치고, 배가 고파오고, 오늘 밤 일을 생각하니 무서워진다. 하지만 벌써 집에 갈 수는 없다. 이제는 집도 무섭고 혼자 집에 있고 싶지도 않다. 한 가지 확실한 것은 집에 가봤자 아빠가 나를 기다리고 있을 리 없다는 거다. 오늘 밤 아빠가 몇 시에 들어올지는 아무도 모른다. 나는 아빠의 마지막 문자를 다시 확인한다.

오늘 늦는다.

"알 게 뭐야……."

나는 중얼거리며 주위를 둘러본다. 덜컹거리며 지나가는

자동차며 택시며 버스, 그리고 움직이는 차 안의 얼굴들을 바라본다. 갈 길을 재촉하는 인생들, 내가 두 번 다시 보지 못할 사람들. 그들은 나에게 신경 쓰지 않고, 그들이 그래야 할 이유 따위는 없다. 아무도 나 같은 건 거들떠보지 않고, 그건 인도를 걷는 행인들도 마찬가지다. 이 순간 나에게는 사연이라든가, 그들을 멈춰 세울 만한 뭔가가 없다. 총에 맞은 엄마도 술주정 뱅이 아빠도 없다. 나는 그저 스포츠 도박장 앞에 서 있는 웬 꼬마에 지나지 않는다. 나는 어슬렁거리며 신호등 쪽으로 가서 애벗 가 방향인 왼쪽으로 돌다가 걸음을 멈춘다. 저기 빅턴 로에 차가 한 대 서 있고, 나는 그 차를 알아본다.

능구렁이 코일리의 차다.

저자가 대체 여기서 뭘 하고 있는 걸까? 여기는 애벗 가에서 제법 떨어진 곳이다. 하지만 짐작이 간다. 코일리 씨가 소유한 다른 건물 한 채가 여기 있을지도 모른다. 그는 이런 동네에 살려고 하지 않을 것이다. 완전히 낡아빠진 집들뿐이니까. 하지만 그가 세를 놓는 건 그런 집들이다. 그 점을 유념해야 한다. 심지어 우리 집이 여기 있는 몇몇 집보다는 나아 보인다. 하지만 그가 왜 하필 저기 서 있는 걸까? 나는 전화박스 뒤에 몸을 숨긴 채 유심히 살펴본다. 틀림없이 코일리 씨의 차다. 나는 저 차를 누누이 봐 왔고, 운전석에는 분명 느물이가 타고 있다. 나는 뒤에서 봐도 그의 두상은 대번에 알아볼 수 있다. 그런데 차에 탄 사람이 느물이 혼자가 아니다. 머리가 몇 개 더 보인다. 뒷좌석에 남자 둘, 앞 좌석에 또 하나.

신중해야 한다. 조심하지 않았다가는 그자들이 사이드 미러로 나를 알아볼지도 모른다. 그러든 말든 무슨 대수라고 내가 이러는지 모르겠다. 내가 걱정할 이유는 아무것도 없다. 코일리 씨의 다른 사업이야 나와는 아무 상관없는 일이고, 그는 지난번에 부엌에서 만났을 때 이미 치사하게 나를 협박했다. 그가 나를 다시 협박할 필요는 없을 것 같으니 내가 그냥 지나치지 못할 이유는 없는 셈이다. 하지만 나는 잠자코 그 자리에 숨을 죽이고 있고, 차 문 세 개가 열리자 기뻐하기까지 한다. 코일리 씨가 앉은 쪽은 열리지 않는다. 그는 여전히 운전석에 앉아 있다. 하지만 갑자기 남자 셋이 길 밖에 나타난다.

인상이 험악한 남자들로 나이는 삼십 줄로 보이는데, 그들이 여기에 왜 왔는지 슬슬 감이 오기 시작한다. 그들은 서두르지 않는다. 그냥 12번지 대문으로 자신만만하게 걸어 들어가 현관문까지 간다. 앞장선 남자가 우두머리 같지만 배후는 그가 아니다. 배후는 여전히 차 안에 앉아 있다. 심지어 그들을 지켜보지도 않는 것 같다. 나는 코일리의 머리가 오른쪽으로 돌아가는 것은 보지 못했다. 우두머리 남자가 초인종을 누르는 것이 보인다. 잠시 세 사람은 잠자코 기다린다. 여전히 코일리의 머리는 제자리에서 움직이지 않는다.

아무도 문밖에 나오지 않는다. 웬일인지 나는 이 상황이 낯설지 않다. 그런데 2층의 창문 두 개가 열려 있는 것이 보이고, 확실하지는 않지만 나는 조금 전 거기서 그림자가 움직이는 것을 본 것 같다. 만약 내가 봤다면, 저 남자들도 봤을 것이다. 나는 그들이 여기 온 이유를 알고 있고, 아빠나 엄마가 무슨 일을 당할지, 혹은 집에 나 혼자 있을 때 그들이 찾아오면 내가 무슨 일을 당할지도 알고 있다. 그들 가운데 한 명이 휴대폰을 꺼낸다. 그는 번호를 누른 다음 현관에서 물러나, 전화를 귀에 댄 채 열린 창문을 올려다본다. 그가 말을 하기 시작하는 것이 보인다. 침착하고 태연한 모습이다. 세 사람 다 그렇다, 아직은. 나는 전화가 연결됐을까 의심스럽다. 아마도 그냥 자동 응답기에 대고 이야기하고 있는 것이리라. 하지만 자동 응답기였다 해도 그가 하는 말을 누군가가 들었다. 잠시 후 현관문이 열렸으니까.

남자들이 집으로 들어간다.

나는 왔던 길로 도로 뛰기 시작한다. 코일리 씨가 사이드 미러로 보든 말든 개의치 않는다. 나는 여기서 달아나야 한다. 이미 알다시피, 그래봤자 더 큰 골칫거리로 돌진하는 것일 뿐일지라도.

빅턴 로가 시작되는 곳에 다다랐을 때 휴대폰이 울린다. 멈춰 서서 휴대폰을 꺼낸다. 학교 번호다. 레이섬 교장이 다시 거는 것이리라. 나는 벨이 울리게 내버려 두고, 계속 뛰어서 그 구역을 돌아 애벗 가 방향인 다음번 거리로 간다. 음성 메시지가 도착하는 소리가 들린다. 레이섬 교장의 호의를 아는 만큼 나는 전화를 받지 않은 것에 죄책감이 든다. 하지만 소용없다. 나는 교장을 마주할 수 없다. 만약 레이섬 교장이 이 일에 끼어들면 경찰도 끼어들게 될 것이고, 그럼 엄마는 끝이다. 아빠도 끝이다. 하지만 내가 과연 아빠를 얼마나 아끼는지는 이제 나도 잘 모르겠다.

한 시간 뒤 나는 애벗 가 초입에 와 있지만, 집으로 갈 각오가 서지 않는다. 여전히 집이 너무 무섭다. 나는 우리 집 밖에 주차된 차가 있는지만 간신히 확인할 수 있을 만큼 멀찍이서 어슬렁거린다. 물론 아빠의 밴은 그림자도 보이지 않는다. 내가 잘 모르는 차 몇 대가 보이는데 오래된 고물차들이니까 걱정하지 않아도 될 것 같다. 확실한 건, 코일리의 차나 플래시코트의 차는 보이지 않는다는 것이다. 그래도 나는 더 이상 다가가지 않는다. 당장은 우리 집에서 보내는 시간을 최소한으로 할 작정이다.

나는 애벗 가 초입으로 되돌아가 피시앤칩스 가게 뒤쪽 골목으로 들어간 다음, 쓰레기통 옆 담벼락에 등을 대고 털썩 주저앉아 잠자코 기다린다. 길에서는 전혀 보이지 않는 곳이다. 날이 어두워지자 나는 나도 모르게 곯아떨어진다. 그리고 무슨 영문인지 내가 꿈속에서 달리기를 하고 있다는 것을 깨닫는다. 플래시 코트와 덩치 큰 깡패 놈들의 심부름으로 달리는 게 아니라, 트랙을 달리고 있다. 지난해 내가 우리 학교 대표로 출전해 메달을 모조리 휩쓴 그 경기장이다. 그때 레이섬 교장은 아주 기뻐했다. 나는 잠깐이나마 기분이 좋다. 하지만 그 순간 배 속을 쥐어짜는 허기를 느끼며 깨어난다. 피시앤칩스 가게에서 풍겨 오는 냄새 때문에 미칠 것만 같다. 이제 저녁 7시 반. 더는 꾸물거릴 수가 없다. 나는 가까스로 털고 일어나 집으로 간다.

집이 또 털렸다. 들어서는 순간 알 수 있다. 비록 난장판은 아니지만 다녀간 것을 숨기려 하지도 않았다. 확실히 물건들 위치가 바뀐 채 여기저기 흩어져 있다. 나는 플래시 코트가 그 토록 손에 넣고 싶어 하는 이 수수께끼의 물건이 뭘까 머리를 백만 번은 쥐어짰다. 하지만 역시나 모르겠다. 도대체 뭔지 짐 작조차 가지 않는다. 나는 이제 그 빌어먹을 물건을 찾지 않을 생각이다. 그들이 이렇게 다 뒤져놓고도 찾지 못했다면 나는 결코 그것을 찾아내지 못할 테니까. 하지만 이번에 그들이 그 것을 손에 넣었다면, 어쩌면 그들은 우리를 그냥 내버려 둘지 도 모른다. 어쩐지 그런 일은 벌어질 것 같지 않고, 나는 그런 일이 벌어질 거라는 듯 행동할 수도 없지만 말이다. 나는 오늘 밤 일을 완수해야 한다. 그들이 멈추라고 할 때까지. 과연 그런 때가 온다면.

아빠는 물론 여기 없다. 나는 휴대폰을 꺼내, 레이섬 교장의 음성 메시지를 듣는다. 지난번과 대략 비슷하다. 친절한 목소리로 걱정스러워하며 전화해 달라고 하지만 그건 내가 해서는 안 될 일이다. 바로 그때 띵 소리가 난다. 아빠한테서 온 문자 메시지다.

언제 들어갈지 모름.

"아, 그러셔? 내가 모를 줄 알고."

나는 이제 안다. 알다마다. 아빠는 돌아오지 않을 것이다. 아예, 영영. 안 봐도 훤하다. 아빠는 영원히 떠나려는 참인데 나한테 떠난다고 털어놓을 배짱도 없는 거다. 내가 받은 답이라고는 고작 요거다.

언제 들어갈지 모름. 아, 그러셔?

어쩌면 브래드버리가 내 전화를 받은 뒤 아빠에게 전화해서는 이렇게 말했을지도 모른다. '자네 아들이 방금 전화했길래 녀석한테 자네를 내쫓았다고 일러줬네. 자네가 직접 말했어야지, 어쩌고저쩌고.'

"겁쟁이 자식. 엄마가 총에 맞고 내가 엿 같은 일에 휘말린 마당에 네놈이 고작 한다는 게 우리를 버리고 내빼는 거다, 이거지."

나는 주위를 살펴본다. 집이 너무 조용한 것 같다. 나는 위층으로 올라갔다가, 다시 내려와 부엌으로 갔다, 그러다 다시 현관 통로로 가서 생각에 잠겨 멍하니 서 있는다. 다시 계단을 올라 내 방으로 가서 침대에 몸을 던진다. 이번에는 안 운다. 맥없이 울음을 터뜨리지는 않을 거다. 그 간호사랑 있을 때는 마음이 약해졌다. 간호사는 친절했다. 장난 아니게 친절했는데 나는 이번에도 이름을 까먹었다. 하지만 간호사 생각이 나자마자 나도 모르게 또 울기 시작한다. 이번에는 조금 훌쩍거리는 정도가 아니라 큰 소리로 엉엉 운다. 눈물이 그야말로 철철 쏟아져 나오고, 나는 그게 나오는 대로 그냥 둔다. 이제 나 자신한테는 화가 나지 않는다. 아빠한테 너무 화가 나서.

마침내 눈물이 멎자, 나는 그마저도 사라진 것을 깨닫는다. 분노 말이다. 침대에 누워 아빠를 떠올리며 치솟던 분노가 되돌아오기를 기다려 보지만, 그것은 눈물과 함께 사라져 버렸다. 나는 이제 아빠가 딱할 뿐이다. 동정받을 자격도 없는 인간이라고 생각하지만 어쨌거나 딱하기는 하다. 나는 일어나 앉았다가 침대에서 슬그머니 내려와 엄마 아빠 방으로 가서 방 안을 둘러본다. 여기에도 들어왔다. 강도들 말이다. 하지만 별로 살림을 옮긴 것 같지는 않다. 지난번에 제대로 확인했다고 생각한 모양이다. 아니면 그 전에. 아니면 몇 번이 됐든 여기 왔을 때 말이다. 나는 이제 신경 쓰지 않는다.

나는 아래층으로 내려가 부엌으로 가서 음식을 뒤진다. 그릇에 시든 사과 몇 알이 있다. 오늘 아침에 먹은 것만큼이나 상태가 안 좋아 보인다. 나는 한 알을 집어 들고 거실로 가서 소파에 털썩 앉는다. 여전히 집은 조용하다. 기분이 이상하다. 나는 한 번도 이 집이 조용하다고, 그러니까 정말로 조용하다고 느껴본 적이 없기 때문이다. 늘 멀지 않은 도심에서 작게 소음이 들려오기 마련이다. 단, 그 책에 실린 사진들을 들여다볼 때만 빼고. 그때만은 사방이 고요해지고 내가 어딘가 다른 곳에 있다고 상상할 수 있다. 하지만 지금 내게는 책이 없고, 어쩐지 그 책 없이는 상상도 불가능할 것 같다. 어쨌거나 그리 잘될 것 같지는 않다.

나는 사과를 먹으며 눈을 감는다. 그러자 놀랍게도 책 없이도 상상할 수 있다는 것을 깨닫는다. 물총새 두 마리가 나온 사진이 머릿속에 선하고, 다트무어 황무지를 뛰노는 조랑말들도, 코니스턴 호수에 비친 달도, 강물 위로 뛰어오르는 연어도, 내가 늘 건너뛰었던 살무사 사진도 보인다. 나는 다시 달리는 상상을 한다. 이번에는 레이섬 교장이 나를 응원하던 그 트랙이 아니다. 호숫가를 돌아, 언덕들을 넘어, 밤하늘 아래로 달린다.

하지만 나는 상상을 오래 이어갈 수 없다. 오늘 밤 일이 너무나 두렵기 때문이다. 게다가 배가 너무 고파서 속이 뒤틀릴 지경이다. 나는 눈을 뜬다. 집은 어둡다. 창문으로 스미는 탁한 가로등 불빛 말고는. 나는 소파에 몸을 동그랗게 말고 누워 있다. 오른손에는 사과 씨와 꼭지를 꽉 움켜쥔 채. 온몸이 구석구석 아프다. 집 안 어딘가에서 삐걱하는 소리가 난다. 나는 소파에 일어나 앉는다.

"아빠?"

여전히 조용하다. 나는 일어서서 부엌으로 걸어가 사과 씨와 꼭지를 쓰레기통에 버린다. 불은 켜고 싶지 않다. 나는 다시 한번 시간을 확인한다. 9시 정각이다. 나서야 할 시간이 얼마 남지 않았다. 나는 다시 먹을 것을 찾아 뒤지고 다닌다. 그릇에 담긴 저 마지막 사과를 차마 똑바로 볼 수가 없다. 오늘 먹었던 두 알 다 맛이 끔찍했다. 나는 피시앤칩스 가게가 떠오르고, 돈이 있나 주머니 속을 더듬어 본다. 부질없는 짓이다. 아무것도 없다는 걸 안다. 나는 집 안을 서성거린다. 무심히 서랍들을 열었다가, 놀랍게도 굴러다니는 동전 몇 개를 찾아낸다. 하지만 먹고 싶은 것을 사기에는 부족하다. 하지만 내가 예의 바르게 굴면 얻어걸리는 게 있을지도 모른다. 나는 서둘러 집을 나와, 애벗 가 초입에 있는 피시앤칩스 가게까지 간다. 라시드는 일단 내가 가진 돈부터 보고 싶어 한다.

"피시앤칩스 값으로는 모자라, 꼬맹이."

"작은 걸로 생선 한 쪽만 주면 안 돼요?"

"안 된다, 꼬맹아."

"반쪽은요?"

"생선? 아니면 감자? 둘 다는 안 된다. 돈을 좀 더 구해 오기 전에는."

"아, 적당히 좀 해요, 라시드 아저씨."

"저기 봐, 꼬맹이."

라시드가 고갯짓으로 벽에 붙은 가격표를 가리킨다.

"복잡할 것 하나 없다. 네 녀석이야말로 적당히 좀 하려무나. 자, 생선이냐 감자냐?"

"감자요."

"옳지, 착하다."

라시드는 돈을 받으려 손을 뻗는다. 나는 험상궂게 노려보며 돈을 건넨다. 그는 감자튀김을 퍼서 종이봉투에 담아 내민다.

"또 보자, 꼬맹아."

나는 집에 올 때쯤 감자튀김을 다 먹어치운다. 집은 여전히 어둡지만 나는 어쨌거나 집으로 들어가 정적에 귀를 기울인다. 나는 아빠가 올 거라고는 기대하지도, 바라지도 않았다. 나는 아빠에 관한 일이라면 희망을 버렸다. 나는 기름 묻은 포장지를 쓰레기통에 쑤셔 넣고 다시 손목시계를 확인한다. 외투를 벗을 것도 없다. 이제 갈 시간이다. 나는 없는 주소인 그곳을 머릿속에 떠올린 다음, 집을 나서서 애벗 가로 들어선다.

이제는 곳곳에서 시커먼 그림자들이 보이기 시작한다. 어떤 것들은 움직이고, 어떤 것들은 정지해 있다. 진짜인지 내 상상인지 모르겠다. 나는 철교 쪽으로 나서서 왼쪽으로 꺾은 뒤 애시그로브 공원을 지나 계속해서 나아간다. 날씨는 습하지 않지만 싸늘하고, 밤바람에 숨이 가빠온다. 상점이 늘어선 아케이드를 지나 보행자 전용 구간을 통과한다. 버스를 타고 싶지만 돈을 다 써버렸다. 30분 뒤, 거리는 여전히 북적거리고 시립 경기장 주위에는 제법 많은 사람이 어슬렁거리고 있다. 나는 다시 손목시계를 본다.

자정 10분 전. 지금부터 몇 분간 무슨 일이 벌어질지 아무도 모른다. 딱 하나 확실한 것은 늦어서는 안 된다는 것뿐. 나는 수상한 카페와 바 들을 지나 계속해서 걷는다. 아무도 나를 막거나 불러 세우지는 않지만 나는 지난번과 마찬가지로 여러 사람의 주시를 받고 있다. 대충 훑어보니, 대개는 남자들이지만 여자들도 보인다. 24번지는 불이 꺼져 있다. 나는 그곳을 지나 계속해서 발걸음을 옮겨, 89번지가 있어야 할 T자 모양 삼거리까지 더 나아간다. 손목시계가 자정을 가리키자 인도 위로 나를 가로막는 실루엣이 하나 나타난다.

"이봐, 잔챙이."

나는 빤히 쳐다본다. 스핑크가 여기서 나를 기다리고 있을 거라고는 미처 생각지 못했다. 오늘 학교에서 봤을 때보다 훨씬 더 겁을 집어먹은 얼굴이고, 이상하게도 나를 만난 것이 반가운 기색이다. 어쩌면 지금 스핑크는 난생처음으로 힘센 사람들에게 괴롭힘을 당하고 있는지도 모른다. 그래서 여태껏 내가 자기 때문에 어떤 일을 겪어왔는지 조금은 이해했는지도 모른다. 지금 녀석은 나를 예전처럼 인간 샌드백으로 보지 않는다. 오히려 그 반대다. 동지나 친구라도 되는 것처럼 보고 있다. 스핑크는 잡담은 건너뛰고 고갯짓으로 내가 몇 시간 전에 숨었던 골목 쪽을 가리킨다. 나는 녀석을 따라 거리에서 벗어나 어두컴컴한 골목으로 들어간다.

"자, 잘 들어."

녀석은 나를 힐끗 본 다음 차도를 쏘아보며 중얼거린다.

"너, 오늘 밤 잽싸게 움직여야 해."

"왜?"

"오늘 배달할 게 다섯 건이고 3시까지 끝내야 해. 못 끝내면 우리는 엿 되는 거야."

"우리?"

"오늘 밤에는 우리가 같이 하는 거야. 내가 너한테 꾸러미를 전달하면, 네가 그걸 배달하는 거지."

나는 손을 내민다. 스핑크가 코트 속으로 손을 넣더니 소포 꾸러미를 하나를 꺼낸다.

"나머지는?"

내 물음에 스핑크는 고개를 젓는다.

"한 번에 하나씩만 가져가는 거야. 그자들이 그렇게 하랬어. 그러니까 진짜 서둘러야 해. 넘겨주기만 하고 곧장 이리로 돌아와서 다음 걸 받아 가."

"지금 다섯 개가 있는 거야?"

"응."

"주소는 다 이 근처고?"

"그야 모르지. 난 딸랑 이번 것 주소만 받았어. 잘 들어. 언제고 네가 돌아와서 내가 여기 없으면, 여기서 잠자코 기다리는 거야, 알았지? 절대로 내빼기 없다.”

나는 꾸러미를 받아 허리띠 안쪽에 쑤셔 넣고 그 위로 겉옷
지퍼를 잠근 다음 다시 스핑크의 얼굴을, 겁에 질려 돌덩이처
럼 굳은 얼굴을 쳐다본다. 학교를 주름잡던 불량배 녀석은 어
디로 갔나 모르겠다. 나는 그 모습에 용기를 얻어 녀석을 한번
떠본다.

“꾸러미에 뭐가 든 거야?”

“몰라.”

“넌 뭘 좀 알 거 아냐?”

“그 사람들이 안 알려줘. 나도 안 묻고. 그러니까 너도 물어
서는 안 돼.”

더 묻고 자시고 할 것도 없다. 나는 이미 그게 마약일 거라고
짐작했다. 스핑크 입으로 확인을 받고 싶었던 것뿐이다. 녀석
은 갑자기 내 팔을 붙잡는다.

“잘 들어, 친구.”

나는 그를 바라본다. ‘친구’라니, 스핑크가 결코 쓰지 않을
말이다. 적어도 나한테는. 그는 골목길을 힐끗 올려다보고 다
시 내게 당부한다.

“지니, 오늘 밤에는 빨리 뛰어. 알았지?”

“응, 알았어.”

“내 말은, 진짜 빨리. 네가 빨리 뛰어줘야만 해. 내가 지금 좀

난처하게 됐거든."

"무슨 말이야?"

"그 사람들, 나를 못마땅해 해."

"누가? 플래시 코트?"

"응, 그리고 다른 사람들도."

스핑크가 거리 쪽을 다시 곁눈질한다.

"내가 일을 몇 번 망쳤더니 탐탁지 않아 해. 그러니까 오늘 밤이 나한테는 마지막 기회라고."

스핑크가 다시 나를 본다.

"그러니까 최선을 다해줘, 지니. 알았지? 최대한 빨리 와. 은혜 잊지 않을게."

"알았어."

"네가 도와주면 나도 도와줄게."

내가 녀석에게 안된 마음이 들다니 믿기지 않는다. 하지만 지금은 그런 이야기를 하고 있을 때가 아니다.

"이 꾸러미를 어디로 가져가면 돼?"

스핑크가 위치를 일러주고, 나는 출발한다. 그래도 멀지는 않다. 물론 예상한 대로 그 주소까지는 가지도 않는다. 이번에 나를 가로막는 것은 웬 흑인 남자다. 그는 뒷골목에서 걸어 나와 내가 지나가는 것을 주시하더니, 곧 내 이름을 부른다. 나는 멈춰 서서 그를 돌아본다. 길게 땋은 곱슬머리, 번쩍번쩍 요란한 장신구, 20대 중반. 그는 동물을 부를 때처럼 쪽 하고 혀를 찬다. 나는 걸음을 멈추고 그 자리에 서 있다.

남자는 또다시 그 소리를 내고는 손을 내민다. 나는 주위를 둘러본다. 어둡고 좁다란 길에 담장은 높고 주택가에서 뚝 떨어져 차나 사람이 별로 지나다니지 않는 곳이다. 그래도 우리 둘만 있는 것은 아니다. 사방에 보는 눈이 있는 것만 같아 무섭다. 하지만 나에게는 무서워할 시간이 없고 흑인 남자도 다급하다. 남자가 툭 말을 건다.

"어이, 그거 줘."

내가 다가가 꾸러미를 주자 그는 뒤돌아 다시 뒷골목으로 사라진다. 나는 스핑크가 여전히 골목길에 서 있는 것을 발견한다. 단, 아까보다 더 내려간 곳이고 더욱더 초조한 모습이다. 스핑크는 홱 팔을 뻗어 내게 손짓한다. 녀석이 소리친다.

"빨리!"

나는 헐레벌떡 그쪽으로 뛰어간다. 녀석은 이제 벼랑 끝에 선 사람 같다. 이미 무너져 내린 게 아니라면 무너져 내리기 일보 직전이고, 줄곧 뛰어온 사람처럼 숨을 거칠게 몰아쉬고 있다.

"너무 오래 걸렸어."

"이 이상 빨리 뛸 수는 없었어."

"알았어, 알았어."

녀석은 또 다른 꾸러미를 내 손에 찔러준다.

"이번 건 더 빨리, 알았지?"

스핑크는 내게 주소를 가르쳐준 다음, 나를 다시 거리 쪽으로 떠민다. 이번 주소는 더 먼 아파트 단지 뒤쪽의 좁다란 판잣집 골목이다. 근처에 다다르자 바로 내 앞에 주차된 차에서 웬실루엣이 하나 슬그머니 기어 나온다. 덩치가 크고 짧은 스포츠머리에, 곱슬머리 남자보다는 나이가 좀 돼 보인다. 한편 차 안에는 또 다른 남자의 그림자가 보인다. 쾅 문소리가 나더니 그 남자도 밖으로 나오는데 키가 더 작고 땅딸막한 체격에 역시 스포츠머리다. 그들은 꿈쩍하지 않는다. 아파트 건물들 뒤편으로 가는 길을 가로막고 있을 뿐.

"뭘 갖고 왔나, 꼬맹이?"

큰 남자가 묻는다. 나는 그들 너머로, 아파트 뒤편 쓰레기통들 틈 으슥한 어둠 속에서 움직임을 감지하지만 곧 사방이 다시 잠잠해진다. 나는 다시 덩치 큰 남자를 떠본다.

"뭘 찾는데요?"

"네가 가진 거 몽땅, 예쁜이."

나는 돌아서 왔던 길로 내달린다. 잠시 동안 등 뒤에서 발소리가 들려오지만 이내 멎고, 들리는 것이라고는 웃음소리뿐이다. 나는 거리가 끝나는 곳까지 쉬지 않고 뛴 다음 주위를 살핀다. 그 두 남자는 이제 보이지 않는다. 나는 몇 분간 잠자코 있다가 살금살금 되돌아간다. 차는 여전히 거기에 있지만 차 안에는 아무도 없다. 휙 둘러보니 쓰레기통 근처에서 다시 예의 그 움직임이 일더니, 이제는 처음 보는 사람의 윤곽이 내 쪽으로 다가오고 있다. 동양적인 인상의 남자다. 그는 나를 안심시키려는 듯 내 이름을 부르지만 더는 아무 말도 하지 않는다. 그는 그냥 꾸러미를 낚아채 달아나고, 나는 아까처럼 되돌아온다. 내가 골목길로 돌아왔을 때는 스핑크는 이미 제정신이 아니다.

"아, 씨발 어떻게 된 거야?"

"거기에 남자 둘이 있었어. 놈들이 쫓아오는 바람에 따돌리고는 되돌아가야 했어."

하지만 녀석은 듣지 않는다.

"이거 받고, 존나 뛰어. 낭비한 시간만큼 벌어야 해."

스핑크는 내 손에 또 다른 꾸러미를 덥석 쥐여주고, 주소를 빠르게 쏟아내고는 나를 다시 골목길 밖으로 내몬다. 이번에는 빨라야 한다. 가야 할 곳은 시립 경기장의 반대쪽 끝, 대로와 만나는 좁은 뒷골목이다. 하지만 거기까지 가려면 아직 한참인데 나는 난관에 부딪힌다. 실버턴 로도 못 벗어났건만 길 건너편에 사람들이 쫙 깔려 길을 가로막고 있다. 나는 멈춰 서서 24번지를 힐끔 쳐다본다. 길을 조금만 내려가면 보이는 맞은편 집이고, 불이 모두 꺼져 있다.

하지만 불이 들어와 있고 누군가 고개를 내밀고 있다 한들 그들이 날 도와주지 않으리라는 것을 안다. 오히려 붙잡혔다며 나를 벌할 것이다. 나는 뒤돌아서 반대 방향으로 질주한다. 지나가면서 나도 모르게 골목길을 쓱 훑어본다. 스핑크는 코빼기도 안 보인다. 틀림없이 나를 보내기가 바쁘게 내뺐으리라. 나는 실버턴 로가 끝나는 곳에 이르러 왼쪽으로 꺾은 뒤, 또 왼쪽으로 꺾어, 일대를 빙 돌아 경기장 쪽으로 되돌아간다. 그리고 거기에 사람들이 아직 있는지 확인하지 않고 곧바로 택시들 사이를 요리조리 피해 길을 건넌 다음, 스핑크가 나한테 설명해 준 뒷골목으로 내처 뛰어간다.

워델 로, 이만하면 찾기 쉬운 곳이다. 더럽고 좁은 샛길에 깨진 유리가 사방에 널린 것을 보니 좀 전에 패싸움이라도 있었던 것 같다. 스핑크가 알려준 번지수를 머릿속에 떠올린 나는 가장 가까운 집 번지수를 확인하고는 화들짝 놀란다. 이 집이 바로 거기다. 13번지. 실재하는 주소일 거라고는 예상하지 못했다. 나는 곧 그곳이 빈 건물이라는 것을 깨닫는다. 벽들이 허물어지고 지붕이 내려앉은, 쓰러지다시피 한 집이다. 뒤에서 웬 손이 내 어깨를 움켜잡더니 귓가에 속삭이는 목소리가 들려온다.

"13번지라니, 재수 옴 붙었구나."

그 손이 나를 빙 돌려세우자, 아시아계로 보이는 남자 둘이
서 있다. 20대 초반이라는 것 이상은 파악이 안 된다. 퍽 하고
가슴에 통증이 느껴지더니 몸이 길 한복판으로 휙 날아간다.
나는 깨진 유리 조각들 위로 철퍼덕 떨어진다. 살갗이 파편에
긁히고 입에서 거친 숨이 터져 나온다. 두 남자가 내 쪽으로 걸
어온다.
　허둥지둥 바닥을 짚고 일어나려는데 몸을 겨우 반쯤 일으켰
을 즈음 그들의 손이 어깨 주위와 허벅다리 아래를 단단히 죄
어오는 것이 느껴진다. 곧이어 그들은 나를 번쩍 들어 올리더
니 13번지 대문 쪽으로 이고 간다. 잠시 후 나는 그 문에 쾅 부
딪치고는 다시 땅바닥에 떨어진다. 나는 얼이 빠져서 그들을

올려다본다. 그들은 음흉하게 웃으며 나를 내려다보고 서 있고, 그중 한 남자는 열린 대문에 기대서 있다.

"나다니기에는 좀 늦은 시각이구나, 꼬맹이."

"특히나 구미가 당기는 걸 갖고 있다면 말이다."

다른 남자가 이어서 말한다.

"우리가 네 짐을 덜어줘야 할지도 모르잖니."

하지만 강도들에게 그런 기회는 오지 않는다. 13번지 현관에서 뭔가가 움직이는 것이 보인다. 시커먼 뭔가가 빈집에서 나오더니, 곧이어 고통스러워하는 헉 소리와 함께 대문에 기대서 있던 남자가 비틀거리며 뒷걸음질한다. 시커먼 것이 그를 따라 나가더니 그 자리에 또 다른 시커먼 형상이 나타난다.

남자 둘, 거친 놈들이다. 길로 나간 한 명은 이미 바닥에 쓰러진 강도를 인정사정없이 패고 있다. 또 다른 강도는 돌아서서 달아난다. 현관에 서 있는 남자는 자기 동료를 잠시 지켜본다. 그 모든 것이 지극히 일상적이라는 듯이. 낑낑거리는 신음도, 낭자한 피도 존재하지 않는다는 듯이. 나는 그 장면을 차마 똑바로 볼 수가 없다. 나에게도 똑같은 일이 벌어질 것을 기다리며 남자의 얼굴을 슬쩍 곁눈질할 뿐이다. 남자는 마침내 돌아서서 나를 내려다본다.

"이봐 조무래기, 네가 제시간에만 나타났으면 이따위 강도 녀석들은 만날 일도 없었잖아."

남자는 일상적인 대화 투로 말한다. 신음은 멎었지만, 퍽퍽 때리는 소리는 계속 이어진다. 그는 손을 내민다. 나는 꾸러미를 건넨다. 그는 그것을 받아 잠시 훑어본 다음, 다시 나에게 눈길을 준다.

"다음에는 늦지 마. 알아들었어, 꼬맹이?"

나는 알았다고, 뭐든 시키는 대로 하겠다고 말하고 싶지만 차마 말이 나오지 않는다. 그의 얼굴이 험상궂어지자 그제야 나도 모르게 말이 쏟아져 나온다.

"네, 잘 알았습니다. 네."

그는 계속해서 나를 내려다본다. 그의 동료가 이쪽으로 다가오더니 함께 나를 내려다본다. 나는 그 남자의 얼굴을 쳐다보지 못한다. 그냥 느낌으로 알 뿐이다. 유리 파편들 위에서 경련하는 몸뚱이를 감지하듯이. 남자들은 나가면서 그쪽에는 눈길조차 주지 않는다. 그들이 완전히 사라질 때까지 기다린 뒤 나는 또다시 달린다. 하지만 시립 경기장 쪽으로도, 실버턴 로 쪽으로도 아니다. 집으로 달려가고 있다. 비록 제대로 된 집이 아니라고 해도, 아무도 없고, 내일 놈들이 나를 찾으러 오면 끝장이라 해도.

그러다 문득 엄마 생각이 난다. 그들이 엄마에게 하겠다고 한 짓도. 다음에는 아빠 생각이 난다. 우리를 두고 도망쳐 버린 나약하고 비겁한 아빠. 놈들은 아빠도 추적할 것이고 난 그들이 그러고도 남을 놈들이라는 걸 안다. 내가 아무리 그 인간은 아빠도 아니라며 상관하지 않는 척을 해도, 아빠가 맞아 죽는 것은 정말이지 바라지 않는다. 이어서 나는 또다시 엄마를 떠올리고는, 시립 도서관 앞에서 달리기를 멈춘다.

새벽 2시다. 3시까지 다섯 개를 배달해야 한다고 스핑크가 말했다. 안 그럼 둘 다 망하는 거라고. 하지만 우리는 이미 망했다. 그래도 나는 다시 힘껏 달려서 되돌아간다. 소용없는 짓 같다. 나는 남은 배달을 제시간에 해내지 못할 것이고, 좀 전에 만난 사내는 배달이 늦어진 것에 대해 못마땅한 심기를 확실히 표출했다. 누가 됐든 다음 사람은 더더욱 못마땅해할 테고 밤이 깊을수록 상황은 더욱 나빠질 테다. 그래도 나는 마음속에 엄마 얼굴과 멍청한 아빠 얼굴을 간직하고는, 여전히 사람들로 북적이는 클럽과 바 근처의 거리를 지나 부리나케 되돌아가고 있다.

이제 다시 실버턴 로다. 나는 아까 본 사람들은 괘념치 않는다. 몇몇은 여전히 길에서 어슬렁거리고 있지만 나는 그들 사이를 비집고 있는 힘껏 내달리고, 이어서 24번지를 지난다. 그곳은 여전히 어둡고 음산하며 얼핏 보니 아무도 없는 것 같다. 나는 계속해서 골목길까지 뛰어간다. 스핑크는 거기 없다. 나는 주위를 서성이며 둘러본 다음, 골목길로 되돌아온다. 그는 자신이 와 있지 않더라도 여기서 기다리라고 했다. 그러고 싶지 않지만 그래도 골목길로 걸어 들어간다.

오줌 냄새가 난다. 전에는 나지 않았다. 나는 골목길을 따라 막다른 벽까지 죽 간다. 오줌 냄새가 더 심해진다. 이제는 냄새 정도가 아니라 어두운 와중에 보이기까지 한다. 나는 다시 스핑크를 생각하며 거리 쪽을 돌아본다. 여기는 기다릴 만한 장소가 못 된다. 저쪽 끝에서 들이닥치면 누구든 나를 궁지에 몰아넣을 수 있을 테니까. 나는 뒤돌아 걷다가, 골목 초입에 웬 사람이 멈춰 서는 것을 발견하고 게걸음으로 계속 나아간다. 덩치 큰 남자고, 담배에 불을 붙이고 있고, 아직 이쪽을 보지 못했다.

나는 숨을 죽인 채 어두운 곳에 최대한 몸을 숨긴다. 내 모습이 그에게 보이는지, 그가 이쪽을 돌아보는지 나는 알 방도가 없다. 거리가 멀어서 내 모습이 잘 보이지 않기를 바랄 뿐이다. 그가 갑자기 움직이기 시작하고, 나는 그제야 가쁜 숨을 내쉰다. 잠시 후 경찰차 한 대가 골목길 초입을 지나간다. 20분 남짓 지나도 스핑크는 코빼기도 보이지 않는다. 나는 골목길이 시작되는 곳까지 살금살금 다가가 거리를 둘러본다. 24번지 앞에 차가 한 대 서 있다. 눈에 익은 차다. 차 안에는 아무도 없고, 집은 여전히 어둡다. 그때 현관에 사람이 하나 나타난다.

플래시 코트다.

심지어 여기 숨어서 봐도, 비춰 주는 가로등 불빛이 없어도,

그는 역시나 맵시 있고 완벽해 보인다. 그는 통화 중이고 늘 그 렇듯 태연하고 침착하다. 나는 점점 더 두려워진다. 스핑크한 테 무슨 일이 벌어지고 있는지는 몰라도 지금쯤 플래시 코트 는 우리의 배달이 한참 밀렸고, 3시까지 일을 마치지 못하리 라는 것을 알고 있을 것이다. 그리고 장담하는데 그는 적어도 한 번 이상 내가 있는 쪽으로 고개를 돌렸다.

나는 최대한 몸을 웅크리고는 슬그머니 모퉁이를 돌아 실버 턴 로로 들어서서 인도를 따라 길이 끝나는 T자 모양 삼거리 쪽으로 나아간 다음, 주차된 차 뒤에 숨어 24번지 쪽을 건너다 본다. 마침 그곳이 보이는데 플래시 코트는 더 이상 입구에 서 있지 않다. 계속해서 통화를 하며 골목길로 향하고 있다. 그의 두 눈이 움직이는 것이 보인다. 뭔가를 찾는 듯 빠르게 움직이 고 있지만 그렇다고 위험을 살피는 눈빛은 아니다. 이런 남자 에게 과연 위험이랄 게 있기나 할까? 평생 두려움을 느껴본 적 도 없을 것 같다.

그는 골목길 모퉁이에 멈춰 서서 골목을 유심히 들여다본 다. 나는 그가 이쪽 길로 오거나 부하들을 보내기 전에 달아나 고 싶지만 그에게 보일 것을 알기에 감히 움직이지 못한다. 알 맞은 때를 노려야 한다. 그때부터는 죽이 되든 밥이 되든 달리 고 볼 일이다. 플래시 코트는 수다나 떨러 나온 게 아니다. 거 리에는 아무 움직임도 없고, 24번지 현관에서 세 사람이 나온다. 처음 플래시 코트가 나를 쫓아왔을 때 본 남자들이다.

그들은 차에 속속 올라탄다. 그중 한 사람도 휴대폰으로 통화 중이다. 곧이어 그들이 익숙한 부르릉 소리와 함께 출발하자, 플래시 코트는 그들과 합류하러 되돌아 걸어간다. 지금이 기회다. 나는 T자 모양 삼거리로 돌진한다. 어떻게든 주차된 차들 뒤에 숨어 움직이려 하지만 이미 엔진이 속도를 높이는 소리가 들려온다. 잽싸게 모퉁이를 돌아 그다음 거리로 들어서고 신호등 쪽으로 내달린다. 몸을 숨길 문이 있나 건물들을 두리번거려 보지만 문들이 다들 깊지 않다. 나는 바로 옆 건물 입구로 뛰어들어 몸을 움츠린다. 등 뒤로 차 소리가 들려오지만 머지않아 홀연히 지나가 버린다. 천천히 숨을 내쉬고 거기서 몇 분간 마음을 가라앉힌 뒤, 집으로 출발한다.

하지만 차는 집에서 나를 기다리고 있다.

차는 우리 집 앞에 있지 않다. 저기 애벗 가가 끝나는 곳, 철교 아래에 서 있다. 그들이 내가 오는 것을 봤는지는 모르겠다. 부디 그들이 보지 않았기를 바라며 나는 지금 낡은 밴 뒤에 숨어 있다. 그들이 차 안에 있는지조차 확실치 않다. 더 가까이 가지 않고는 알아내기 어려울 것 같은데 그건 어림없는 짓이다. 어둠이 좀 더 걷히기만 바라며 그쪽을 주시한다. 적어도 운전자는 차를 지키고 있을 거라고 생각하기 쉽지만 나는 차에 아무도 없다고 확신한다.

결국 가능성은 한 가지다.

나는 집을 살펴본다. 떠날 때 모습 그대로 어둠에 잠겨 있다. 들어가 봤자 아무것도 없는, 오히려 죽임을 당할 게 뻔한 집에 들어가고 싶어 하는 내가 우습다. 그자들이 집을 뒤집어엎고 있는 모습이 머릿속에 그려진다. 플래시 코트는 예외일 것이다. 그는 다른 사람들이 일하는 동안 가만히 앉아 있을 사람이다. 아니 그 누구도, 그 어떤 일도 하지 않고 있는지도 모른다. 그들의 관심사는 오직 나일지도 모른다. 나는 그들이 원하는 물건을 찾아내지 못했고, 그들 역시 여러 차례 뒤지고도 그것을 찾지 못했다. 게다가 이제 그들의 기대를 저버리기까지 했으니 그들은 그냥 거기 앉아서 꼬마가 나타나기만 기다리고 있을 것이다. 머리통을 벽에 대고 날려버리려고. 꼬마의 엄마 아빠를 찾으러 나서기 전에 말이다.

차 문이 철컥 닫히는 소리를 듣자 몸이 뻣뻣해진다. 누군가 차에 탔다. 운전석인 것 같다. 나는 최대한 면밀히 관찰한다. 다른 문들에서는 아무 소리도 나지 않았는데 곧바로 시동이 걸리고 전조등이 켜진다. 나는 다시 몸을 웅크리고, 잠자코 낡은 밴 뒤에 붙어 있다. 차가 내 쪽으로 움직이기 시작한다. 나는 밴 뒤에서 빛줄기의 움직임을 주시하며 때를 노리다가 차가 부르릉거리며 곁을 지나갈 때 미끄러지듯 밴의 옆면으로 붙는다.

나는 몸을 낮춘 채 차가 속도를 높여 대로 쪽으로 나아가는 것을 지켜본다. 안에 누가 탔는지는 구경도 못 했다. 쳐다보기에는 너무 위험했다. 차는 계속해서 멀어지고 있다. 그런데 차에 탄 사람은 누구였을까? 그게 영 마음에 걸린다. 감히 알아보러 집에 들어갈 엄두가 나지 않는다. 나는 살금살금 그림자 속으로 몸을 숨긴 다음, 오른쪽으로 건너가 벽 가까이에 털썩 앉는다. 잠시 후 이곳이 바로 그 남자가 숨었던 장소라는 사실이 기억난다. 엄마를 쏜 남자 말이다.

나는 당장 여기서 벗어나고 싶지만 그가 했던 것처럼 집을 감시하면서 그대로 머문다. 집은 여전히 불이 꺼져 있지만 너무 초조해서 들어갈 수가 없다. 한 시간이 흘렀고, 나는 여전히 여기 인도에 주저앉아 있다. 지나가는 사람 하나 없었다. 애벗 가가 이렇게 조용할 수 있다고는 생각지 못했다. 이따금 차가 지나갈 뿐 인도에는 아무도 얼씬거리지 않고, 나에게 신경 쓰는 사람도 아무도 없다. 나는 휴대폰을 꺼낸다. 도착한 메시지는 없다. 손목시계를 본다. 5시 15분 전. 동틀 기미는 보이지 않고 도심에서 들려오는 자동차 소음은 점점 커지고 있다.

나는 다시 집을 주시한다. 전과 마찬가지로 불이 꺼져 있고 정적이 감돈다. 여전히 겁이 나지만 더 이상 이렇게 나앉아 있을 수만은 없다. 나는 주위를 둘러보고 집을 다시 본 다음, 길을 건너 거실 창문 앞까지 간다. 커튼 틈으로 슬쩍 들여다보는 순간, 헉하고 숨이 멎는다. 그들은 집을 완전히 뒤엎어 놓았다. 전보다 100배는 심하다. 마치 허리케인이 온 방 안을 휩쓸어버린 듯하다. 집 안의 다른 곳도 다 이런 꼴이라면 나는 차마 눈 뜨고 볼 자신이 없다. 나는 현관으로 올라가 주머니 속을 더듬어 열쇠를 찾다가 마음을 고쳐먹고, 미끄러지듯 발길을 돌려 집들 뒷마당을 따라 난 골목길을 통해 우리 집 뒷문으로 간다.

문은 반쯤 열려 있다. 내 머릿속은 마치 시곗바늘을 거꾸로 돌린 것처럼 내가 집 안에 있고 플래시 코트가 문을 따고 들어왔던 그때로 되돌아간다. 조마조마하다. 이번에는 이전과 반대의 상황에 놓인 건 아닐까? 내가 뒷문으로 살금살금 올라가는데 다른 누군가가 이미 집 안에서 귀를 세우고 기다리고 있다면? 내 짐작이 틀리기를 바랄 뿐이다. 나는 문 앞까지 올라가 문틈을 좀 더 벌리고는, 그 사이로 고개를 들이민다. 안에서 아무 소리도 나지 않지만 벌써부터 초토화된 풍경이 눈앞에 펼쳐진다.

그들은 상상할 수 있는 모든 것을 부수고 내던지고 쓰러뜨렸다. 이것은 수색이 아니다. 아니다마다. 이것은 그들이 여태 찾으려 한 물건과는 아무 상관이 없다. 이것은 복수, 순수하고 단순하기 이를 데 없는 복수다. 그러니 그들은 다음에는 나를, 엄마를, 아빠를 잡으러 올 것이다. 이제 끝이다. 지금껏 우리 가족의 삶이 어떠했든 그것은 끝났다. 우리는 이 사람들을 무찌를 수 없다. 그들은 너무도 막강해서 경찰조차도 우리를 무사히 지켜주지는 못할 것이다.

다시 아빠를 떠올린다. 마음속 깊은 곳에서는 이 모든 게 아빠 탓이라는 것을 알고 있다. 이 광풍을 몰고 온 것이 무엇이든 그것은 아빠와 모종의 관계가 있다. 아빠가 좀처럼 화제로 삼지 않으려 했던 그 숱한 장거리 운전이며, 꼭꼭 숨겨온 온갖 비밀들과 말이다. 게다가 아빠는 우리가 자신을 가장 필요로 할 때 도망쳐 버렸다. 이 모든 난장판을 벌어지게 해놓고 엄마와 내가 처리하게 내버려 뒀다. 아무짝에도 쓸모없는 머저리 자식. 아빠가 다치기를 바라는 것은 아니다. 아빠가 그 깡패 놈들에게 잡히는 것은 바라지 않는다. 아빠가 무슨 짓을 했든 그것은 원치 않는다. 하지만 내가 직접 내 두 손으로 그 머저리의 목을 조르고 싶다.

나는 아래층 방들을 돌아다닌다. 모든 것이 혼돈이다. 부엌, 통로, 거실. 집의 이쪽 부근에는 아무도 없다. 나는 계단 아래에 멈춰 서서 올려다본다. 위층은 쥐 죽은 듯이 조용하다. 나는 계단을 오르기 시작한다. 유심히 귀를 기울이면서. 하지만 들리는 것이라고는 창밖에서 깨어나는 도시의 소음과 이 부서진 작은 집 안을 메우고 나를 에워싼 정적뿐이다. 나는 계단 꼭대기에 도착해 주위를 둘러본다.

또다시 혼돈이다. 심지어 층계참부터도 벽시계를 떼어내 박살을 냈고, 거울도 산산조각을 냈다. 엄마 아빠의 방은 처참히 망가졌다. 내 방도 마찬가지다. 침대만 엄마 아빠 침대처럼 뒤집어 놓지 않았지, 나머지는 못지않게 심하게 망가뜨려 놓았다. 나는 화장실로 들어간다. 그들은 변기와 욕조마저 부쉈다. 붙어 있던 거울이며 찬장까지 때려 부숴, 바닥은 온통 유리천지다. 나는 내 방으로 돌아가 침대에 몸을 던지고는, 휴대폰을 꺼내 아빠에게 전화를 건다. 늘 그렇듯 음성 사서함으로 넘어간다. 나는 문자를 보낸다.

왜 아직 안 와?

"영영 안 올 거지, 이 개자식."

나는 중얼거린다. 그러고서 병원에 전화를 건다. 여자가 받는다.

"오코로 부인과 통화하고 싶은데요."

"오코로 부인이요?"

"예, 데이나 오코로요."

내 목소리가 날카로워지는 것이 느껴지지만 어쩔 도리가 없다.

"저희 엄마고요, 총에 맞아서 당신네 병원에 입원했어요. 엄마는 자는 중이고, 휴식이 필요하고, 지금은 이른 새벽이라 엄마를 깨울 수 없다는 건 저도 아는데요. 저는 그 사람 아들이고요, 아빠는 지금 행방불명이고, 저한테 지금 큰일이 났으니까, 젠장, 엄마랑 꼭 통화를 해야겠어요!"

나는 말을 멈추고는 귀를 기울인다. 휴대폰에서 여자 목소

리가 대답하는 것이 들렸지만 나는 잽싸게 전화를 끊고 계속
해서 귀를 기울인다. 처음에는 조용한 것 같더니 머지않아 다
시 소리가 난다.

아래층에서 나는 발소리다.

살금살금 움직이는 소리다. 집 안을 박살 낸 플래시 코트와 동료들일 리는 없다. 지금 이 발소리는 매우 조심스럽다. 발소리는 아래층의 이 방에서 저 방으로 움직이고 있다. 그 사람은 집에 아무도 없는지 살펴보고 있거나, 어쩌면 얼이 빠져 아수라장을 둘러보고 있는 것 같다. 그래도 아래에 그리 오래 머물지는 않는다. 발소리가 계단으로 향하는 것이 느껴지고 이제 그 소리는 더욱 빠르게 움직인다. 다급히 올라와야 할 이유라도 있는 것처럼. 나는 침대를 힐끗 내려다본다.

침대 아래로 숨을 시간도 없다. 꿈틀거리는 소리가 날 것이다. 내가 할 수 있는 것이라고는 문 뒤에 숨어 맞설 태세를 하는 것뿐이다. 그 사람이 내 방에 들어서는 순간, 발각될 것이 뻔하기 때문이다. 하지만 발소리는 이쪽으로도, 엄마 아빠 방 쪽으로도 오지 않는다. 발소리는 욕실로 통하는 층계참 쪽으로 내려가더니 그곳에 다다르기 전에 멎는다. 또 한 번 정적이 감돈다. 잠시 후 층계참에서 낯선 소리가 난다. 찰칵 문 여는 소리. 곧 나는 그게 무슨 소리인지 알아차린다. 까치발로 내 방 문 모서리까지 가서 주위를 유심히 둘러본다.

건조용 옷장*의 문이 열린 것이 보이고 누군가의 뒷모습이 문 밖으로 드러나 있다. 남자가 확실하다. 옷장 속으로 허리를 숙인 채 안쪽을 뒤지고 있어서 잘 보이지는 않는다. 그가 등 뒤로 획획 내던지는 수건들이 보이더니 이번에는 뭔가를 잡아뜯는 것처럼 구기는 소리가 들린다. 나는 곧 알아차린다. 그는 물탱크의 덮개를 벗겨내는 중이다.

그는 시간을 좀 끌더니 이제는 안으로 깊숙이 들어가 옷장에 몸을 거의 파묻다시피 하고 있다. 계속해서 쫙쫙 찢는 소리가 들린다. 물탱크 뒤쪽에서부터 단열 커버를 완전히 뜯어내려는 것 같다. 얼마 후 그 소리가 멎고 흡족해하는 끙 소리가 들리더니, 그는 몸을 일으킨다. 뭔가를 감지한 듯 그가 뒤쪽을 돌아보고, 이제야 그는 처음으로 나를 본다.

나도 그를 본다. 나는 그가 누구인지 안다. 나를 마주하기 위

* airing cabinet, 나무 널빤지를 듬성듬성하게 배열한 선반에 수건이나 옷가지를 걸어두면 온수 가열 장치가 뿜는 열기로 습기 없이 보관할 수 있는 공간. 옷장처럼 여닫을 수 있고, 창고처럼 들어갈 수 있도록 설치하기도 한다. 영국의 가정에서 흔히 쓰인다.

해 이쪽으로 완전히 몸을 튼 남자의 그 싸구려 신발을 이미 본 적이 있기 때문이다. 비싸 보이려고 용은 썼지만 척 봐도 싸구려인 신발. 죄다 그 모양이다. 셔츠도 싸구려, 바지도 싸구려, 장신구도 싸구려다. 그자는 싸구려다.

"로미오……."

황당한 일이지만 나는 그가 조금도 무섭지 않다. 그가 나를 돌아본다. 여전히 조금은 경계하고 있지만 남자애 한 명뿐이라는 사실을 깨닫자 한결 자신감을 얻은 듯하다. 나는 엄마가 대체 이 머저리를 뭘 보고 만나나 열심히 뜯어본다. 심지어 아빠도 이 찌질이보다는 매력이 있다. 하지만 아빠는 여기 없다. 로미오는 계속해서 나를 주시한다. 뭔가를 감추려는 듯, 한 팔은 여전히 옷장 안에 넣은 채로.

"나한테 보여주는 게 어때요?"

"뭘 보여줘?"

짐짓 알랑거리는 목소리다. 지난번에도 그랬다.

"뭔지는 몰라도 그거 가지러 다시 온 거잖아요."

그가 숨겼던 팔을 내민다. 커다란 갈색 꾸러미를 하나 들고 있다. 내가 운반했던 것들과 같다. 다만 훨씬, 훨씬 더 크다. 스테이플러도 테이프도 그대로인 것이 보인다. 아직 열어본 적은 없는 것 같다. 나는 플래시 코트를 떠올리고, 그가 이 꾸러미를 손에 넣기 위해 우리 둘에게 무슨 짓을 할지 떠올린다. 로미오는 그것을 들고 이리로 걸어온다. 만면에 미소를 머금고.

"네 엄마가 이걸 숨기고 있었단다."

그가 내 어깨에 한 손을 척 올린다.

"그래, 네가 지니구나?"

나는 대답하지 않지만 대답할 필요도 없다. 그가 곧장 말을 늘어놓으니 말이다.

"애석하지만, 지니. 네 엄마가 몹쓸 짓을 했단다. 물론 엄마에 대해 듣고 싶은 얘기는 아닐 거란 건 안다. 특히나 이렇게 엄마가 총에 맞은 마당에……. 하지만 그것만 봐도 이게 얼마나 심각한 일인지 알겠지 않니? 지니, 네 엄마는 깊이 들어갔어. 그래서 웬 위험한 사람들 심기를 건드린 거고."

그는 잠시 뜸을 들인다. 내가 미소를 짓거나 무슨 말이라도 해주길 바라는 눈치다.

"내 어깨에서 손 좀 치워줄래요?"

그는 내 말이 안 들리는지 손을 그대로 둔 채 말을 잇는다.

"네 엄마와 나는 알다시피 이런 류의 청소 일을 하고 있지. 그건 그렇고, 지니. 나는 데이나의 상사란다. 알고 있었는지 모르겠구나. 그러고 보니 우리 전에 전화로 얘기한 적 있지, 응? 네가 전화해서 불쌍한 네 엄마가 총에 맞았다는 걸 알려줬을 때 말이다. 어휴, 끔찍한 일이지. 나는 정말이지 네 엄마가 줄곧 걱정됐단다."

"말씀 계속하시죠."

순간 그의 얼굴이 돌변하더니 그 느끼한 웃음기가 싹 사라진다. 내가 자신을 좋아하지 않는 것 같아 보이자 실로 놀랐다는 듯이. 그러더니 내 어깨를 쥔 손아귀에 힘을 꽉 준다.

"이해한다, 지니. 너는 아직 나를 모르니까 내게 믿음이 안 가겠지. 하지만 약속하는데 나는 네 편이고 데이나를 위험에서 구해주려는 것뿐이란다. 아까도 말했지만 데이나는 몹쓸 짓을 했고 그 바람에 총에 맞았어. 그러니까 너랑 내가 힘을 합쳐서 엄마를 안전하게 지켜드려야 하지 않겠니, 응?"

"꾸러미에 뭐가 들었죠?"

"음, 지니, 그게 말이다."

그는 이제 완전히 친구처럼 말한다.

"나는 아무것도 모른단다. 데이나는 이 꾸러미가 아주 값이 나가는 거니까 숨기는 게 좋겠다고 하더구나. 내가 아는 건 그게 전부다. 그리고 나는 바로 그 점이 마음에 걸렸단다. 내 말은, 너희 가족이 요즘 몹시 쪼들리고 집세다 뭐다 해서 고생이 많다는 건 안다만 이건 도를 넘는 짓이잖니. 결국 네 엄마한테 무슨 일이 벌어졌는지 너도 봤지? 지금 이 집만 봐도 내 말이 맞는 것 같구나."

"요점을 말하세요."

그는 또다시 깜짝 놀란 표정이다. 내가 여전히 자신을 신뢰

하지 않는 것이 믿기지 않는다는 듯이. 곧이어 그는 어깨를 으쓱해 보인다.

"우리는 웬 오래된 술집을 청소하고 있었단다. '사냥꾼의 달'이라는 곳이었지. 팔려고 내놓은 가게였는데 남자가 전화를 해서는 잠재 고객들의 눈에 들도록 반짝반짝 빛이 나게 청소해 달라더구나. 나는 네 엄마를 포함해서 직원 셋을 그리로 보내고는 아침나절에 직원들이 어떻게 하고 있나 확인하러 갔지. 술집에서 나온 사람은 아무도 안 보였는데 한 청소부 말로는 가게 어딘가에 남자가 한 명 있다더구나. 그래서 나는 청소가 어떻게 돼가나 점검했단다. 우리 쪽 사람 둘이서 아래층 홀을 청소하고 있었고, 2층에 있는 방들도 치워달라고 해서 데이나 혼자 위에 올라가 있었지. 데이나가 어쩌고 있나 잠깐 올라가 봤더니 잘하고 있는 것 같아서 나는 그곳을 떴단다. 그런데 그날 오후에 데이나가 겁먹은 목소리로 전화해서는 나더러 얘기를 좀 하고 싶은데 일터에서는 곤란하다지 뭐냐. 데이나는 네가 학교에 가 있고 네 아빠는 차 타고 어딘가 쏘다니느라 집에 없으니, 나보고 이리로 와주면 어떻겠냐고 하더구나."

그는 가까이 다가온다. 갑자기 비밀 이야기라도 하려는 듯이. 나는 뒤로 몸을 뺀다. 이 남자가 하는 말을 더는 참고 들을 수가 없다. 그래도 들어야만 한다. 그가 하는 이야기에서 얼마간 진실을 건질 수 있을지도 모른다. 진실이란 게 있기는 하다면 말이다.

"솔직히 말하자면, 지니. 나는 조금 불편했단다. 이해하겠니? 직원들을 대할 때에는 업무상의 규정이라는 게 있단다. 이를테면 관리자가 결코 해서는 안 되는 일들이 있는데 기혼인 여직원을 사적으로 만나는 것도 그중 하나란다. 하지만 목소리를 들어보니 데이나는 무슨 일인지 굉장히 초조한 상태인 게 분명했고, 그래서 나는 이리로 왔단다."

당장 한 대 치고 싶어 미치겠다. 놈의 낯짝에 끊임없이 주먹질을 하고 싶다. 하지만 용케도 참는다. 다행히 그는 이야기를 계속한다.

"네 엄마가 나한테 이 꾸러미를 보여주더구나. 지금처럼 완전히 봉해져 있었지. 난 이걸 어디서 났느냐고 물었어. 네 엄마는 뉘우치는 표정으로 '사냥꾼의 달'에서 가져왔다고 했지. 네 엄마가 청소하던 층에 위로 올라가는 계단이 또 있더라는 거야. 올라가지 말라는 주의를 들었으니 그러면 안 되는 건데, 2층 방 청소를 마치고 나자 보고 싶은 마음을 누를 수가 없었을 게다. 주위에 아무도 없으니까 참을 수가 없었을 테지. 올라가보니 사무실이 나왔는데 데이나 말로는 이런 커다란 갈색 꾸러미가 셀 수 없이 많이 있었다지 뭐냐. 이렇게 밀봉된, 똑같이 생긴 꾸러미들이 산더미같이 쌓여 있었다고."

그가 다시 말을 멈추고는 나를 유심히 바라보며 목소리를 낮춘다.

"그러더니 나한테 자기는 그 안에 뭐가 들었는지 안다고 하더구나. 그 수북이 쌓인 것들 가운데 제대로 포장이 안 된 꾸러미가 하나 있어서 들여다봤다고. 바로 그때 나는 네 엄마를 말렸단다, 지니."

"말리다니, 뭘요?"

"안에 뭐가 들었는지 말하지 못하게 말렸다는 말이다. 왜냐하면 나는 원치 않았으니까, 이해하니? 나에게는 지켜야 할 원칙이 있단다."

"아, 예."

"정말이다, 지니. 그건 중요한 문제야. 원칙을 잃으면 모든 걸 잃는 거나 다름없단다. 나는 네 엄마가 바로 그렇게 된 건 아닌지 걱정이었지. 하지만 그건 아니었단다. 다행이지 뭐냐. 엄마는 거기에 꾸러미가 그렇게나 많은데 하나쯤 없어진다고 그들이 아쉬워하지는 않을 거라 생각하고는 그냥 하나 집어 나온 거란다. 그래, 잠깐 정신이 나갔던 거지. 하지만 얼마 뒤에 제정신이 돌아오자 엄마는 자신이 실수했다는 것을 깨달았단다. 그래서 나한테 전화를 건 거야. 어찌해야 할지를 몰랐으니까. 그래서 나는 네 엄마를 도와서 이걸 숨겼고 우리는 다음에 어떻게 할지 결정을 했단다. 하지만 애석하게도 너도 알고 나도 알다시피, 놈들은 그 꾸러미가 사라진 것을 발견하고는 찾으러 온 거다. 물론 데이나도."

"그 사람들이 엄마가 사는 곳을 어떻게 알았죠?"

"식은 죽 먹기지. 청소부 중에 누가 위층을 청소했는지 기억하고 있었겠지. 이튿날 직원들이 출근하는 시간에 우리 사무실을 감시해서 데이나를 찾아내고는 낮 동안 지켜본 뒤 집까지 따라가기만 하면 됐단다. 빙고! 나머지는 너도 아는 얘기다."

"그런데 아저씨는 뭐 하러 여기 또 온 거죠?"

"나는 이 꾸러미를 너희 집에서 가지고 나가고 싶었다. 데이나가 더는 위험해지지 않도록 말이다. 내가 이걸 도로 '사냥꾼의 달' 사람들한테 부치면 네 엄마가 그 사람들한테서 벗어나지 않을까 생각했단다."

"부칠 필요 없겠군."

내 뒤에서 웬 목소리가 들려온다.

"그냥 이리 넘겨줘도 돼."

로미오는 화들짝 놀라서는 내 어깨 너머를 빤히 바라본다. 내가 휙 돌아보니, 거기 플래시 코트가 서 있는 것이 보인다. 그는 미소를 지으며 총을 뽑는다.

플래시 코트는 줄곧 내 방에 있었던 것이다. 나는 머리를 굴려본다. 난장판이 된 내 방에 숨을 곳이라고는…….

"그래, 얘야. 네 침대 밑에 있었지. 코트가 더러워졌지 뭐냐."

하지만 코트는 예상한 대로 티끌 한 점 없이 깨끗하다. 입가에 활짝 핀 미소와 함께 꾸러미를 조준하는 동작이 눈에 들어온다.

"그건 내가 가져가지."

"들어보세요."

로미오가 여전히 꾸러미를 쥔 채 말한다.

"이 일이 저와 무슨 관계가 있다고는 생각지 않으셨으면 합니다. 방금 제 얘기를 얼마나 들으셨나 모르겠는데……."

"다 들었다."

"그러시다면 이 절도 사건이 누구 책임인지는 잘 아실 겁니다. 저는 아닙니다. 데이나 오코로예요. 저는 그저 일을 바로잡아 보려고 여기에 온 것뿐……."

내가 로미오를 친 것은 바로 그때다. 플래시 코트가 총을 들고 옆에 서 있지만 도저히 참을 수가 없다. 나는 온 힘을 실어 주먹을 날린다. 얼굴을 제대로 한 방 먹이자 그가 비틀거린다. 하지만 여전히 꾸러미를 꽉 움켜쥔 채로 잽싸게 물러선다. 이어서 내가 두 번째 펀치를 날리자 로미오는 내 팔을 붙잡고 끌어당겨 나를 자기 앞에 방패처럼 돌려세운다.

"너, 이 개자식!"

나는 이제 플래시 코트를 정면으로 마주하고 있다. 달아나려 몸부림을 치면서도 로미오 쪽으로 고개를 돌려 바락바락 악을 쓴다.

"이 사람한테 사실대로 말해!"

로미오는 나를 더 단단히 붙잡는다. 그가 내 양팔을 단단히 포박하자 그의 손에 들린 꾸러미가 내 몸을 짓누른다. 나는 그의 발등을 꽝꽝 밟아보지만 아무 소용 없다. 플래시 코트가 우리를 주시하는 것이 보인다. 조용히 위협적으로. 그는 이쪽으로 성큼 다가와 있고 미소는 온데간데없다. 나는 로미오에게 계속 소리친다.

"무슨 일이 있었는지 이 사람한테 말해!"

"이미 아는데 뭘. 다 들었다잖아. 말하는 거 못 들었어?"

"거짓말하는 거예요. 이 사람 우리 엄마하고 바람피우고 있었단 말이에요. 아저씨가 쳐들어온 날, 두 사람이 말하는 걸 들었어요. 엄마는 이 꾸러미에 대해 아무것도 모를걸요. 애초에 가져온 적도 없으니까요. 이 사람이 한 짓이에요! '사냥꾼의 달'에 감독하러 갔을 때요. 그러고는 엄마가 안 볼 때 꾸러미를 집에 숨겼던 거예요. 여기 두고 달아났겠죠. 아빠가 들어오는 소리를 들었거나 해서요."

나는 대부분 넘겨짚어서 늘어놓는데 일부는 제대로 맞췄나 보다. 로미오가 이제 나를 더 세게 조여오는데 그저 못 달아나게 하려는 정도가 아니라 나를 해치려 하고 있기 때문이다. 나는 다시 발을 굴러 로미오의 발을 밟아보지만 그는 여전히 놓아주지 않는다. 바로 그때 아래층에서 전화벨이 울린다. 그 소리에 우리는 일제히 얼어붙는다. 심지어 플래시 코트도. 자동 응답기로 넘어가고 엄마의 목소리가 들린다. 숨이 가쁘고 힘이 없고 걱정 어린 목소리지만 분노에 차 있다. 엄마가 하는 말은 위층에 있는 우리 귀에도 잘 들린다.

"지니, 거기 있으면 전화 받아! 젠장, 전화 받으라고!"

엄마는 몇 초간 기다리더니 서둘러 말을 잇는다.

"좋아, 잘 들어. 이 메시지를 들으면 너 거기 꼼짝 말고 있어야 해,

알아들어? 밖으로 나가면 안 돼. 난 네 메시지를 받았고 지금 퇴원해서 곧장 집으로 갈 거야.

다른 목소리들이 들린다. 만류하는 목소리다. 나를 안아준 간호사의 목소리도 들리는 것 같다. 하지만 또다시 그 목소리들을 뚫고 엄마의 목소리가 선명히 들려온다.

"반드시 집에 있어야 해, 지니! 병원에도 경찰들이 왔어. 리키 스핑크라는 애가 시신으로 발견됐어. 그 애랑 너랑 요즘 어울려 다녔다고 레이섬 교장 선생님이 경찰에 알렸고. 그러니까 집에 그대로 붙어 있어야 해, 무슨 말인지 알아들어? 나도 지금 집에 갈 거고, 경찰도 가고 있을 거야."

엄마는 전화를 끊는다. 곧 로미오가 행동에 착수한다. 그는 나를 플래시 코트 쪽으로 밀치고는 계단 쪽으로 돌진한다. 여전히 꾸러미는 꽉 움켜쥔 채로. 하지만 그는 계단에 발을 채 딛지도 못한다. 플래시 코트는 왼손으로 나를 옆으로 밀치고는 오른손을 들어 총을 쏜다. 로미오가 바닥에 풀썩 쓰러진다. 그의 머리에서 피가 배어 나온다. 더는 움직이지 않는다. 플래시 코트는 그리로 걸어가서 별 흥미 없다는 듯 내려다보더니 꾸러미를 집어 든 다음 내 쪽을 돌아보며 다시 총을 든다.

"미안하다, 지니. 목격자가 있으면 안 되지."

하지만 무언가가 플래시 코트를 제지한다. 나는 그 자리에 서서 그를 마주 쏘아보고 있다. 플래시 코트는 여느 때처럼 여유롭다. 시선을 내게 고정하고 총구를 내 심장에 겨눈 채. 그는 귀를 곤두세우고 있다. 나도 귀를 기울인다. 잠시 후 집 밖에 빛이 점점 환해지면서 애벗 가로 차들이 들어오는 소리가 들린다. 불시에 플래시 코트가 움직인다. 하지만 총을 쏘려는 것은 아니다.

그는 커다란 꾸러미를 어렵사리 허리띠 안쪽에 밀어 넣고는 총으로 내 머리를 겨누더니 왼손으로 머리채를 붙잡아 엄마 아빠 방 쪽으로 내동댕이치고 다시 창문 쪽으로 밀친다. 나는 아파서 끙끙거린다. 마음 같아서는 제발 그만하라고 애원하고 싶지만 어떻게든 입을 꾹 다문다. 잘못 까불었다가는 그가 내 머리통을 날려버릴지도 모른다. 이러나저러나 결국 그렇게 할 테지만 지금 당장은 밖을 살펴보고 있다. 머리를 비스듬히 숙이고 있지만 내게도 바깥이 보인다.

집 앞에 경찰차 두 대가 서 있고 세 번째 차가 철교 쪽으로 내려가고 있다. 저 차가 왜 저리로 가나 모르겠지만 플래시 코트는 이해한 모양이다. 어느새 나를 방에서 끌어내 계단을 내려가 뒷문으로 가는 걸 보면 말이다. 나는 너무 아파서 낑낑거린다. 어쩔 수가 없다. 그는 아랑곳없이 문을 벌컥 열더니 곧장 다시 닫고는 열쇠로 자물쇠를 걸어 잠근다. 그리고 이제 다시 나를 계단으로 질질 끌고 올라간다. 계단 꼭대기쯤 다다르자 뒷문에서 소리가 들린다.

"경찰이다!"

두 사람이 나타난다. 유리에 실루엣이 비친다. 플래시 코트
가 경찰들을 향해 총을 쏘자, 경찰들은 잽싸게 몸을 숙여 시야
에서 사라진다. 그가 으르렁거리며 말한다.

"남자애를 데리고 있다. 누구든 들어오면 애를 쏘겠다."

나는 이제 악을 쓴다.

"뉘!"

플래시 코트는 나를 제압해 계단 꼭대기로 끌고 올라가서,
로미오의 꿈쩍 않는 몸을 걷어차 한쪽으로 치우고는 나를 벽
에다 밀어붙인다.

"소리 지르지 마, 꼬맹이."

그가 으름장을 놓는다.

"찍소리 내지 말라고."

그는 왼손으로 내 목을 꽉 졸라 머리를 뒤로 젖힌다. 총구 끝
이 입술 사이로 밀고 들어와 입을 벌리고 목구멍으로 미끄러
져 들어온다. 내가 숨이 막혀 캑캑거려도 총은 여전히 그 자리
에서 사라지지 않는다. 나는 이제 떠밀려서 다시 엄마 아빠 방
안으로, 이제는 창문 쪽으로 와 있다. 길에 사람들이 보인다.
대부분 경찰이지만 이웃들, 집주인, 개를 산책시키러 나온 남
자도 보인다. 경찰들은 사람들을 모두 집에서 물러나게 하고
있다. 누군가가 창문 앞에 선 우리를 본다.

"저기다!"

플래시 코트는 내 목을 놓고, 옷장 옆에 있던 의자를 집어 들어 창문을 박살 내 밖으로 내던진다. 그런 다음 총을 여전히 입 속에 처박은 채로 내 머리를 깨진 유리 틈새로 들이밀고는 길에다 대고 포효한다.

"자, 내가 뭘 잡았나 보라고!"

아래서 뭐라고 외치는 소리가 들리지만 플래시 코트는 계속해서 큰소리를 친다.

"누구든 들어오기만 해 봐! 이 애가 어떻게 되나!"

이제 내 눈앞에 흐리멍덩한 형상이 보인다. 깨진 유리와 하늘과 사람들이 뒤범벅되어 보인다. 사람들, 심지어 경찰들도 허둥지둥 집에서 물러나 길을 따라 내려간다. 집 주위를 얼쩡거리던 사람도 더는 그러지 못할 것이다. 이제는 총이 있다는 것을 알았을 테니까. 나는 여전히 목구멍에 총이 처박힌 채 총에 대고 구역질을 하고 있다. 플래시 코트는 갑자기 내가 인질이 아니라 성가신 골칫거리라도 되는 듯이 험악한 눈초리로 나를 내려다본다.

"얌전히 있어."

그가 나직이 말한다. 그러더니 그는 차도 쪽을 내려다본다. 내 눈도 차도 쪽으로 돌아간다. 비록 그가 내 머리를 획획 잡아당기고 있지만 말이다. 더 많은 경찰차가 애벗 가로 밀려드는 것이 보인다. 이제 집 가까이에는 아무도 없지만, 길 양편에 경찰이 배치되고 있다. 나는 경찰들이 집 뒤쪽으로도 올 거라고 짐작한다. 플래시 코트는 잠시 경찰들을 관찰한 다음, 나를 창문에서 홱 잡아당기더니 총을 입에서 빼내고는 나를 방 저쪽으로 걷어찬다. 나는 바닥에 쓰러진다. 뒤집어진 엄마 아빠 침대의 잔해 위로. 그는 내 쪽으로 건너와 총구를 내려 나를 겨눈다.

"여기 있어, 꼬맹이. 아무 말도 하지 말고 아무 짓도 하지 마. 알아들어?"

나는 대답하지 않는다. 대답하려고 해보지만 총구를 응시하는 것 말고는 무엇도 할 수 없다. 그는 으르렁거리면서 허리를 숙이더니 총을 내 뺨 안쪽으로 콱 쑤셔 박는다. 너무 아파서 나는 악 하고 비명을 지른다.

"알아들어?"

그가 으르렁거린다.

"알아들었냐고?"

"네."

그는 다시 총을 휘두를 기세로 팔을 들었다가 도로 떨구고는 나를 사납게 노려본다.

"넌 여기 있어, 꼬맹이."

그러고 나서 그는 다시 창문으로 가서 밖을 살펴본다. 나는 그를 지켜본다. 관자놀이에서는 맥이 쿵쿵 뛴다. 그는 저격수들의 표적이 되고 싶지 않은지 줄곧 창가에 바짝 붙어 있다. 하지만 거리를 확인하는 와중에도 문자를 보내느라 바쁘다. 또 다른 차가 점점 다가와 멈추는 소리가 들린다. 좀 더 길 위쪽에서 나는 소리다. 차 문이 철컥 닫히는 소리가 나더니 목소리가 들린다.

"애를 봐야겠어요!"

엄마다.

플래시 코트는 나를 흘끗 쏘아본다.

"제자리에 가만있어, 꼬맹이. 털끝 하나라도 움직였다가는 네 엄마를 또 쏠 줄 알아. 이번에는 죽일 거다."

나는 방금 그가 무슨 말을 했는지, 그 말이 무슨 뜻인지 어렴풋이 깨닫고는 그를 노려보지만 그는 다시 문자를 보내느라 여념이 없다. 내 귀는 다시금 엄마 목소리를 포착한다. 길거리에서 따지고 있다. 이제는 웬 남자 목소리도 들리는데 아마도 경찰이 엄마를 제지하는 모양이다.

"이거 놔요!"

"집에서 물러나세요, 아주머니."

"놓으라고!"

이제 엄마 목소리는 더 가까이서 들린다. 가까워도 너무 가깝다. 플래시 코트는 휴대폰에서 눈을 돌리더니 총을 들어 창문 틈에 끼우고는 방아쇠를 당긴다.

"안 돼!"

나는 외친다. 저 아래 길에서 비명 소리들이 터져 나오지만 엄마의 목소리는 전혀 들리지 않는다. 플래시 코트가 뭐라고 경고했든 나는 바닥에서 몸을 일으키기 시작한다. 하지만 그는 총을 돌려 나를 겨눈다.

"소용없다, 꼬맹이. 네 엄마는 끝났어. 거기 잠자코 있지 않으면 다음은 너야."

나는 머릿속에 그려지는 장면들을 애써 지우며 도로 털썩 주저앉는다. 밖에서 여러 목소리가 한데 모인 듯 왁자지껄 들려오는 가운데 엄마의 목소리는 들리지 않고, 이제 사람들은 집에서 물러나 길 위쪽의 안전한 곳으로 움직이고 있다. 어쩌면 엄마를 실어 가는지도 모른다. 아니, 어쩌면 엄마는 그냥 인도에 누워 있는지도 모른다. 나는 내다보고 싶어 애가 타지만 감히 움직일 수가 없다.

플래시 코트는 다시 휴대폰을 붙잡고 분주하다. 그는 문자를 보내고는 나를 다시 힐끔 쳐다본 다음, 고개를 돌려 창밖을 주시한다. 집 밖에는 정적만이 감돌고 이 안에는 이제 그와 나의 숨소리만 들릴 뿐이다. 그리고 어찌 된 영문인지 이 미칠 것 같은 적막을 뚫고 찌르레기의 울음소리가 지붕 위에서 들려온다. 아마도 플래시 코트가 쳐들어온 날 울던 바로 그 새일 것이다.

"너, 이 개자식."

나는 그에게 말한다. 이제 그가 나에게 무슨 짓을 하든 개의치 않는다. 엄마가 죽었든 아니든 상관없다. 원한다면 그는 곧장 나를 죽일 수 있다. 그러거나 말거나 매한가지다. 하지만 그는 나를 쳐다보지도 않는다.

"이 개자식아."

그의 휴대폰이 띵 하고 울린다. 찌르레기는 다시 잠잠하다. 그는 메시지를 확인한 뒤, 뭐라고 답신을 보내고는 나를 힐끔 본다. 나는 그에게서 눈을 떼지 않으려고 노력한다.

"너, 사람 잘 죽이지. 응?"

그는 대답하지 않는다.

"그런데 왜 스핑크야?"

대답을 기대하지는 않았는데 그가 어깨를 으쓱한다.

"제시간에 배달을 못 했으니까."

"나도 못 했는데."

"알아."

그 순간 나는 내가 죽은 목숨이라는 것을 깨닫는다. 스핑크는 나보다 먼저 당한 것뿐이다. 더는 쓸모가 없어졌으니까. 나도 플래시 코트가 기대한 인질 역할이 끝나는 즉시 똑같이 당할 것이다. 하지만 문득 나는 그 사실에 담담해진다. 이제 살아서 무엇 하나. 다시 그의 휴대폰에서 띵 소리가 난다. 그는 메시지를 확인하고는 한동안 바깥을 바라본다. 나는 얼굴에 든 멍을 문지르며 그를 주시한다.

"못 달아날걸."

"입 닥쳐."

"집 주위에 경찰이 쫙 깔렸을 텐데."

"입 닥치라고 했다!"

그가 당황한 모습을 보기는 처음이다. 휴대폰에서 잇따라 띵, 띵, 수신음이 울린다. 그는 메시지를 확인하고 답장을 보낸 뒤 다시 눈으로 거리를 훑는다. 여전히 고요하지만 찌르레기가 울 때만큼 고요하지는 않다. 이제는 길 위쪽에서 낮게 이야기하는 소리가 들린다. 다들 거기서 구경하나 보다. 동네 사람들 말이다. 나는 부디 집 주위에 경찰이 깔렸으리라는 내 짐작이 맞기를 바랄 뿐이다. 바로 그때부터 모든 것이 빠르게 돌아가기 시작한다. 플래시 코트의 휴대폰이 울린다. 그는 즉각 전화를 받더니 잠깐 귀를 기울였다가 도로 끊고 내 쪽으로 성큼성큼 걸어온다.

"일어나!"

나는 움직이지 않는다. 이번에는 못 일어나는 게 아니라 안 일어나는 것이다.

"싫어. 안 일어날 거다!"

총이 다시 한쪽 뺨으로 처박힌다. 나는 충격으로 비틀거리고 순간 눈앞이 캄캄해진다. 하지만 때마침 시력이 되돌아와 플래시 코트의 다른 손이 내 옷깃을 붙잡아 나를 번쩍 일으켜 세우는 것이 보인다.

"시키는 대로 하지 못해!"

그가 포효한다. 그러고는 내 머리에 총구를 갖다 댄다. 나는 저항하려고 안간힘을 써보지만 그는 나를 너무 빠르게 몰아대고 있다. 엄마 아빠 방을 나서서 층계참으로, 층계를 내려가 뒷문까지. 그는 잠깐 멈춰 자물쇠를 열더니, 머리채를 붙잡아 휙 끌어다가 나를 자기 앞에 세운다.

"잘 들어, 꼬맹이. 시키는 대로 해. 그래야 산다. 훼방을 놨다가는 너희 엄마처럼 죽는 줄 알아라. 알아들어?"

그는 대답을 기다리지 않는다. 내가 더 이상 개의치 않는다는 것을 알아차렸는지도 모른다. 그랬으면 좋겠다. 하지만 나는 생각할 시간이 없다. 그는 뒷문을 열어두고 무릎으로 떠밀어 나를 문 밖에 앞장세운 다음, 다시 자기 몸 쪽으로 바짝 잡아당긴다. 그렇게 나는 또다시 방패가 된다. 머리채를 붙잡혀 머리는 그의 어깨 위로 젖혀지고 총이 목구멍 깊숙이 처박힌 꼴로. 이제 우리는 함께 걷는다. 나는 그의 몸에 단단히 포박당

한 채 그의 앞에서 절뚝거리며 나아가고 있다. 총 때문에 캑캑거리고 침을 흘리면서. 나는 곁눈질로나마 뭐든 보려고 눈을 굴려보지만 이런 각도로 고개를 젖힌 상태에서 보이는 것은 기껏해야 하늘이다.

그래도 뭔가가 조금씩 보인다. 집들 뒤로 난 골목길이 보이고, 위층에서 내려다보는 얼굴들이 보인다. 어느새 우리는 집들을 지나 거리에 나와 있다. 나를 돕기에는 너무 먼 곳에서 경찰 제복들이 좌우로 획획 스쳐 지나가는 것이 보이고, 경찰차의 빙빙 돌아가는 경광등도 보인다. 무전기를 타고 지지직거리는 목소리들이 들리고, 애벗 가의 반대쪽 끝에서 다가오는 희미한 사이렌 소리가 들리고, 조금 더 내려가면 나오는 철교위로 덜컹거리며 열차가 지나가는 소리가 들린다. 총이 입속에서 휙 빠져나가는 것이 느껴지더니 허공을 향해 총성이 한차례 울린다. 이윽고 플래시 코트가 포효한다.

"다들 물러서. 안 그러면 애는 죽는다!"

움직이는 사람이 있는지는 알 수 없다. 안 보인다. 그가 갑자기 내 머리를 뒤로 잡아당기자 내 눈은 다시 하늘에 고정된다. 총은 전처럼 목구멍에 처박혀 있다. 이제 그는 무릎으로 나를 툭툭 건드려 갓돌 쪽으로 몰아간다. 우리를 태워 갈 차는 아직 오지 않았다. 그가 총을 쏠 때 거기까지는 봤다. 하지만 곧 귀에 익은 엔진 소리가 들려온다. 다만 지금은 예전처럼 기분 좋게 부르릉거리지 않고 목청껏 으르렁거리고 있다. 금세 나는 그 차가 어디서 오는지 깨닫는다.

차는 철교의 반대쪽 끝에서 우리 쪽으로 돌진해 오고 있는데 나는 그쪽에서 경찰들을 봤다. 방금 전에 잠깐 곁눈질하면서 확실히 봤다. 만약 경찰이 차량의 진입을 막고 있다 해도, 그 차가 오는 것은 막지 못할 것이다. 내 예상은 적중한다. 그 차는 허공을 가르는 비명처럼 우리 쪽으로 다가온다. 아직 나에게는 보이지 않는다. 나는 실눈을 뜬 채 하늘을 보고 있고, 총 때문에 질식할 지경이다. 총이 내 목구멍 속으로 점점 더 깊숙이 밀고 들어온다. 그리고 나는 생각한다. '때가 왔다. 차가 도착하면 나는 이제 아무짝에도 쓸모없다. 드디어 그가 방아쇠를 당길 순간이 온 것이다.' 그런데 갑자기 각오가 서지 않는다. 여태까지는 무슨 생각을 했든, 지금 나는 죽을 준비가 돼 있지 않다.

나는 손을 뻗어 플래시 코트의 손을, 총을 움켜쥔 손을 붙잡으려고 한다. 그런다고 그를 막을 수 있을 리가 없는데도. 역시 소용없는 짓이다. 총은 여전히 내 목구멍에 처박혀 있다. 하지만 그는 아직 방아쇠를 당기지 않고, 계속해서 나를 질질 끌고 갓돌 쪽으로 향한다. 한편 그 엔진 소리가 점점 커지며 다가오더니 불현듯 차가 우리 앞에 와 있다. 플래시 코트가 총을 쥐지 않은 손으로 내 정수리를 내리누른다. 총은 여전히 내 목구멍

속에 처박혀 있고, 그렇게 우리는 열린 차 문으로 함께 쑥 들어간다.

총이 휙 빠져나가고 곧이어 밀어붙이는 거센 손길이 느껴지더니 나는 어느새 뒷좌석에 풀썩 쓰러지고, 내 몸 위로 플래시 코트가 뛰어든다. 곧장 차 문이 도로 닫히고 차가 전속력으로 출발한다. 나는 몸을 틀어 플래시 코트의 얼굴을 올려다보지만 그는 나를 보고 있지 않다. 그는 줄곧 몸을 낮춘 채 출발하는 차의 창밖을 주시하고 있다.

나는 몸을 살짝 일으킨다. 그가 내 쪽으로 총을 흔들어 보이고 나는 동작을 멈추지만, 이미 밖을 내다볼 수 있을 만큼 몸을 일으킨 다음이다. 차 안에는 다른 남자 한 명밖에 없다. 운전기사인 그 남자는 지난번과 같은 사람으로 점점 속력을 내고 있다. 운전기사는 오래된 차고지로 차를 몰고 있고, 경찰들이 우리를 추격하고 있다. 잠시 후 운전기사가 핸들을 홱 꺾자 차가 빙그르르 돌더니 다시 철교 쪽으로 돌진한다. 쫓아오던 경찰들은 좌우로 뿔뿔이 흩어지고 우리는 계속해서 질주한다.

나는 길의 양방향을 다 확인한다. 그는 애벗 가를 거슬러 올라가지는 않을 것이다. 차가 너무 많아 진로가 차단될 것이다. 그러니 철교 쪽으로 가야만 할 것이다. 하지만 이미 경찰차가 막아서는 것이 보인다. 하지만 저기 길의 왼쪽 구석이 뚫려 있고 운전사는 그쪽으로 차를 몬다. 또다시 경찰들이 몸을 날려 피하는 것이 보인다. 우리는 주차된 경찰 오토바이를 쾅 들이받고는 쏜살같이 틈새를 뚫고 나아간다.

눈앞에 철교의 아치가 들이닥치고, 차의 왼쪽 옆구리에서 끽 하고 긁히는 소리가 난다. 가장 가까운 차 안에서 나를 주시하는 두 여자 경찰의 얼굴이 보인다. 이윽고 우리는 바리케이드를 통과해 교차로 쪽으로 돌진한다. 플래시 코트는 갑자기 똑바로 앉더니 나를 바라본다. 그 순간 그의 얼굴에 뭔가가 스친다. 말하지 않아도 안다. 그래도 그는 몇 마디를 남긴다.

"미안하다, 꼬맹아. 헤어질 시간이구나."

그가 총을 든다. 여기까지가 내가 기억하는 전부다.

시간이 얼마나 흘렀을까? 얼굴들이 보인다. 나는 그 얼굴들에 질겁한다. 윤곽이 흐릿하고 무시무시해서 전혀 마음에 들지 않는다. 누군지도 모르겠다. 하지만 좀 있으니 얼굴들은 무시무시해 보이지도 않고, 어쩐지 그냥 따분하게 느껴진다. 내가 얼굴들을 잠깐 동안 빤히 들여다보자 얼굴들은 마침내 사라진다. 하지만 그리 멀리 가지는 않는다. 다시 눈을 들자 여전히 거기 있다. 이윽고 그중 하나가 말을 한다.

"지니."

웬 여자다. 나는 허공을 향해 중얼거린다.

"실버턴 로 24번지."

"지니."

"실버턴 로 24번지."

"우리는 실버턴 로 24번지에 대해서 알고 있단다."

또 다른 목소리가 말한다. 이번에는 남자다. 나는 흐릿한 얼굴들을 둘러본다. 목소리의 위치로 짐작하건대 남자는 저기 왼쪽에 있다. 여자 두 명은 나란히 서 있다, 아마도. 둘 중 어느쪽이 방금 말한 여자인지 모르겠다. 갑자기 하나가 앞으로 몸을 숙이고 말하는데 방금 그 여자다.

"지니, 엄마야."

나를 만지는 손길이 느껴진다.

"지니, 우리 아가."

"엄마는 죽었잖아요."

"아니, 안 죽었어."

"총에 맞았잖아요."

"빗맞았단다, 아가."

나는 대답하지 않는다. 할 말이 없다. 아무것도. 모든 게 진짜가 아닌 것 같고, 이게 현실일 리 없다는 이상한 기분이 들 뿐이다. 하지만 아무도 개의치 않는 것 같다. 이 말 없는 얼굴들은 그저 잠자코 내가 입을 열길 기다린다. 그러다 엄마의 손이 다가와 내 손을 더듬어 찾더니 꼭 움켜쥐는 것이 느껴진다. 그제야 나는 이게 현실이라는 것을 깨닫는다. 마침내 나는 입을 연다.

"나 죽는 거예요?"

"죽기는 왜 죽어, 이 바보야."

엄마는 키득거린다. 그 소리를 들으니 기분이 한결 낫다. 엄마는 언제나 잘 키득거렸다. 나는 눈을 돌려 주위를 살펴본다. 부디 얼굴들이 더 잘 보이기를 바라며.

"다들 흐릿하게 보여요."

"시간을 두고 기다리렴."

나는 이 목소리를 단박에 알아차린다. 여자의 이름도 기억난다.

"파이드레이."

간호사가 웃는다. 역시나 잘 키득거린다.

"드디어 내 이름을 외웠구나."

"내일까지 기억할 거라고 기대는 마세요."

간호사가 또다시 웃는다.

"저 지금 병원에 있는 거예요?"

"그래, 지니. 너는 사고를 당했지만 곧 괜찮아질 거야. 한동안 의식이 없었어. 아주 심한 뇌진탕이었단다. 왼팔이 부러졌고 갈비뼈도 부러졌지. 하지만 너는 아주 잘 이겨내고 있어. 곧 우리 모습도 볼 수 있을 거야. 지금은 아주 살짝 흐리게 보일 텐데, 그러다 말 거야."

나는 다른 얼굴들을 빤히 쳐다본다. 그 얼굴들은 여전히 흐릿하지만 파이드레이의 얼굴은 제대로 보인다. 그러다 서서히 더 잘 보이기 시작한다. 실버턴 로에 대해 이야기했던 남자는 경찰이다. 그 옆에 경찰이 또 한 명 있다. 아니, 잠깐, 경찰이 아니고 누군지는 몰라도 다른 남자다.

"나다, 지니."

"레이섬 교장 선생님?"

"그래, 요 녀석아. 제대로 맞혔구나."

또 다른 손이 나를 만지는 것이 느껴지고, 나는 그것이 그의 손이라는 것을 깨닫는다.

"정말 스핑크가 죽었어요?"

"슬프지만 사실이란다, 지니."

"어떻게 된 거죠?"

"지금은 그 이야기를 할 때가 아니다. 너는 휴식을 취해야만 해."

"알고 싶어요."

"거기에 대해서는 제임스 경위님께 듣는 편이 좋겠구나. 내가 과연 어디까지 이야기해도 될지 자신이 없단다."

더 다그칠 필요도 없이 경찰이 입을 연다.

"우리는 리키 스핑크를 웬 골목길에서 발견했단다. 하지만 애석하게도 우리가 한발 늦었더구나."

"어떻게……?"

"총에 맞았단다."

나는 길게 숨을 들이마신다. 그러자 가슴께가 아파온다. 말을 해도 아프다. 예상치 못한 일이다. 하지만 내가 아픈 건 상처 탓이 아니라 우리가 하는 이야기 때문인 것 같다.

"좀 더 얘기해 주실래요?"

"그 애가 혼비백산해서 이른 새벽에 우리 쪽으로 신고를 했다. 죽어라 뛰고 있다고 했고, 정말 그렇게 들리더구나. 그 애는 우리한테 도시 곳곳으로 배달되는 그 꾸러미 이야기를 하며, 실버턴 로 24번지에서 뭔가가 벌어지고 있는데 정확히 무슨 일인지는 모르겠다고 하더구나."

"저에 대해서는 아무 말 안 했어요?"

"전혀. 두 사람이 요즘 같이 어울렸다는 건 오늘 아침에 레이섬 선생님 말씀을 듣고서야 알았다. 하지만 그때는 이미 그 애가 죽은 뒤였지."

엄마가 경찰에게 말한다.

"그 애가 지니를 보호하려고 한 것 같아요."

"그건 그 애 성격과 맞지 않습니다. 경찰에서는 그 아이를 꽤 잘 알았죠."

"그 애 성격과 맞을지도 모르지요."

레이섬 교장이 끼어든다.

"우리는 생각만큼 그 애를 잘 알지는 못했습니다."

경찰은 그 말에 대꾸하지 않는다. 나는 스핑크의 얼굴을 떠올린다. 나를 흠씬 두들겨 패며 놀려대던 녀석의 작은 두 눈을……. 스핑크가 죽기를 얼마나 바랐던가를 떠올린다. 한 번은 정말로 바랐다. 정말로 간절히 바랐다. 이제 나는 녀석이 돌아왔으면 좋겠다. 왜냐하면 나를 놀리지 않을 때 스핑크의 얼굴이 어떤지도 보았기 때문이다. 나는 공포에 떠는 스핑크의 얼굴을 보았다. 레이섬 교장이 맞고 경찰이 틀렸다는 직감이 든다.

"마약은 어떻게 된 거죠?"

내 질문에 경찰이 되묻는다.

"마약?"

"꾸러미 안에 있던……."

"꾸러미에 든 건 마약이 아니란다."

나는 경찰의 얼굴을 빤히 쳐다본다. 다른 얼굴들과 마찬가지로 여전히 뿌옇다. 어서 시야가 또렷해져서 남자의 표정을 읽을 수 있었으면 좋겠다. 경찰이 다시 입을 연다.

"꾸러미에 들어 있던 건 위조지폐란다."

"정말이요?"

"정말이다. 엄청난 규모의 불법 유통이어서, 우리도 얼마 전부터 알고는 있었지만 출처를 알아낼 수가 없었단다. 그들은 시내 어딘가 비밀 장소에서 그걸 찍어 내고, 우리가 제보를 받고 수사망을 좁히기 시작할 즈음에는 또 다른 곳으로 옮겨 가 곤 했지. 최근에 그들은 한동안 어느 오래된 술집을……."

"사냥꾼의 달."

"그래. 그리고 이제는 실버턴 로로 옮긴 것이 확실해. 그들은 위조지폐를 막대한 양으로 찍어 내는데 정말이지 인쇄 상태가 놀랄 만큼 훌륭하단다. 하지만 충분히 찍어 내고 나니 사업을 굴리기 위해 현찰이 필요했고, 그래서 도움이 필요해진 거야."

엄마가 내 손을 꼭 쥐는 것이 느껴진다. 나도 엄마의 손을 꼭 쥔다. 엄마 얼굴이 잘 보이면 좋겠다. 아까보다는 또렷해졌지만 아직도 똑똑히 보이지는 않는다. 엄마를 제대로 보고 싶어 미치겠다. 경찰이 계속해서 말한다.

"이건 아주 조직적인 사업이란다. 놈들은 위조지폐를 현찰로 바꿔줄 사람들을 도시 전역에 확보하고 있지. 이 사람들은 보통 아주 값싼 물건을 위조지폐로 사고서 진짜 돈으로 거스름돈을 받아 챙긴단다. 그런 다음 이 진짜 돈 가운데 약속한 몫만 갖고 나머지 액수를, 사실상 대부분을 조직에 돌려주게 돼. 수금원을 통해서 말이다."

엄마가 경찰에게 묻는다.

"그럼 지니가 그 일을 하고 있었던 거예요?"

"그게, 제가 아직 지니랑 아직 한 번도 이야기할 기회가 없어서 말입니다. 하지만 지니가 리키 스핑크가 하던 것과 같은 일을 했던 거라면 지니는 러너runner일 겁니다. 맞니, 지니?"

"아마도요."

"넌 무슨 일을 했지?"

"매번 다른 데로 작은 꾸러미를 배달했어요. 안에 뭐가 들었는지도 얘기 안 해줬고, 보지 말라고 주의를 줬어요. 안 그러면……."

"놈들이 돈을 주면서 배달을 시켰니? 아니면 그냥 강제로 시켰니?"

"그냥 시켰어요."

나는 놈들이 어떤 협박을 했는지는 말하지 않을 생각이다. 어쨌거나 경찰은 묻지도 않는다.

"리키 스핑크가 우리한테 말하기로, 그 애는 처음에 돈을 조금 받았던 모양이다. 하지만 나중에는 돈이 끊겼지."

"왜죠?"

레이섬 교장이 묻는다.

"말은 하지 않았지만 놈들한테 약점을 잡힌 게 틀림없습니다. 그 애는 줄곧 그 꾸러미들을 배달해 왔으니까요. 확실히 마지막에는 겁에 질려서 제정신이 아니었어요."

"그러면 러너들은 대체 뭘 하죠?"

엄마가 묻는다.

"러너들은 도시 전역을 돌며 위조된 돈을 사전에 약속한 수취인들에게 배달합니다. 지니와 리키 스핑크는 수많은 러너 가운데 두 명에 불과한 거겠죠. 그 꾸러미들에는 수취인들이 위험을 감수하고 일을 착수하기에 충분한 액수가 들어 있었죠. 그렇다고 러너들한테 문제가 생겨서 물건이 없어졌을 때 큰일이 날 만큼 높은 액수는 아니고요."

"수취인들이 그들을 대신해 이 엄청난 돈세탁을 계속하는 걸 막을 방법은 없습니까?"

레이섬 교장이 묻는다.

"이 사업의 배후에 있는 자들이 어떤 인간들인지 아신다면 그런 질문을 못 하실 겁니다, 선생님. 조직원 각각이 극도로 위험한 인물인데다 복수를 명예로 여깁니다. 그 사람들 뜻을 거스르거나 시킨 대로 일을 해내지 못하는 사람들은 끔찍한 최후를 맞지요. 어린 스핑크한테 벌어진 일만 떠올려봐도 아시겠지요."

엄마가 우는 소리가 들린다.

"괜찮아, 엄마."

"안 괜찮아, 지니. 전혀 안 괜찮다고……."

엄마는 잠시 우는가 싶더니 코를 팽 풀고는, 아마도 다른 사람들을 향해 미안하다고 말한 것 같다. 이윽고 어색한 침묵이 흐른다.

"그럼 이제 어떻게 되는 거죠?"

파이드레이가 묻는다.

"확실히 말씀 드리지만 경찰은 이번 사기 행각에 연루된 사람들을 최대한 확보해서 추적할 생각입니다. 그래서 말인데, 지니와 사건 전반에 대해 좀 더 깊이 이야기를 나눠보고 싶습니다만."

"지금 해야 하나요? 설마 오늘 하시겠다는 건 아니죠? 저 애는 지금 막 깨어났는데요."

"지금 당장 할 필요는 없습니다."

경찰이 말한다. 척 봐도 마지못한 대답이다.

"뭐, 괜찮다면 오늘 중에라도."

"안 된다면요?"

파이드레이가 단호히 되묻자, 경찰이 주저하며 답한다.

"우리가 이 문제를 최대한 신속히 처리할 필요가 있다는 것을 충분히 헤아려주실 줄로 압니다."

나는 경찰의 목소리가 다시 내 쪽으로 향하는 것을 느낀다.

"자, 너한테 달렸다, 지니. 강요하는 건 아니란다. 좀 더 쉬어야겠니? 아니면 이야기할 준비가 됐니? 네가 원하는 걸 말해다오."

나는 내가 원하는 게 뭔지 모르겠다. 그게 문제다. 지금 당장은 무엇 하나 확신이 서지 않는다. 하지만 나부터 묻고 싶은 게 몇 가지 있다.

"이해가 안 가는 게 좀 있어요."

"뭐니?"

"제가 첫 번째로 꾸러미를 전달한 남자가 저한테 또 다른 꾸러미를 하나 줬어요. 다음 사람한테 주라면서요. 웬 여자였죠. 앞뒤가 안 맞잖아요."

"안 맞을 게 없다. 첫 번째 배달은 일종의 시험이었을 거다. 중요한 건 들지 않은 꾸러미를 주고는 네가 시킨 대로 잘하는지 보려고 한 거지. 네가 그걸 제대로 넘겨준 순간 그들은 답을 얻은 셈이고. 그러니까 그 뒤에 한 배달은 다 진짜였을 거다."

"그래서 그자들은 어떻게 됐죠?"

"우리는 실버턴 로에서 아무도 찾지 못했단다. 범죄를 추정할 만한 물증도 전혀 찾지 못했고. 너와 같은 차에 탔던 남자들을 묻는 거라면, 운전자는 사고로 죽었다."

"그럼, 플래시 코트는요?"

경찰이 조용히 웃는다.

"넌 그 사람을 그렇게 불렀니?"

"네."

"우리에게도 그 사람을 부르는 이름이 있단다. 실은 몇 개 되지."

엄마가 내게 몸을 숙여 오는 것이 느껴진다. 또다시 울면서.

"엄마, 엄마를 쏜 게 그 사람이야. 엄마가 집 밖에 나갔을 때. 그것도 모자라 다음에 또 쏘려고 했지, 개자식."

"그래도 엄마는 이렇게 네 옆에 있는 걸, 아가. 안 그래?"

"그 사람은 어떻게 됐죠?"

나는 경찰에게 묻는다.

"그놈도 다쳤지. 하지만 체포됐고 살인죄로 심문받는 중이란다."

"그 사람한테 죽은 사람은 스핑크 하나가 아니에요. 한 명이 더……."

"그 남자가 너희 집에서 총에 맞은 건 우리도 안다."

경찰은 잠시 말을 멈춘다.

"그 남자에 대해서는 네 어머니께서 보다 자세한 정보를 주셨단다."

나는 그 말이 정확히 무슨 뜻인지 잘 모르겠다. 하지만 그런 건 중요치 않은 것 같다. 왜냐하면 눈이 서서히 맑아지면서 또 다른 생각할 거리가 생겨났기 때문이다. 지금까지는 미처 떠올리지 못했던 문제다. 침대 곁에 보이는 또 하나의 실루엣…….

사람들 바로 뒤에, 미동도 말도 없이, 눈에 띄고 싶지 않은 듯 잠자코 앉아 있는 사람. 나는 그를 바라본다. 아, 이제 정말 보인다.

"아빠?"

레이섬 교장이 먼저 자리에서 일어나고, 이어서 파이드레이가 일어선다. 교장은 내 머리를 쓰다듬고 그녀는 내 뺨에 입을 맞추더니 밖으로 나가버린다. 이제 병실에는 나랑 엄마, 아빠, 그리고 제임스 경위뿐이다. 경찰은 자리를 뜨지 않겠다는 뜻을 확실히 내비치고 있다. 나는 다시 아빠의 얼굴을 뜯어본다. 지금은 표정을 읽기가 수월하다. 전에 없이 몹시 뉘우치는 표정이다. 아빠는 여태 말 한 마디 못 꺼내고 있다. 하지만 아빠가 이야기할 준비가 안 된 거라면 나도 마찬가지다. 나는 다시 경찰 아저씨를 돌아본다.

"뭘 알고 싶으세요?"

"네가 나한테 이야기하고 싶은 거면 뭐든."

그래서 나는 엄마 아빠가 보는 앞에서 경찰에게 모든 걸 말한다. 엄마와 로미오의 일만 빼고 처음부터 끝까지 모두. 짐작하건대 엄마는 이미 그 일에 대해 뭔가 이야기했을 거다. 경찰뿐만 아니라 아빠에게도. 엄마와 아빠는 이미 대화를 나눴다. 확실하다. 그래서 이제 두 사람에게 미래가 있는지 없는지 그건 나도 모른다. 아빠는 확실히 뭐에 씐 사람 같은 얼굴이다. 하지만 엄마도 마찬가지다. 아마 나도 그럴 거다. 경찰은 내 이야기가 끝날 때까지 끼어들지 않고 잠자코 듣는다.

"고맙다, 지니."

경찰과의 대화가 끝난 뒤, 나는 이제 아빠를 노려본다.

"자, 이제 아빠도 무슨 말 좀 해보시죠? 네?"

아빠는 아무 대답도 하지 않는다. 대신 엄마가 말한다.

"저는 아직도 그 사람들이 소포 꾸러미 하나 때문에 이 모든 끔찍한 짓을 우리한테, 특히 지니한테 저질렀다는 게 이해가 안 가요. 제 말은, 꾸러미가 수도 없이 많은데 그중 딱 하나잖아요."

"오코로 부인, 이미 말씀 드렸지만 이들은 복수를 아주 중시하는 무자비한 놈들입니다. 부인께서 5파운드 위조지폐 한 장만 가졌어도 놈들은 부인을 잡으러 왔을 겁니다. 그런데 부인께서는 그보다도 엄청나게 큰 액수를 가지고 계셨던 거예요. 댁에 있던 그 꾸러미는 원본 꾸러미들 가운데 하나였어요. 그건 그들이 딱 위험을 무릅쓸 만큼만 가짜 돈을 포장해서 지니 같은 러너들한테 들려 보내는 작은 꾸러미가 아니었다고요. 이 큰 꾸러미들에는 훨씬 더 큰돈이 들어 있었고, 이것들은 시중에 유통할 목적이 아니었습니다. 그보다는 비축용이었던 거죠."

"그럼 우리 집에 있던 그 꾸러미에는 대체 돈이 얼마나 있었는데요?"

"상당히 고액이라고만 해두겠습니다."

경찰은 그 문제에 대해 더 이상 입을 열지 않을 것이 분명하다. 그는 자리에서 일어나더니 나를 힐끗 내려다보며 말한다.

"잘했다, 꼬맹아."

"걔 그거 안 좋아합니다."

갑작스레 말문을 연 아빠 때문에 우리는 모두 화들짝 놀란다. 경찰이 아빠 쪽을 돌아보며 묻는다.

"뭘 안 좋아한다고요, 오코로 씨?

"'꼬맹이'라고 부르는 거 말입니다."

"아, 그렇군요."

경찰이 내 쪽을 돌아본다.

"거, 미안하다, 지니. 앞으로는 안 그러마."

나는 아빠 눈을 마주 본다. 하지만 아빠는 외면한다. 경찰은 내 어깨를 토닥토닥 어루만진다.

"자, 당장은 이 정도면 충분할 것 같구나, 지니. 아주 큰 도움이 됐단다. 아주 용감하게 이야기해 줬고. 네 기력이 돌아올 때쯤에 다시 만나서 정식으로 일을 처리하자꾸나. 그리고 언젠가 때가 오면 너와 네 부모님은 지금껏 벌어진 일에 대해 법정에서 진술해야 할 거야. 너희 집이 망가진 건 나도 정말 유감이다. 대부분 너희 집주인이 든 보험으로 처리되는 걸로 아는데, 어쨌든 퇴원하고 귀가하기에 좋은 곳은 못 될 거다."

경찰은 엄마 아빠를 힐끔 쳐다보지만 엄마 아빠는 아무 말도 하지 않는다.

"자, 저는 이만 물러나 보겠습니다. 일 보십시오."

곧 경찰은 사라진다. 침묵이 거대한 추처럼 우리를 내리누른다. 말할 기분인 사람은 아무도 없는 것 같다. 텅 빈 병실에 우리 셋만 남겨지자 정적은 더욱 길게 느껴진다. 엄마는 여전히 내 손을 잡고 내 쪽으로 몸을 숙이고 있지만 역시 당혹스러워하는 표정이다. 아빠는 다시 의자에 물러나 앉은 채 여전히 내 눈을 피하고 있다. 나는 아빠에게 말한다.

"한심한 인간. 전화를 하거나 아님 문자라도 보낼 수도 있었잖아요."

"수치스러웠다."

아빠가 조그맣게 중얼거린다.

"그게 대답이에요?"

"지니……."

"저 지금 아빠랑 얘기 중이에요."

엄마가 끼어들어도 나는 아빠를 험악하게 쏘아본다.

"들었죠? 저 지금 아빠한테 얘기하는 거예요."

아빠가 눈을 돌려 나를 바라본다. 술 취한 눈은 아니다. 그랬으면 내가 안다. 사나운 눈도 아니다. 그랬어도 내가 안다. 하지만 어찌 된 노릇인지 아빠는 그보다 더 비참한 눈을 하고 있다. 이유를 모르겠다. 아마도 저게 바로 수치심인가 보다. 전에는 한 번도 본 적 없는 모습이다. 아니지, 살짝 본 것도 같다. 끔찍한 밤을 보내고 이튿날 술에서 깨어나 자신이 불과 몇 시간 전에 한 짓을 후회할 때 말이다. 하지만 그건 그리 오래가는 법이 없었거니와, 그때도 지금 같은 모습은 아니었다. 지금 이게 뭔지는 모르겠지만 어쨌든 전과는 다르다.

"대체 뭣 때문에 잘린 거예요?"

"음주 운전. 경고 세 번 먹고."

"등신."

"나도 안다."

"그럼 우리는 무슨 돈으로 먹고산 거예요? 지갑에 돈이 있었잖아요. 내가 봤다고요."

"땄다. 돈을 좀 걸었는데 운이 좋았다. 우리 가족이 몇 주 버틸 돈은 됐으니까. 덕분에 난 계속 일하는 척을 했지. 하지만 이 일들이 벌어질 즈음에는 돈도 바닥나려는 참이었다."

엄마가 고개를 절레절레 흔든다.

"이런 얘기는 나한테 했어야지."

"당신도 나한테 그 얘기는 했어야지."

아빠가 받아친다. 그러자 이번에는 엄마가 눈을 피한다.

"엄마, 나한테 사실대로 얘기해 줘야 할 게 있어. 우리 집에서 나온 커다란 위조지폐 꾸러미, 엄마 알고 있었어?"

엄마는 곧장 고개를 돌려 나를 마주 본다.

"아니, 몰랐다, 아가. 맹세코 몰랐어. 엄마 믿지?"

"당연하지."

"정말? 약속할 수 있어?"

"응."

나는 정말로 엄마를 믿는다. 엄마는 거짓말을 하고 있지 않다. 나는 로미오를, 그 알랑거리던 눈을 떠올린다.

"그 사람 짓이야. 그 사람이 커다란 돈 꾸러미들을 보관하는 술집 꼭대기 방에 올라가서 한 개를 집어 온 거야. 엄마가 아래층에서 청소하는 동안에."

"정말 미안하다, 지니."

엄마가 말한다. 나는 아빠를 돌아본다. 아빠는 이제 병실 바닥을 뚫어져라 보고 있다. 두 주먹을 불끈 쥐고서.

"그럼 대체 아빠는 낮 시간에 어디 갔던 거예요? 이번에는

대답해줄 거예요? 아니면 그냥 평소에 하던 대로 날 두들겨 팰
래요?"

아빠는 미동도 하지 않는다. 말도 하지 않는다.

"언제부턴가 아빠 밴의 주행계를 확인하기 시작했어요. 요
즘은 평소 하루에 찍었을 거리보다 훨씬 더 많이 달렸잖아요.
대체 어떻게 된 거냐고요. 아빠도 어디서 바람이라도 피운 거
예요?"

"아니다."

아빠가 으르렁거리고는 엄마를 한번 매섭게 쏘아본다.

"그럼 대체 뭘 하고 있었던 건데요?"

"일자리를 알아보고 있었다. 차 끌고 온 도시를 돌다가 나중
에는 더 멀리까지 갔는데, 번번이 허탕이었지. 그게 내가 한 짓
이다, 지니. 네가 꼭 알아야겠다니 말해주마. 빌어먹을 일자리
하나 얻어보려고 용쓰고 다녔단다. 그러고는 건수 하나 못 올
리고 집에 기어들어 와서는 돈이 다 떨어지면 그때는 두 사람
한테 뭐라고 말하나 걱정했다."

"등신."

나는 중얼거린다. 엄마가 갑자기 손을 뻗어 내 머리를 쓰다
듬는다.

"등신 아니야, 지니. 아니다마다."

나는 엄마를 빤히 올려다본다. 엄마는 얼굴을 찡그리고 다

시 울음을 터뜨리려 한다. 엄마가 나지막이 말한다.

"네 아빠야. 그리고 네 아빠는 나보다는 좋은 부모야."

"그야 그렇지만요."

"그 말 농담이니?"

엄마는 계속해서 나를 쳐다본다. 찡그린 표정은 그대로고, 아직 보이지는 않지만 눈물이 솟기 일보 직전이다.

"그럼, 농담이죠."

엄마는 대답하지 않는다.

"별로였나 보네요."

내가 덧붙인다.

"지니, 아빠는 아주 용감한 일도 해냈단다."

"이를테면요?"

"네가 탔던 차 운전자가 담벼락을 들이받게 했어."

"어떻게요?"

"못 봤니?

"못 봤어요. 저는 플래시 코트를 보고 있었고, 그놈이 총을 든 순간부터는 눈앞이 새까매져 버렸어요."

엄마가 아빠를 다시 힐끔 쳐다본다.

"말해 줘."

엄마가 말한다. 아빠는 아무 대답도 하지 않고 그냥 눈을 돌린다.

"그럼 내가 얘기해 줄게. 지니야, 잘 들으렴."

"싫은데요."

"들어 봐. 들어야 해, 지니. 그래야 공평하지. 네가 탄 차가 철교 쪽으로 돌진하던 바로 그때 네 아빠는 길 반대편에서 철교 쪽으로 오고 있었어. 아빠는 차 뒷좌석에서 누가 네 머리에 총을 겨누고 있는 것을 본 거지. 운전자는 돌진하는 네 아빠 밴을 피하느라 갑자기 핸들을 돌리는 바람에 길가 담벼락을 들이받았지. 지니, 경찰이 그러더구나. 정말로 용감한 행동이었다고."

나는 눈을 돌려 아빠를 바라본다. 아빠는 고개를 절레절레 흔들고 입을 연다.

"용감한 게 아니지. 경솔했던 거지. 그러니까 내 말은, 그 생각은 못 했어. 차가 담을 박아서 네가 죽을 수도 있는 건데, 그럼 네가 나 때문에 죽는 건데……. 하지만 너무 순식간에 벌어진 일이라, 나는 그냥 본능적으로 움직인 거란다."

"당신이 그러지 않았으면 지니는 총에 맞았을지도 몰라."

"그래도 경솔한 건 경솔한 거지."

아까처럼 침묵이 또다시 무겁게 내려앉는다. 하지만 이번에는 뭔가 다르다. 더 나은 건지 나쁜 건지는 잘 모르겠다. 아빠는 길게 지친 한숨을 내쉰다.

"하지만 빌어먹을 한 가지는 제대로 했다."

아빠는 다시금 병실 바닥을 골똘히 쳐다본다.

"하나는 제대로 했어."

아빠가 살짝 몸서리를 치며 말을 잇는다.

"내가 연락도 없이 사라져서 네가 화난 거 잘 알고, 너를 나무랄 생각도 없다. 그런데 그렇게 내내 나가 있었던 건……. 그게 말이다……. 나는 차를 끌고 계속 돌아다녔단다. 지니, 너다음번에 확인해 보면 아마 놀라서 까무러칠 거다. 그런데 들어보렴. 그게 보람이 있었단다."

아빠가 다시 눈을 든다.

"나는 코니스턴에 갔단다. 무슨 말인지 알겠니?"

"뭐라고요?"

"네가 엄마한테 준 그 사진 책을 보고서 말이다. 나는 그냥그게 너한테 얼마나 소중한 책일지 생각해 봤단다. 그리고 그책을 들여다볼 때 네 엄마 표정이 어떤지도 봤고. 게다가 '코니스턴 호수에 비친 달'이라는 그 사진은 참…… 그래서 나는 생각했지……."

아빠는 우리 두 사람을 빤히 쳐다본다. 여전히 음울하고 수치심 가득한 눈으로.

"나는 생각했지. 그곳이 정말로 사진으로 보는 것처럼 아름다울까? 그리고 그런 데서는 사람들이 어떻게 먹고살까? 내말은 거기에도 일자리는 있을 거고, 어쩌면 거기에 우리의 미래가 있지는 않을까…….”

“그래서 어쨌는데?”

엄마가 묻는다.

“코니스턴에서 웬 농부를 돕는 일자리를 구했어.”

“뭐?”

하지만 엄마는 아빠가 한 말을 제대로 알아들었다.

“어우, 이 미친놈. 이 얼빠진 미친놈 같으니.”

“그 사람한테 회사 잘린 얘기도 다 했어. 술 처먹고 뭐 그런 얘기까지. 그런데 글쎄, 내기하는 셈 치고 나를 한번 써보겠다지 뭐야. 최근에 두 사람이 일을 관두는 바람에 도와줄 사람이 필요하다고. 운전도 좀 하고, 울타리도 치고, 이것저것 일손 필요할 때마다 거들 사람 말이야. 그 사람 말이, 자기는 온갖 차량을 다 갖고 있으니까 내 밴도 필요 없대. 그런데 생각해 보니 우리는 밴만 팔면 코일리 씨한테 밀린 집세도 갚을 수 있고 남는 돈으로 소형차 한 대는 뽑고도 남겠더라고. 데이나, 당신 일자리도 있댔어. 청소도 하고 일도 돕고. 게다가 지니가 농사에 관심이 있으면 학교 안 가는 날에는 일도 가르쳐줄 수 있다고 했어. 그리고 지니, 달리기도 다시 시작할 수 있을 거야. 거기서 뛰면 멋질 거다.”

아빠는 우리를 가만히 마주 본다. 그리고 아주 잠깐 얼굴에서 수치심이 사라진다.

"우리, 그렇게 할 수 있어. 산뜻하게 새 출발을 할 수 있다고."

그런 말이 낯설다. 아빠가 그런 말을 한 적이 한 번도 없어서일 것이다. 아니, 어쩌면 내가 지금 환청을 듣고 있는지도 모르겠다. 이미 내 머릿속에서는 온갖 장면이 펼쳐지기 시작했으니까 말이다. 들판과 언덕들, 길고 고즈넉한 밤, 호수에 비친 달……. '산뜻하게 새 출발'이라? 안 될 게 뭔가? 엄마는 이미 고개를 끄덕이고 있다. 활짝 미소까지 지으며. 나는 그런 엄마와 아빠를 번갈아 보다가 눈을 감는다.

그리고 꿈을 꾼다.

옮긴이 양혜진

대학에서 국어국문학과 불어불문학을, 대학원에서 비교문학을 공부했다. 출판사에서 외국
문학 편집자로 일하다가 현재는 번역가로 일하고 있다. 옮긴 책으로는 그래픽 노블 『제가
좀 별나긴 합니다만…』, 소설 『블랙 뷰티』, 에세이 『아름다움이 우리를 구원할 때』, 어린이
그림책 『할아버지와 달』 『분홍 귀고리』 등이 있다.

밤을 달리는 소년

초판 1쇄 발행 2014년 8월 12일
개정 1판 1쇄 발행 2024년 9월 30일

지은이 팀 보울러
펴낸이 김선식
옮긴이 양혜진

부사장 김은영
콘텐츠사업본부장 임보윤
책임편집 이나영 책임마케터 이고은
콘텐츠사업10팀장 김정택 콘텐츠사업10팀 이슬, 이나영, 김유리
마케팅본부장 권장규 마케팅2팀 이고은, 배한진, 양지환 채널2팀 권오권
미디어홍보본부장 정명찬 브랜드관리팀 오수미, 김은지, 이소영
뉴미디어팀 김민정, 이지은, 홍수경, 변승주, 서가을
지식교양팀 이수인, 염아라, 석찬미, 김혜원, 백지은, 박장미, 박주현
편집관리팀 조세현, 김호주, 백설희 저작권팀 이슬, 윤제희
재무관리팀 하미선, 윤이경, 김재경, 임혜정, 이슬기
인사총무팀 강미숙, 지석배, 김혜진, 황종원
제작관리팀 이소현, 김소영, 김진경, 최완규, 이지우, 박예찬
물류관리팀 김형기, 김선민, 주정훈, 김선진, 한유현, 전태연, 양문현, 이민운
외부스태프 디자인 studio weme 일러스트 조은교

펴낸곳 다산북스 출판등록 2005년 12월 23일 제313-2005-00277호
주소 경기도 파주시 회동길 490
전화 02-704-1724 팩스 02-703-2219 이메일 dasanbooks@dasanbooks.com
홈페이지 www.dasan.group 블로그 blog.naver.com/dasan_books
종이 신승아이엔씨 인쇄 한영문화사 후가공 제이오엘앤피 제본 한영문화사

ISBN 979-11-306-7107-9 (43840)

다산북스(DASANBOOKS)는 독자 여러분의 책에 관한 아이디어와 원고 투고를 기쁜 마음으로 기다리고 있습니다.
책 출간을 원하는 아이디어가 있으신 분은 다산북스 홈페이지 '투고 원고'란으로 간단한 개요와 취지, 연락처 등을
보내주세요. 머뭇거리지 말고 문을 두드리세요.